"이 세계의 **파괴**를 막기 위해!"

"이 세계의 **평화**를 지키기 위해!"

"사랑과 진실, 어둠을 뿌리고 다니는!"

"대북방전쟁의 감초, **귀염둥이** 대천사!"

"나, 미카엘라!"

"나, 스이엘!"

"강북을 날아다니는 우리 군단에겐!"

"아름다운 미래, 밝은 내일이 기다리고 있다!"

"잠깐, 그거 로켓 뭐시기 패러디 아니냐⋯."

나나엘은 자신의 결정이 용기가 아니란 걸 알고 있었다.
더는 괴로움을 감당할 수 없어
모든 걸 끝내려는 것뿐이다.
하지만 그녀에게 다른 수단은 없었다.
"비가 그치지 않을 것 같군요."

강변에 나란히 앉은 자매는 꼭 붙어서 하나의 낚싯대를 드리웠다.
우리는 멀리서 사이좋게 앉은 둘을 지켜봤다. 마침 석양이 질 무렵이었고
한강은 황금빛으로 반짝였다. 원래라면 시커멓고 을씨년스러운 강 너머도 환했다.

가출천사 육성계약

5

글 박제후
일러스트 ICE

강북전투 하(下)

1. 살 떨리는 동료

잠시 전 유제아의 상황.

"죽겠군…."

어떻게든 방법을 찾겠다고 했지만 암담한 건 마찬가지다. 정수리에서 증기가 나올 정도로 머리가 돌아가고 있었지만 해법이 안 보인다.

지금은 아군이 완전히 포위된 상태로 그야말로 몰살의 위기다. 여기서 대패하면 모든 게 끝난다. 더 이상의 북진은 없다. 흑당은 괴멸하고 백당은 남은 인원을 추슬러 방어전에만 집중할 터.

완고한 그들을 이끌고 강북 전역을 수행하는 것만으로도 기적이었는데, 대패 후에는 안 봐도 훤하다. 그러니 지금 이 싸움은 앞으로의 역사를 결정할 분수령이었다.

"끄응…."

한데 문제는 그것만이 아니었다. 성공적인 퇴각뿐만 아니라 오늘 전투의 결과가 중요하기 때문이다. 서울에서 지금 대대적인 싸움이 벌어지고 있다. 패전한다면 앞으로의 전역은 극히 위축될 게 뻔하다.

그야말로 산 너머 산. 당장 몰살당할 위기 속에서도 오늘 강북 전투의 승리까지 생각해야 한다. 아무리 생각해도 가능하지 않은 것 같다.

"단장님."

그때 옆에서 날 수행하던 원윤아가 보고해왔다.

"동대문역사문화공원에서 전투가 벌어졌습니다. 아군의 우익과 적의 좌익이 부딪쳤다고 해요."

동쪽에서도 드디어 싸움이 벌어졌나. 아군의 우익은 가브리엘이 이끌고 있다. 그는 강력한 천사지만 전투에 소극적이다. 과연 승리할 수 있을까?

내 코가 석 자인데 동쪽까지 걱정해야 한다. 새삼 이 전쟁이 얼마나 총체적 난국인지 실감했다. 일단 눈앞에 홀로그램 지도를 띄워놓고 살폈다. 그러다 퍼뜩 한 가지 생각이 떠올랐다.

"아니, 잠깐?"

"왜 그러시나요?"

원윤아가 의아한 듯 묻자 나는 홀로그램 지도에 표시되어 있는 지하철 노선을 손가락으로 가리켰다.

"봐봐. 여기 신촌역에서 동대문역사문화공원역까지는 지하철 2호선으로 연결되어 있어. 그럼 지하철로 이동할 수 있지 않을까?"

"네?"

황당하다는 듯 대답하는 원윤아.

당연한 얘기지만 몬스터 사태 이후 누구도 강북의 지하철로 진입한 사례가 없다.

"아니, 생각해 봐. 하이에나 시절 우리는 자주 지하철의 노선을 따라 움직였잖아. 땅밑은 분명 위험하긴 하지만 쥐새끼 같이 숨어 다니기 좋았지."

"그래서 지하철을 따라 모두 빠져나가자고요?"

"안 될 거 없잖아?"

"강남쪽에서만 숨어다녔잖아요? 강북 지하철은 어떤 상황인지 몰라요."

"해보지 않고는 모르는 법이지."

마침 신촌역은 우리의 방어선 안에 있다.

"하늘로 솟아오를 수 없다면 땅으로 꺼지면 될 거 아냐. 지하철이 어디까지 뚫려 있는지 모르겠지만 가능한 부분까지 이동하자고."

"잘못하면 땅 속에서 몰살당합니다."

"지금 이대로 있다가는 더 빨리 몰살당해."

내 대꾸에 원윤아는 할 말이 없다는 표정을 지었다. 그 정도로 지금 상황이 안 좋았다.

"게다가 생각해 봐. 흑익군이 이렇게 서울을 서쪽에서 동쪽으로 가로지르면 이 답답한 전투에 커다란 변수를 만들 수 있어. 갑자기 우리가 동대문에 나타나 아군과 합류하면 적의 좌익을 괴멸시킬 수 있지."

이대로 있다가는 그냥 무난하게 패한다.

아등바등 발악은 하고 있지만 패전은 예정된 수순과도 같다. 적도 아군도 상상하지 못한 무언가가 필요하다. 나는 이런 점을 원윤아에게 설명했다.

"그렇다면 반대하지 않겠습니다. 하지만 적이 아군을 뜯어먹으려 날뛰고 있어요. 차례대로 지하철로 물러나는 게 쉽지 않을 텐데요?"

"그렇지. 하지만 불가능한 것도 아니야. 그렇기에 냉철하고 명석한 지휘가 필요해."

"자신 있는 건가요?"

"물론. 다행히 지하철 입구가 많아. 왜 지하철로 들어갈 생각을 못했던 거지."

일단 나는 미카엘라 클랜의 천사들에게 지하철을 탐사할 것을 명했다.

"서둘러 주십시오."

"알겠습니다."

미카엘라는 태양의 대천사. 그의 천사와 헌터들은 빛을 다룬다. 어두운 지하에서 누구보다 큰 힘을 발휘하는 부류다.

얼마 뒤, 그들은 좋은 소식을 갖고 올라왔다.

"최소한 충정로역까진 이상 없습니다. 그 이상은 모르겠지만요."

"그걸로 충분합니다."

나는 곧장 아군 수뇌부에 지하철 후퇴 작전을 알렸다. 처음에는 다들 반대했지만 다른 길이 없다는 걸 깨닫고, 이 위험천만하고 무모한 작전에 동의했다.

"결정했으니 바로 움직입시다."

나는 일시적으로 적을 밀어낸 뒤, 지하철 입구로 진입하도록 명령했다.

"신촌 로터리의 북쪽은 막혀 있다! 그러니 1, 2, 3, 4번 출구를 반원형으로 둘러싸 방어진을 형성한다!"

북쪽이 군주급 몬스터들의 사체로 막힌 게 큰 도움이 됐다.

"미카엘라!"

나는 그녀에게 지하로 향한 병력을 이끌어 달라고 했다.

"어두운 곳에서 모두를 이끌기에는 네가 최고야."

"하지만 주인님은!"

"나는 퇴각을 지휘해야 해. 마지막까지 남을 필요가 있다고."

"그건 소녀가 반대다."

하지만 누군가 후퇴를 지휘해야만 했다. 그리고 그 일에 내가 가장 적합했고.

"부탁이야. 대군을 믿고 맡길 자는 너 밖에 없어."

"그런!"

"남아서 죽겠다는 게 아니잖아. 금방 뒤따라갈 테니까."

결국 미카엘라는 동의할 수밖에 없었다.

"금방 와야 한다."

"물론이야. 걱정할 것 없어."

나는 미카엘라를 먼저 보낸 뒤 혼신의 힘을 다해서 퇴각을 지휘했다. 결코 서두르지 않고 차곡차곡 물러나도록 했다. 다행히 몬스터 쪽도 몇 시간째 계속된 전투로 지쳐있었다. 그런 상황에서 아군이 수비에만 치중한 채 물러나자 어쩔질 못했다. 일부는 다른 출구를 통해 안까지 따라 들어왔지만 별 소용없었다. 아군이 좁은 통로에서 잘 버텼기 때문이다.

"좋아! 이대로라면!"

상황을 낙관하던 나는 그때 갑자기 팔에 소름이 돋았다.

"뭐야, 이 느낌?"

갑자기 강력한 힘이 출현했다. 화급히 쳐다보니 장흥억이 싸우고 있는 곳이었다. 안 된다. 이대로라면 장흥억이 위험했다.

순간 나는 갈등에 빠져들었다.

장흥억이 일촉즉발의 위기다. 당장 끼어들지 않으면 그를 구할 수 없을 것 같았다. 하지만 아군의 지휘는 어쩐다는 말인가. 아군의 반절 가까이 땅밑으로 들어간 지금 퇴각 작전은 더욱 어려워진 상태다. 우릴 뜯어먹겠다고 달려드는 몬스터는 여전한데 방어진을 구성하는 병력의 수는 줄고 있으니 당연히 그럴 수밖에 없다.

"아, 빌어먹을!"

입에서 욕이 절로 나왔다. 당장 장흥억이 죽게 생겼는데 이대로 달려갔다가는 퇴각 중인 아군이 꼬여버릴 수 있다. 이러지도 못하고 저러지도 못하는 그때, 누군가 내 어깨를 잡는다.

"본녀가 가겠다. 유제아 너는 중요한 일이 있잖느냐."

"메타트론!"

나는 그녀를 보고 반색했다. 하지만 방금 전까지도 메타트론은 적의 군주급 몬스터 둘을 한꺼번에 상대하고 있었다. 내가 의아한 표정을 짓자 메타트론이 내 발 앞에 무언가를 떨어뜨린다.

그건 고통으로 일그러진 군주급 몬스터의 잘린 머리였다. 방금 전까지 메타트론과 싸우던 녀석이 틀림없다. 그리고 그녀는 검을 들어 한쪽을 가리켰다. 그곳을 쳐다보자 가슴이 크게 베인 군주급 몬스터 하나가 이쪽을 보며 분통을 터뜨리고 있었다. 사납게 포효하고 있었으나 감히 공격해 올 엄두를 못 내고 있었다. 그것으로 대답은 충분했다.

"모두가 후퇴할 때까지 좀 남아줘야겠어."

나는 최후까지 버틸 작정이었다. 메타트론에게도 함께 해달라는 부탁이었다. 그러자 그녀는 흔쾌히 고개를 끄덕인다.

"모처럼 본녀에게 부탁다운 부탁을 하는구나."

"메타트론."

"시간이 없어서 이만!"

메타트론은 곧장 앞으로 쏘아져갔다. 나는 그녀를 믿어보기로 했다.

메타트론은 지금의 열세를 알고 있었다.

하지만 허세를 부리려 나온 것만은 아니었다. 오만의 군주 즈굴은 교활하기 짝이 없다. 허장성세를 금방 가려낼 터. 즈굴은 갑자기 끼어든 메타트론에게 놀란 것도 잠시, 섬뜩한 미소를 감추지 않았다.

"전공을 세우고 이름을 드높이기 좋은 기회로구나. 크크큭."

"흥, 네까짓 게 본녀를 이길 수 있다고 생각하는 것이냐?"

메타트론의 말에 즈굴은 박수를 치며 웃어댔다.

"크크큭! 여기 허세를 부리는 대천사가 있구나. 내 그 몸이 분신인 걸 모르지 않는데 언제까지 그리 위세를 부릴 것이냐. 참으로 잘된 일이 아닌가. 대천사의 분신이 죽으면 다시 만드는데 몇 달은 걸린다고 알고 있다. 이 기회에 전쟁에서 탈락하게 만들어주겠다."

메타트론이 본체라면 몬스터 쪽에선 왕이 오지 않는 이상 소용없다. 반면 분신이라면 전공을 세우기 좋은 기회. 그래서인지 즈굴은 지금 후퇴하고 있는 흑익군보다 메타트론에게 관심을 더 보였다.

"땅 속으로 기어들어가는 저 개미 같은 놈들은 더 신경 쓸 것도 없겠지. 우두머리가 쓰러지면 무리는 흩어지기 마련이니까! 여기서 네년을 쓰러뜨리고 이번 전투를 승리로 마무리하겠다!"

"어리석군. 즈굴."

"뭐라?"

"본녀가 아무 대책 없이 앞으로 나섰으리라 생각하느냐?"

확실히 그건 그랬다. 본체도 아닌 분신으로 즈굴에게 맞선다는 건 자살행위니까. 그러나 뭔가 비장의 수단이 있다면?

"크크큭. 웃기는군."

하지만 즈굴은 그것을 허장성세로 판단했다.

"더 대화하기도 귀찮구나. 일격에 쳐 쓰러뜨리⋯."

자신만만하게 입을 열던 즈굴은 곧 이어진 상황에 입을 다물 수밖에 없었다.

화르르륵!

메타트론의 몸을 중심으로 새빨간 불길이 일어났기 때문이었다. 특이하게도 그 불길은 메타트론의 검은 날개를 불태우며 타올랐다. 여섯 장의 날개는 곧 사라졌고 그 자리에 마치 날개처럼 불길이 드리워졌다.

"네년!"

즈굴은 자신도 모르게 한 걸음 물러났다. 그는 대번에 상대가 무슨 수를 쓴 건지 알아챘다.

"힘을 끌어내기 위해 몸을 포기한 건가!"

"때로는 승리를 위해 과감함이 필요한 법이지."

지금 메타트론의 능력은 장흥억이 사용했던 회광반조와 흡사한 것이다. 다만 큰 차이가 있다면 메타트론은 분신으로 그 기술을 구사하고 있다는 거다.

본체도 아니고 분신을 포기하는 대가로 이렇게 힘을 끌어내는 건 메타트론이니 가능한 일이었다. 다른 이들은 분신의 사용을 그 정도로 높은 경지까지 숙달하지 못했다.

"본녀가 비록 오늘의 전투에서 낙오한다고 해도 상관없다."

메타트론은 지금이 얼마나 중요한지 잘 알고 있었다. 이미 흑익군이 지하철 안으로 철수를 시작한 상황이다. 자신이 반드시 눈앞의 즈굴을 막아내야만 한다. 승부수를 던진 셈이었다.

"즈굴, 네놈만은 지옥으로 데려가지!"

메타트론의 눈동자가 그녀의 화염 날개만큼이나 이글거리며 타올랐다.

"좋다! 그리 자신있다면 어디 와보도록!"

즈굴은 메타트론의 숨겨진 한 수에 놀랐으나 막상 전투가 벌어지려 하자 호승심을 감추지 못했다. 군주급 몬스터 중 최상위에 위치한 자신이라면 승리할 수 있다고 여긴 것이다.

'비록 기세가 대단하긴 하다만 어차피 분신체의 한계는 뻔하지.'

저런 방법을 쓴다면 버티면 그만이다. 게다가 그는 매서운 공격력에도 불구하고 방어나 회피에 더욱 재능이 컸다. 환영술을 써 교활하게 싸우는 것이야말로 즈굴의 특기다.

"오라! 불꽃 날개의 대천사여!"

즈굴은 크게 외치며 양팔을 좌우로 뻗었다. 어디 해볼 테면 해보라는 듯한 태도였다. 메타트론은 불타는 검을 들고 즈굴에게 뛰어들었다. 그러자 즈굴은 환영을 발동됐다.

차르르르륵!

마치 카드가 넘어가는 듯한 소리가 나더니 즈굴의 몸이 지면에서 미끄러지며 여러 개로 늘어났다. 짧은 사이 열둘로 분화한 즈굴은 뛰어든 메타트론을 원형으로 포위했다.

"크하하하!"

즈굴은 자신의 환영술에 만족해 크게 웃음을 터뜨렸다. 산을 무너뜨릴 기세로 돌진해 온 메타트론도 갑자기 늘어난 적 앞에서 멈춰 설 수밖에 없었다.

"어떤가! 기술은 힘을 이기는 법!"

우세를 점했다고 여겨 자신만만해 하는 즈굴을 보면서도 메타트론은 차가운 눈빛이었다.

"시끄럽군. 이런 천박한 기술쯤은 압도적인 힘으로 날려버리면 될 터!"

메타트론의 주위로 갑자기 불의 돌풍이 몰아치기 시작했다. 분신체를 태워 힘을 폭발시킨 이후로 그녀의 날개는 화염으로 변한 상태다. 그 화염 날개들이 돌개바람처럼 휘몰아치며 주변을 집어삼켰다. 단번에 모든 환영들을 태워 없애려는 속셈이었다.

"크아아아아!"

주변에 있던 몬스터들은 고열에 놀라 사방으로 도망쳤다. 군주급 몬스터조차 위협하는 이 화염 속에서 있다가는 그야말로 파리 목숨. 황급히 달아나는 몬스터들 때문에 남쪽에서 밀고 올라오는 그들의 진영이 대번에 허물어져갔다. 하지만 메타트론은 그곳엔 눈길도 주지 않고 그대로 하늘로 솟아올랐다.

콰아아앙!

지면이 부서지면서 메타트론이 발사된 로켓처럼 위로 솟아오른다. 그녀의 예리한 검은 허공의 무언가를 똑바로 겨누고 있었다. 곧 무시무시한 비명이 울려 퍼졌다.

"카아아아아아!"

그 울부짖음이 어찌나 큰지 양 진영의 모두가 두려움에 멈춰섰다. 투명화한 채 허공에 몸을 숨기고 있던 즈굴의 본체가 메타트론의 검에 꿰뚫린 것이다.

"저 환영 모두가 속임수인 걸 모를 줄 알았는가!"

애초에 돌진하던 메타트론을 감쌌던 열두 즈굴은 모두 가짜였다. 진짜는 시야의 사각인 머리 위 허공에서 투명화를 한 채 기회를 노리고 있었다. 실로 교활하기 짝이 없는 술수였으나 노련한 메타트론은 그걸 간파해냈다. 도리어 안심하고 있던 즈굴에게 일격을 먹이기까지 했다.

"이런 빌어먹을 년이!"

치명적인 공격을 허용한 즈굴은 분노로 눈이 뒤집혔다. 속임수가 간파되자 원시적인 힘과 분노에 자신을 내맡겼다.

"크르르릉!"

즈굴은 야수처럼 으르렁거리며 공중에서 메타트론을 붙잡았다. 둘은 그렇게 싸우는 매처럼 허공에서 얽혀서 함께 추락했다.

쿠우우웅—!

둘은 요란한 소리를 내며 땅에 떨어졌다. 메타트론은 충격에 검을 놓쳤고 그녀의 검은 땅바닥 위를 주욱 미끄러졌다.

"이빨을 잃었구나! 대천사!"

이 절호의 기회에 즈굴은 흉부에서 피를 뿜어내면서도 악귀처럼 달려들었다. 하지만 메타트론은 작은 허점도 허락하지 않았다.

콰아아앙!

귀청을 찢는 폭음과 함께 메타트론의 몸을 중심으로 화염 폭발이 일어나 즈굴을 도로 날려버린 것이다. 고열로 전신이 달아오른 메타트론은 용광로에서 막 꺼낸 것처럼 보였다. 평소 회색빛이던 그녀의 갑옷도 고열의 쇠처럼 선홍색으로 달라 올라 있었다.

치이익.

전신에서 연기를 일으키며 메타트론은 땅바닥에 떨어진 자신의 검을 쥐어들었다. 그리고 한 발 내딛자 주변의 몬스터들이 움찔하는 게 느껴졌다. 진작 달음박질 친 졸개들과 다르게, 고위 몬스터들은 이 싸움에서 콩고물이라도 얻어먹을까 싶어 여태 버티고 있었다. 하지만 메타트론이 검을 쥔 양손에 힘을 주는 순간 그들은 죽음으로 후회하게 됐다.

번쩍.

눈동자를 찌르는 듯한 빛이 작렬하더니 메타트론의 올려베기가 대지를 갈라버렸다.

콰아아아앙!

파괴의 흔적은 도로처럼 길게 앞으로 뻗으며, 그제야 황급히 몸을 돌리던 몬스터들을 조각조각 내버렸다. 파괴력에 휘말린 몬스터들은 육편이 되어 터져나갔고, 잘린 팔다리가 어지러이 사방으로 흩어졌다.

"후우… 후우, 후….'"

과연 서열 1위라고 할 만한 위력이었다. 하지만 이 놀라운 일격에도 불구하고 메타트론의 상태는 그다지 좋지 못했다. 한계까지 끌어내고 있는 상황에서 연이어 무리한 공격을 가했기 때문이다.

메타트론은 자욱이 일어난 먼지가 몸을 가려주는 동안 잠시 얼굴을 찡그렸다. 적에게 약한 모습을 보이지 않기 위해 억눌렀던 고통이 그녀를 덮쳐왔다. 분신체의 한계가 점점 가까워지고 있는지 온몸에 불길이 일어나는 상황 속에서도 그녀는 추위를 느꼈다.

파르르.

가슴팍이 서늘하고 팔의 떨림이 점점 심해졌다. 메타트론은 그게 생명 에너지의 고갈을 의미함을 잘 알고 있었다. 허나 그녀는 절대 물러날 생각은 없었다. 그야말로 죽을 각오를 하고 있었다.

분신체가 사망한다면 한동안 강북 전역에 끼어들지 못할 테니 그건 아쉽기 짝이 없다. 하지만 지금은 흑익군을 지켜내는 게 최우선이다. 위기에 빠진 아군이 살 길은 지하철로 도망가는 것뿐이었다.

"크크크, 이게 무슨 꼴인가. 위대한 대천사."

다시 기력을 회복한 즈굴은 비웃음을 감추지 않았다. 서늘한 바람이 불어 주변의 먼지를 밀어내자 메타트론의 약한 모습은 더 이상 감출 길이 없었다. 하지만 맹수는 상처입고 약해져도 맹수다. 부하들이 보는 앞에서 볼썽 사납게 뒹군 즈굴은 오만의 군주라는 자신의 위명에 어울리지 않는 선택을 했다.

"한꺼번에 공격해 쓰러뜨리겠다!"

명예를 위해 일 대 일로 적을 상대하던 즈굴은 합리적인 결정을 내렸다. 지금은 명예보다 승리가 훨씬 중요했다. 이미 인간과 천사 상당수가 땅속으로 도망갔다. 서두르는 게 좋았다.

"크르르륵!"

"카아아아! 카악!"

즈굴의 곁에 있던 고위몬스터들도 함께 공격한다는 사실에 용기백배했다. 메타트론은 두려운 적이지만 이쪽의 수가 훨씬 많지 않은가. 게다가 상대는 지쳐서 어깨를 헐떡거리고 있다. 운이 좋다면 커다란 공을 세워 군주급 몬스터로 승급할 수 있을지도 몰랐다.

'한 번 위기를 넘기자 다시 위기가 찾아오는군.'

메타트론은 혀를 찼다. 하지만 그녀는 그 이상 불평하진 않았다. 원래 전투란 그런 것임을 알기에.

"쳐라! 갈기갈기 찢어버려라!"

즈굴의 외침과 함께 파도처럼 몰려드는 몬스터들을 보고 메타트론은 나직이 한숨을 내쉬었다. 그리고 어느 순간부터 유난히 무겁

게 느껴지는 자신의 검을 쥐었다. 그녀는 억지로 힘을 끌어내 크게 소리쳤다.

"덤벼라! 네놈들이 상대할 건 여기 대천사 하나뿐이니!"

하지만 메타트론은 그 기세 그대로 검을 휘두르지 못했다. 갑자기 빛이 번쩍하며 난입한 자가 있었기 때문이다.

쿠아아아앙!

시야를 가리는 선명한 빛 이후에는 폭음이 터졌다. 메타트론은 곧장 그가 누군지 알 수 있었다. 태양광을 연상시키는 눈앞의 빛은 그녀에게 익숙한 것이었다.

"유제아!"

메타트론의 목소리에서 위기의 순간 도움을 주러 나타난 화신에 대한 반가움이 묻어났다. 동시에 당혹감도 감출 수 없었다.

"본대의 지휘는 어떻게 하고 이쪽에 온 것이냐!"

메타트론이 당황하거나 말거나 유제아의 태도는 여유로웠다. 그는 날려버린 적들을 배경으로 유유히 메타트론에게 걸어왔다.

"네 덕분에 물러나는데 문제없어."

"그래도!"

"지휘권이라면 미카엘라에게 넘겨줬으니까 걱정하지 않아도 좋아. 나머지는 잘 해줄 거야."

미카엘라가 맡았다는 말에 그제야 메타트론은 좀 안심한 표정이었지만 여전히 불만이 남은 듯했다.

"유제아, 본녀를 두고 갔어야 맞았다. 이쪽으로 온 건 어리석은 판단이다."

"널 이대로 두고 갈 수 있겠냐."

"바보 아닌가! 어차피 분신이 죽을 뿐이다. 몇 달 불편하긴 하겠지만 본체는 이상 없단 말이야."

하지만 그말에 유제아는 고개를 가로저었다.

"미안하지만 그 꼴도 못 보겠거든."

분신이 죽는 건 몇 달 불편하고 마는 간단한 문제가 아니다. 분신으로 죽든, 본체로 죽든, 죽음의 경험은 끔찍하다. 메타트론의 정신에 충격이 없을 리가 없다.

"바보냐! 어차피 본녀는 분신의 육체를 태워서 힘을 끌어냈다. 구해주든 말든 끝이란 말이다."

"누가 몰라서 온 줄 알아?"

유제아도 메타트론이 쓴 기술을 모르지 않는다.

"지금이라도 그 화염 날개를 끄면 분신체가 아예 사망하는 결과는 막을 수 있잖아!"

"막으면 무엇하겠느냐! 어차피 힘을 다 태워서 더는 제대로 된 전투력을 발휘할 수 없을 텐데!"

"하지만 적어도 강북 전투의 행방을 눈앞에서 볼 수 있을 거 아냐! 산달폰의 일에서 완전히 신경 끌 수 있어?"

"아!"

메타트론은 탄식을 내뱉으며 대답하지 못했다. 그녀는 강북에서 여동생인 산달폰의 흔적을 찾고자 노력 중이었다. 하니 이대로 분신이 타서 없어지면 그 일에 차질이 상당하다.

"힘을 잃어도 분신체만 남아있으면 나랑 여기저기 확인하러 다닐 수 있잖아! 그런데도 여기서 죽을 거야?"

"하지만 방법이 없잖느냐!"

"방법이 없긴 왜 없어!"

유제아는 메타트론 앞을 막아선 채 몬스터들에게 소리쳤다.

"네놈들 잘도 우리집 귀염둥이를 괴롭혔겠다. 그렇다면 화신의 힘을 보여주지!"

"유제아! 설마!"

"그래!"

유제아는 오늘 전쟁을 위해 여태 현현을 아끼고 있었지만 더는 그럴 수 없게 됐다. 이렇게 된 이상 메타트론은 구출하고 흑익군의 탈출을 확실히 하기 위해 현현을 하는 게 최선이란 판단이었다.

"본디 그 힘은 카르페와의 싸움을 대비하기 위함이 아니냐."

"그건 그렇지만 이미 전장의 상황이 바뀌었다고. 계획대로만 할 수 없어."

유제아는 더 망설이지 않았다.

"현현하라!"

메타트론의 화염과 대비되는 시커먼 힘이 유제아를 중심으로 폭발했다. 그리고 검은 날개 두 쌍이 위엄있게 펼쳐진다. 즈굴은 그 모습에 눈동자에서 광기를 감추지 못하고 흥분했다.

"네놈! 크하하하하! 과연 소문의 그놈이로구나! 차라리 잘 되었다. 여기서 이 즈굴이 본체와 화신을 한꺼번에 처리하겠다!"

"웃기는군! 그게 네놈 마음대로 될 것 같은가!"

상대는 승부를 짐작하기 힘든 강적.

유제아는 처음부터 전력으로 부딪치기로 했다.

"메타트론, 내가 즈굴을 마크할 테니까 그 틈에 다른 녀석들을 쓸어버려!"

"뭐? 혼자 버티겠다고?"

메타트론은 깜짝 놀랐다. 하지만 결코 농담이 아니었다.

"그래, 내가 즈굴을 마크하는 사이에 졸개들을 무차별로 쓸어버리라고."

즈굴을 묶어두면 메타트론이 일방적으로 졸개를 두들기며 상당한 이익을 볼 수 있다. 문제는 즈굴을 나 혼자 잡아둘 수 있냐인데, 나름 자신이 있었다.

바로 얼마 전에 새로 얻은 스킬인 <방어 집중> 덕분이다. 이건 꽤 극단적인 스킬로, 공격을 포기하는 대신 방어력을 엄청나게 올려준다. 심지어 적의 공격을 쳐 되돌리는 카운터 스킬까지 못 쓰게 된다. 나 혼자라면 그야말로 무용지물이지만 지금은 상황이 다르다. 누구보다 날카로운 검이라 할 수 있는 메타트론이 곁에 있기 때문이다. 공격을 대신 해줄 사람이 있다는 전제 하에서는 더없이 유용하다.

"즈굴!"

내가 태양신격의 방패를 들고 나서자 즈굴은 흥미를 보였다.

"드디어 메타트론의 화신과 붙어 보는 건가! 꽤나 기세등등하다만 둘이 덤벼도 결과는 같을 뿐이다."

"아니! 네놈은 나 혼자서 상대한다."

"뭐라?"

즈굴은 황당함을 감추지 못했다.

"어느 날 힘을 얻은 애송이가 주제 파악을 못하는군!"

그는 분노를 폭발시키며 자신의 근육을 크게 부풀렸다.

"10년이 넘는 전쟁이 이 몸을 키웠지! 수많은 인간과 천사의 피를 이 손에 묻혔지! 그런 내게 감히 홀로 도전하겠다는 건가!"

"자랑할게 경력 밖에 없나 보군."

"뭐라!"

"내가 오늘 그 경력도 부숴주마!"

"이 주둥이만 산 놈이!"

즈굴은 더 참지 않고 내게 돌격해 왔다.

쿠앙!

마치 폭발이 일어나는 것처럼 사방으로 먼지가 날리더니 즈굴의 거구가 믿을 수 없는 속도로 부딪쳐왔다. 즈굴의 커다란 주먹이 포탄처럼 내 방패를 때리려는 순간, 나는 이대로 막았다가는 볼품없이 나가떨어질 걸 직감했다. 완전히 너덜너덜해져 버리겠지. 하지만 처음부터 그냥 부딪칠 생각은 없었다. 즉각 준비했던 <방어 집중>을 사용했다.

콰아아아아앙!

시커먼 마력으로 둘러싸인 즈굴의 거대한 주먹이 내리꽂혔다.

"크으윽!"

방어 집중을 사용했음에도 시야가 번쩍이며 짧게 정신을 놔버릴 정도였다. 마치 거대한 덤프트럭이 와서 부딪치는 것만 같았다. 하지만 기술의 효과는 확실했다. 분노한 즈굴의 공격에도 불구하고 나는 한 걸음도 뒤로 밀리지 않았기 때문이다.

"이 무슨!"

스스로의 힘에 자신감을 갖고 있던 즈굴은 깜짝 놀란 듯했다. 체면도 잊고 허둥대는 모습을 보일 정도였다.

"네놈! 어찌 끄떡도 없는 것이냐! 메타트론이라도 이 공격을 받으면 뒤로 한참 밀려날 텐데!"

나는 저 무식한 공격을 받고도 못 박힌 것처럼 자리를 지키고 있었다. 이 모습에 즈굴 뿐 아니라 지켜보던 다른 몬스터들도 놀라서 입이 쩍 벌어졌다. 나는 내심 심장이 쾅쾅 뛰고 있었으나 겉으로는 여유를 가장했다.

"마치 산들바람 같은 공격이로군. 털 하나 상하지 않겠어."

"애송이 놈이!"

내 평가에 즈굴은 자존심이 상한 건지 통나무 같은 근육질의 팔을 파르르 떤다.

"좋다! 한 번 공격을 막아낸다면 열 번 공격해서 무너뜨리면 될 터! 받아보라!"

크게 외친 즈굴은 미친 듯한 기세로 나를 난타하기 시작했다.

쾅! 콰앙! 쾅! 쾅!

일격이 내리 꽂힐 때마다 폭음이 터졌다. 요란한 소리와 함께 주변이 인정사정없이 파괴되어 갔다.

쿠직!

충격을 견디지 못하고 내가 서 있던 아스팔트에 쩍쩍 금이 갈 정도였다. 사방으로 튀는 파편 덕에 근처에는 누구도 얼씬하지 못했다. 하지만 그 와중에 흔들림 없이 굳건히 서 있는 존재가 있었으니 바로 나다.

"네놈… 대체 어떻게…."

내 이런 모습은 즈굴조차 당혹감을 갖추지 못하고 말꼬리를 흐릴 정도였다. <방어 집중> 스킬의 위력은 나조차 내심 놀라고 있었다. 아예 공격할 방법이 없다는 극단적인 포지션을 잡은 대신, 이런 강력한 공격을 버티게 해주다니. 물론 안쪽에선 충격으로 나름대로 피해를 입고 있었으나 겉으로는 티도 나지 않았다.

"이럴 순 없다! 네놈, 무슨 요상한 짓거리를 부리는 것이로구나!"

즈굴은 내가 환영이나 속임수용 더미라고 여긴 모양이었다. 나는 그런 그를 비웃으며 도발했다.

"흐흐흐, 속임수라고 생각치 않으면 자존심이 상하는 건가?"

"크윽!"

"수많은 천사와 인간의 피를 그 손에 묻혔다며? 이거, 어떻게 하나. 오늘의 나는 코피도 안 나는 것을. 하하하핫!"

일부러 그를 더욱 도발했다. 크고 과감한 공격을 해오도록 말이다. 그래야 주변에 신경을 쓰지 못한다. 지금 그는 근처에서 다른 몬스터들을 공격하고 있는 메타트론에게 어느정도 주의를 기울이고 있는 상황이다. 그래서 내게 집중하게 더욱 도발을 감행했다. 조급해진 즈굴이 전력을 퍼부어 날 어서 끝내고 메타트론을 상대해야겠단 생각을 하도록.

"즈굴! 이제 보니 네놈은 주먹이 아니라 입에만 힘이 넘치는구나! 주둥이만 산 놈은 너다!"

"뭐라!"

나는 일부러 그의 목소리를 따라했다.

"감히 홀로 도전하겠다는 거냐! 크하하하하!"

순식간에 그의 긍지는 조롱거리로 전락해 버렸다. 이 모든 게 그의 강공을 이끌어 내기 위한 준비이지만 즈굴은 분노에 사로잡혀 눈치채지 못했다. 아니, 알면서도 무시하는 걸지도 모른다. 나는 크게 숨을 집어삼켰다. 그의 눈동자에서 일어나던 불길이 갈무리 되며, 분노를 넘어 냉정이 찾아왔기 때문이다.

상대가 결정을 내렸음을 직감했다. 이제 무시무시한 일격이 날 덮칠 것이다. 방어 집중으로도 막을 수 있을지 장담할 수 없는. 도발이 먹힌 건 좋았지만 군주급 몬스터의 자존심에 다시없을 상처를 줬으니 그 반동이 만만치 않으리라.

"아주 좋다. 네놈."

즈굴은 지금까지와 차원이 다른 힘을 일으켰다. 아직 공격을 받아내기 전인데, 그 기세만으로도 벌써부터 전신에 소름이 돋고 목이 바짝 타들어갈 정도였다. 뭐라 대답할 틈도 없이 빛이 작렬했다.

번쩍.

두 손으로 단단히 방패를 받치고 있었지만 속절없이 뒤로 밀려났다.

주우욱!

방패 앞에는 거대한 에너지 덩어리가 뭉쳐서 사방에 거대한 스파크를 일으키며 이글거렸다.

파지지직! 파직!

거대한 힘이 날 그대로 날려버리려고 하고 있었다. 버티는 두 팔의 근육이 모조리 끊어져 나가는 것 같은 고통을 느꼈다.

"하아아압!"

당장이라도 이 강력한 에너지에 집어삼켜질 것 같았다. 앞은 온통 빛이라 눈이 따가웠는데 즈굴의 실루엣이 흐릿하게 보였다. 그는 광폭하게 웃음을 터뜨리고 있었다.

"흐흐흐! 이 정도라면 대천사조차 소멸시킬 일격. 겨우 인간 따위인 네놈이…."

"크아아아악!"

나는 즈굴의 말이 끝나기도 전에 있는 힘껏 에너지를 하늘로 쳐냈다. 그러자 즈굴은 눈이 휘둥그래졌다.

"대체 네놈은 뭐하는 놈이냐! 어떻게 견디는 것이야!"

도대체 지금 상황을 이해할 수가 없는 것 같다. 애초에 방어 집중이란 기술을 모르니까 더욱 당황할 수밖에. 게다가 내가 들고 다니는 태양신격의 방패는 그야말로 신물이다. 솔직히 이번에는 방어 집중만으로는 부족할 뻔했다. 방패 덕을 단단히 봤다.

"이게 다인가? 즈굴. 그렇다면 적잖이 실망인데."

"크흐흑!"

"즈굴, 네놈은 메타트론의 본체를 만난다면 꽁지 빠지게 도망가는 게 좋을 거다. 화신인 이 몸도 제대로 쓰러뜨리지 못하면서 그리 기세가 좋았단 말이냐! 크하하하하!"

"이놈! 뚫린 입이라고 맘대로 지껄여! 감히 이 즈굴님께!"

즈굴은 화를 참지 못하고 전신을 격동했다. 결국 그는 다시 명예를 팽개치고 주변의 몬스터들을 불렀다.

"됐다! 이런 지지부진한 싸움에 매달리고 있을 이유는 없지! 모두 한꺼번에 덮친다!"

다시 부하들을 동원하려는 즈굴. 공을 세울 기회가 오면 독식하기 위해 주변을 배제하지만, 사정이 나빠지면 금방 태도를 바꾸는 게 그의 성격이었다. 참으로 자기 맘대로다. 하지만 아까 메타트론을 압박하던 때와 다르게 이번에는 부하들이 응답하지 않았다.

"음?"

의아해져 주변을 둘러보는 즈굴. 그는 그제야 가까이 있던 자기 부하들 태반이 쓰러진 걸 깨달았다. 잠깐 내게 집중하고 있던 사이를 노려 메타트론이 일거에 휩쓸어버린 것이다.

"이놈들! 처음부터 노림수였구나!"

그제야 즈굴은 사태를 파악했다. 아직 몬스터들의 수는 대단히 많지만 그들 대부분은 이 전투에 놀라 수십 미터나 뒤로 물러나 있었다. 공연히 휘말렸다가는 목숨도 부지하지 못할 테니까. 그나마 고위 몬스터와 즈굴의 친위대 같은 존재들이 자리를 지켰으나 메타트론의 공격에 줄줄이 쓰러져버렸다. 수만이 엉켜있는 이 시끄러운 전장 일대에는 즈굴과 나, 메타트론, 이렇게 셋만이 서 있다. 드디어 우리가 원하는 상황이 됐다.

"이 쓸모없는! 쓰레기 같은 것들! 어서 이쪽으로 오지 않고 뭐하느냐!"

즈굴은 공포에 질려 뒤로 물러난 몬스터 무리에게 지배력을 행사하기 시작했다. 지배력은 상위 몬스터가 하위 몬스터의 의지를 강제하는 능력. 몬스터 군대는 여전히 주눅 들고 꺼려하는 기색이 었지만 즈굴에 의지에 호응에 다시 이쪽으로 몰려왔다. 하지만 영 내키지 않는 듯 그 속도가 더뎠다.

"메타트론, 이 틈이면 충분해!"

"두말할 필요 없다!"

잠깐의 여유였다. 30초 정도면 이 일대는 다시 몬스터의 무리로 바글거려 퇴로까지 막혀버릴 거다. 썰물처럼 물러났던 몬스터 떼가 즈굴의 지배력 때문에 다시 밀려오고 있었기 때문이다. 그들은 메타트론과 날 단숨에 집어삼키겠지. 그러니 이 30초 안에 승부를 봐야했다.

"즈굴을 인질로 잡는다!"

내 외침에 메타트론은 검을 들고 쏘아져나갔다. 30초 안에 즈굴을 굴복시키고 인질로 잡는다. 그리고 즈굴을 이용해 이 몬스터 무리 속을 탈출한다. 그게 순간적으로 우리가 세운 계획이다. 힐끔 뒤를 보니 다행히 미카엘라가 지휘하는 아군은 거의 지하로 도망간 뒤다. 이 살벌한 몬스터의 파도 속에 노출된 건 메타트론과 나뿐이란 말이다. 살기 위해서는 즈굴을 인질로 잡을 필요가 있었다.

"뭐라! 크하하하! 나를 인질로 잡겠다고!"

즈굴은 황당하다는 듯 두 팔을 벌리고 웃어댔지만 처음과 다르게 여유가 없었다. 메타트론과 내가 한꺼번에 달려들자 그의 표정이 흔들리고 있었다. 그래서인지 악을 쓰며 외쳐댔다.

"너희는 이 상황을 극복할 수 없다! 너희는 절대…"

퍼어억!

요란한 소리와 함께 내가 휘두른 방패가 그의 안면을 강타했다. 고성을 지르며 메타트론의 검격을 피하던 그의 빈틈을 노린 것이었다. 나 혼자라면 이렇게 깔끔한 공격을 성공시킬 수 없었을 거다. 메타트론 덕에 아주 시원한 손맛을 맛볼 수 있었다.

"닥쳐! 이런 상황! 내 방패 하나면 충분히 극복할 수 있으니까!"

허를 찔려 휘청하는 즈굴을 향해 메타트론과 나는 맹수처럼 달려들었다. 양쪽에서 절묘하게 조여 들어가는 게, 그야말로 피할 구석이 없었다. 오래 손발을 맞춘 메타트론과 나니까 가능한 연계였다.

"크윽! 빌어먹… 크아악!"

결국 즈굴은 옆구리에 커다란 상처를 입고 비명을 터뜨렸다. 그는 허리에서 피를 쏟아내며 반격해 왔지만 메타트론에게 다시 한번 더 베이고 말았다.

"카아아아!"

가슴팍이 길게 갈라져 피를 줄줄 흘러나왔다. 그러자 절대 쓰러지지 않을 듯했던 이 거구가 넘어질 듯 휘청였다.

"좋아!"

나는 마치 몇 시간 동안 거대한 나무를 넘어뜨리기 위해 도끼질을 한 나무꾼과도 같은 희열을 느꼈다. 상대는 강력했지만 메타트론과 내 협공이 굉장했다. 내가 방패로 즈굴의 공격을 모조리 받아내는 틈에 메타트론은 공격에만 전력을 집중했다. 검과 화염이 즈굴을 휘감자 그는 더 버틸 재간이 없었다.

"어디 네놈들 마음대로 될 것 같은가!"

즈굴은 장기인 환영술을 다시 일으켰다. 하지만 메타트론의 혜

안 앞에서는 부질없는 짓이었다.

　부웅!

　강렬한 파공음과 함께 그의 팔 하나가 허공으로 날아갔다. 이쪽으로 달려오던 몬스터들은 놀라서 탄성을 지르며 주춤거렸고 그 틈에 메타트론이 즈굴의 목에 검을 가져다댔다. 적의 지휘관을 인질로 잡은 것이었다. 즈굴은 목덜미에 닿은 서늘한 감각에 얼굴이 구겨졌다. 하지만 지금까지 날뛰던 게 무색할 정도로 멈춰서 미동도 하지 않았다.

　"멈춰! 네놈들 대장 죽는 꼴 보기 싫으면!"

　메타트론이 즈굴을 맡고 있는 사이 내가 나섰다.

　"더 다가왔다가는 여기 즈굴의 목을 썰어버리겠다! 물러나!"

　몬스터들은 내 협박에 쉽사리 다가오지 못하고 주춤거렸다. 하지만 뭔가 분위기가 달라진 게 느껴졌다. 공기가 변한 것 같다고 해야 하나. 생각보다 즈굴을 인질로 삼고 협박하는 효과가 약하다. 나는 불안감을 느꼈다.

　"메타트론, 즈굴을 붙잡고 서서히 뒤로 물러나자. 생각보다 반응이 미묘해."

　"아무래도 놈이 위엄을 잃어버려서 그렇겠지."

　"위엄을 잃어버렸다고?"

　"그렇다. 우리에게 인질로 붙들린 탓이다. 상당히 꼴사나운 모습이잖느냐."

　"확실히…."

　상위 몬스터는 하위 몬스터를 지배력으로 통제한다. 그리고 이 지배력은 카리스마 수치와 밀접한 관련이 있다. 카리스마 수치를 유지하기 위해서는 위엄이나 체면, 명예 같은 보이지 않는 가치들이 중요하다. 한데 지금 즈굴은 대장임에도 팔이 날아간 채 적에게 붙들렸다. 대번에 몬스터들이 자신의 주인을 낮게 보기 시작한 것이다.

"위엄이 흔들리니 지배력에도 문제가 생기는 거다. 점점 군대를 지배하던 즈굴의 힘이 약해지는 게 느껴진다."

"몬스터들의 통제가 풀리면 어떻게 되지?"

"제멋대로 날뛰겠지. 이쪽을 공격할 수도 있고 사방으로 흩어질 수도 있다. 하지만 여기엔 군주급 몬스터들이 여럿이니 그렇게 되지는 않을 터. 저마다 군주급 몬스터들이 몬스터들을 통제해 자기가 하고 싶은 대로 할 거다."

각 군주급 몬스터들이 무엇을 할지는 메타트론도 모른다고 했다. 하지만 한 가지는 짐작이 된다고 덧붙였다.

"군주급 몬스터 중 누군가는 반드시 즈굴을 사냥하려고 할 것이니라."

"알만하군. 다들 야심만만한 놈들이니까. 대장이 약한 모습을 보이면 자신이 그 자리를 차지하려고 하겠지."

몬스터들에겐 군대의 승리보다 자신의 승리가 더 중요하다. 그걸 통제하고 있는 게 상위 몬스터의 지배력이고. 지배력이 흔들린다면 기꺼이 그들은 집단보다 개인의 영달을 위해 움직인다.

"요컨대, 유제아. 우리가 즈굴을 인질로 잡고 있어도 조금도 안전하지 않다는 거다. 계속 물러나자꾸나."

현재 자신의 처지에 큰 굴욕을 느낀 듯 즈굴은 울부짖었으나 메타트론과 내 무차별적인 구타에 다시 입을 다물었다. 대장 주제에 인질로 잡혀서 그의 체면은 엉망이 됐다. 무슨 짓을 하던 갈수록 위엄을 잃어가고 있었다. 나는 그를 데리고 지하철 입구 쪽으로 물러나며 비아냥거렸다.

"사로잡혔을 때 장렬히 산화했어야지. 깔끔하게 자결했으면 이런 꼴은 안 겪잖아?"

내 빈정거림에 메타트론이 동조한다. 아주 손발이 딱딱 맞는다.

"냅둬라, 유제아. 놈은 쫄보 중의 쫄보다. 아니, 군주급 몬스터란 놈들이 다 그렇지. 높은 지위에 올라 거들먹거리지만, 거기서 조금만 미끄러져도 이렇게 천박한 밑천이 다 드러나는 거다."

즈굴은 굴욕감에 몸을 덜덜 떨었다.

"이 개잡놈들이!"

하지만 그는 곧 비명을 지르며 몸을 계속 움직일 수밖에 없었다. 내가 마법 주머니에서 갈고리를 꺼내 그의 몸에 고정해 놨기 때문이다. 갈고리에 연결된 사슬을 잡아끌자 즈굴은 애처로운 소리까지 내며 끌려왔다. 군주급 몬스터 중에서도 최상위에 있다는 지위가 무색한 모습이었다.

"교활하고 악한 놈들은 하나 같이 이렇지. 품위라곤 찾아볼 수 없다. 이들에게서 위엄을 느낄 수 있다면 그건 폭력으로 만들어진 환상일 뿐이니라."

메타트론은 몬스터들의 성향에 대해 꽤나 신랄했다. 아무래도 맺힌 게 상당하겠지. 하지만 더는 그런 얘기를 하고 있을 여유가 없었다.

"크르르릉!"

"솨아아아아!"

기기묘묘한 소리를 내며 몬스터들 사이에서 군주급 몬스터들이 모습을 드러내고 있었기 때문이다. 딱 봐도 위압감이 느껴져 수많은 몬스터 무리 중에서도 절로 눈에 들어왔다. 그들은 혀를 낼름거리거나 더듬이를 흔들며 빠르지도, 느리지도 않게 다가오고 있었다. 이대로라면 지하철로 도망가기 전에 군주급 몬스터들과 전투가 벌어질 듯했다.

"좋지 않군….'"

옆을 힐끔 보니 메타트론은 거의 한계에 다다른 모습이었다. 그녀의 화염 날개는 눈에 띄게 작아졌다. 더 무리했다가는 진짜로 분신체가 사망할 거다. 나 역시 현현을 했다고 하나 저 많은 수를 상대하긴 무리다.

"크크큭! 곤란한가 보군!"

즈굴은 애써 비웃음을 흘리고 있었으나 표정이 좋지 않았다. 사실 지금 가장 난처한 건 그이기 때문이다. 저 군주급 몬스터들은 무력화된 즈굴을 상대로 반드시 하극상을 일으키고 그의 자리를 차지하려 할 것이기 때문이다. 나는 이런 점을 지적했다.

"정말이지 저들에겐 다시없을 기회겠군. 인간과 천사들은 지하로 도망가 버렸지. 전투가 끝난 이 타이밍이라면 저들도 부담 없이 우두머리를 쳐내려고 할 거야."

"빌어먹을….'"

그 자신이 군주급 몬스터기에 누구보다 사태를 잘 이해하고 있는 즈굴은 침음을 흘렸다. 이제와서 지휘권을 회복하기란 요원한 상황이었다.

"네놈 몸만 성했어도 윽박질러 상황을 넘길 수 있었겠지. 하지만 자신의 꼴을 보라, 즈굴. 메타트론의 검이 만든 수많은 상처가 널 약하게 만들었다. 저놈들의 눈이 야망으로 불타오르기 충분할 정도로."

"그래서 어쩌라는 것이냐!"

"이미 네놈이 돌아갈 곳이 없다는 거다! 살려면 여기서 같이 빠져나가야 된다."

참으로 일이 얄궂게 됐다. 즈굴은 인질로 잡힌 순간 이미 나락으로 떨어진 거다. 진중의 군주급 몬스터들은 그를 더 이상 대장으로 인정하지 않는다. 살해당하지 않으려면 우리와 함께 도망갈 수밖에. 즈굴은 이 기막힌 처지에 분통을 터뜨렸다.

"이런 엿 같은!"

"즈굴. 지배력을 발휘해 저 군주급 몬스터들을 저지하라."

"시키는 대로 할 것 같은가!"

자기 처지를 알면서도 자존심 때문인지 반항적으로 나왔다. 하지만 그에겐 선택의 여지가 없었다.

"살고 싶으면 따르는 게 좋을 걸? 만약 거절한다면 팔다리를 모두 자른 뒤에 저놈들에게 던져주겠다. 우리야 그 틈에 도망가면 되겠지."

즈굴은 자신이 살 길은 우리에게 인질로 잡혀있는 것뿐이라는 걸 알고는 괴로운 표정이 됐다. 나는 그를 더욱 압박했다.

"즈굴, 우리가 네놈을 인질로 삼을 마음이 남아있을 때 결정해라. 지배력을 써서 틈을 만들라고 한 건 무리해서라도 네놈을 데려가면 쓸모 있을 것 같아서다. 수가 틀리면 그냥 버리고 가겠다. 팔다리를 모두 잃고 부하들의 하극상을 견뎌보던가."

"……."

침묵하던 즈굴은 지배력을 오래 발휘할 수는 없다고 했다.

"이미 부하들이 내게 느끼는 공포가 많이 사라진 상황이다. 그리고 이 몸은 개망신을 당했지. 지배력이란 힘에 커다란 문제가 생겼단 말이다."

"알고 있어. 하지만 아직 약간은 여력이 남았을 거 아냐."

지배력이 약화되긴 했지만 갑자기 증발하듯 사라지는 건 아니다. 나는 그걸 군주급 몬스터에 쓰라고 종용했다.

"무리다. 저 녀석들을 다시 지배할 정도는 아니야."

"그 정도는 바라지도 않는다. 멈칫하게 해. 지금 나서도 될 때인지 망설이게 만들라고!"

하지만 즈굴이 대답할 틈은 없었다. 그때까지 서로의 눈치를 보던 군주급 몬스터들이 나름대로 합의를 이룬 듯, 곧장 달려들어 왔기 때문이었다.

"빌어먹을! 즈굴!"

악을 쓰는 내 목소리에 호응하듯 즈굴이 지배력을 쥐어짰다. 아마 이건 그에게 있어 마지막 카드일지도 모르겠다.

"너희 군주가 외치니! 복종하라!"

즈굴의 목소리가 쩌렁쩌렁 울리자 일반 몬스터들은 혼비백산했고 군주급 몬스터들도 움찔하며 멈췄다. 그 기세가 실로 대단해 즈굴은 단번에 본래의 대장 자리로 돌아갈 수 있을 듯 보였다. 본인역시 그런 기대를 했는지, 멈칫한 군주급 몬스터들이 지배력을 이겨내기 시작하자 크게 실망하는 기색이었다. 하지만 우리에겐 그틈이면 충분했다.

"메타트론!"

"알겠다!"

메타트론과 나는 군주급 몬스터들이 지배력을 벗어나기 위해 틈을 보이는 때를 노려 모든 공격을 퍼부었다. 크고 강한 기술을 일시에 사용하자 대폭발이 일어났다.

콰아아아아아앙!

폭음과 함께 자욱한 연기가 일었고 그 틈에 우리는 즈굴을 데리고 지하철 입구로 도망쳤다.

"이런! 즈굴 놈 덩치가 커서 문제구나!"

지하철 입구에 즈굴의 어깨가 꼈다. 안으로 들어가는데 애를 먹고 있었다.

"어깨 부분을 잘라내!"

내 외침에 메타트론의 검이 빛을 뿌리더니 즈굴의 한쪽 어깨를 베어서 날려버렸다. 검은 피가 지하철의 더러운 벽면에 질척하게 튀었다.

"크아아! 이 빌어먹을 놈들! 네놈들을 죽일 테다! 저주할 테다!"

격통에 즈굴은 발버둥을 쳤지만 나는 그를 걷어차며 재촉했다.

"닥치고 뛰기나 해! 여기서 살해당하기 싫으면!"

우리는 지하철 안으로 들어갔고 곧 입구를 무너뜨렸다. 더는 이곳으로 들어올 아군은 없다. 흑익군 중 우리가 마지막이니까.

와르르르! 콰아앙!

입구가 막히자 우리는 겨우 한숨을 돌릴 수 있었다. 메타트론과 나는 선로로 내려가 먼저 출발한 흑익군을 뒤쫓았다.

"메타트론. 놈들이 지하철 입구를 파헤치고 추격해 올까?"

내 물음에 즈굴을 마법의 사슬로 결박해 이끌고 가고 있던 메타트론이 고개를 저었다.

"이런 장소로 따라 들어오는 건 저들도 큰 위험을 감수하는 일이다. 그럴 바에는 지상에서 자기들끼리 누가 대장인지 패를 나눠 겨루겠지. 어차피 오늘 전쟁에서 이겼다고 생각할 테니까."

"흐음…."

일이 묘하게 굴러가는 느낌이다. 비록 흑익군은 도망치긴 했지만 절묘하게 지하철로 빠져나가 손실이 크지 않다. 그런데 몬스터들은 승전에 안심하고 이제 대장 자리를 놓고 자기들끼리 싸우는 건가.

"이거 완전 개이득인데…."

포위를 뚫고 도망가는 상황이었지만 생각보다 나쁘지 않았다.

"메타트론, 미카엘라와 방금 연락해 봤는데 몇 정거장 앞쪽에서 기다리고 있데. 그나저나 하이에나 시절에도 그렇고 여전히 지하철에 도움을 많이 받는군."

나는 감회에 젖어 그림자가 일렁이는 지하 철로를 살펴보았다.

예전과 다른 게 있다면 야투경을 쓰고 쥐새끼처럼 살금살금 이동하는 게 아니라, 불빛을 훤히 밝히고 걷고 있단 점이었다.

"밍기적거리지 말고 어서 걸어라."

"크윽… 어쩌다 내 신세가….."

구박하는 메타트론과 연신 신세한탄에 빠진 즈굴의 모습은 꽤 볼만했다. 나는 뒤에서 따라가면서 상태창을 열었다. 마침 생각난 게 있어서다.

"과연….."

내가 혼자 고개를 끄덕이자 앞에서 걷던 메타트론이 관심을 보였다.

"무슨 일이냐? 유제아."

"레벨 업을 했어."

"아, 그럴 만하군."

방금 전투에서 많은 적을 쓰러뜨리고 즈굴까지 사로잡았다. 레벨 업을 못 하는 게 이상하다. 미카엘라와 합류할 때까지 시간이 있었기에 나는 메타트론을 따라가면서 레벨 업 버튼을 눌렀다.

띠링!

효과음이 울리며 능력치 전반이 상승했다. 이건 매번 보는 거고 중요한 건 새로 얻는 스킬이다.

"음?"

"뭔데 그러느냐? 유제아."

"생각 못 한 거라서. 전투 스킬 같은 게 나올 줄 알았거든….."

피와 철의 군주

당신이 배당 받은 스탯을 몬스터 지배에 사용한다면, 추가적인 지배력 향상을 얻을 수 있습니다.

몬스터 지배를 배울 경우 유리해지는 스킬이었다. 지금까지는 얻은 스탯 포인트를 모조리 천사 지배에 쏟아부어왔다. 메타트론에게 그렇게 무식하게 집중하면 좋지 않다는 핀잔을 들어왔지만 실제로 효과를 봐왔다. 하지만 그건 지금까지 적보다 아군과 더 많이 싸웠기에 그런 것이다. 이젠 내부를 정리하고 대북방 전쟁에 나선 상황. 천사보다는 몬스터를 지배하는 게 훨씬 유리하다.

"사실 천사 지배력도 한계에 다다랐기도 하고…."

안 그래도 몬스터 지배에 집중하려고 했는데 마침 잘 됐다. 나는 망설일 것 없이 새로 얻은 스탯 +15포인트를 모조리 몬스터 지배에 사용했다.

몬스터 지배력이 늘어납니다! 좀 더 많은 몬스터, 좀 더 상위의 몬스터를 지배할 수 있게 됩니다!

좋아, 새로운 능력을 얻었군. 매번 그렇지만 능력을 얻으면 어서 써보고 싶은 생각에 사로잡힌다.

"마침…."

나는 앞쪽에서 비참한 몰골로 걸어가는 덩치를 바라보았다. 영광된 위치에 있던 그는 이제 한쪽 어깨가 날아간 채 터덜터덜 걷고 있었다. 하지만 상대는 군주급 몬스터 중에서도 최상위. 지배가 가능할 것인가? 메타트론에게 이 문제를 소곤소곤 상의했다. 그녀는 미간을 좁히더니 고민하는 기색이었다.

"가능할 것 같기도 하구나."

"뭐? 정말?"

생각지도 못한 긍정적인 대답에 나는 반색했다.

"네가 도와주면 되나?"

"설마. 본녀는 분신체로 무리하게 힘을 끌어내는 바람에 그럴 여유가 없다. 본래 소멸했어야 정상인데 유제아 네 덕에 이나마 남은 거다."

"그러면?"

"저길 보거라. 즈굴이 반쯤 죽어가고 있지 않느냐. 유제아, 너도 알겠지만 대상의 몸과 마음이 약해질수록 지배는 성공하기 쉬워진다. 게다가 놈의 카리스마가 대폭 하락하지 않았느냐. 카리스마는 지배력 그 자체와 연관이 깊다. 내가 누군가를 지배할 때도 중요하지만, 누군가의 지배에 저항할 때도 중요하다."

군주급 몬스터들이 괜히 전공이나 체면에 집착하는 게 아니다. 그게 다 본인의 카리스마 수치와 영향이 있으니 그렇다.

"몸도 마음도 엉망이 된 지금은 그야말로 호기군."

메타트론은 고개를 작게 끄덕였다. 하지만 상대가 상대이니만큼 장담하긴 어렵다고 했다.

"저놈의 성정에도 달렸다. 대군주 카르페를 향한 충성심이 강하다면 그만큼 지배는 어려워진다. 반대로 기회만 오면 편을 바꾸는 스타일이라면 할 만하지. 아무래도 후자인 것 같지만."

"그래, 교활함이 녀석의 품성이니까."

게다가 상대는 우리 손에 들어와 있다. 굴복하지 않는다면 죽기 직전까지 고문하는 것도 방법이다. 녀석이라면 끝까지 버티는 대신 편을 바꿔 탈 것 같았다.

"즈굴."

내가 부르자 앞서 걷던 그가 우뚝 멈춰 섰다.

"이 몸의 처분을 결정한 것인가?"

"그래."

아무리 즈굴이 강하다고 해도 죽음 앞에서까지 담담하진 못할 거다. 애초에 그럴 거면 사로잡혔을 때 자기 목숨은 도외시하며 맹렬히 덤벼들었겠지. 아니나 다를까, 그는 피가 철철 쏟아지는 어깨를 부여잡으며 비굴하게 제안해왔다.

"메타트론의 화신이여. 그대가 감정보다 이득을 우선함을 안다. 현명한 결정을 내리길 바란다."

"왜? 살려두면 쓸모가 있다는 건가?"

"맞다. 이 즈굴, 어차피 돌아가지도 못한다. 그대에게 봉사하도록 하지. 생각해 보라, 나 같은 존재의 조력은 커다란 도움이 될 것이다."

즈굴은 자신이 도우면 무엇을 할 수 있는지 어필해 왔다. 몬스터 군대에 대한 고급 정보와 경복궁을 공략할 방법까지, 간교한 혓바닥으로 사탕발림을 시작했다.

"모두 좋은 이야기로군. 즈굴. 하지만 네놈의 협조는 필요 없다. 내 입장에선 그저 요구하기만 하면 될 터."

오만한 내 말에 즈굴이 인상을 찌푸리며 콧김을 내뿜는다.

"노예로라도 부릴 작정인가? 비록 이런 처지에 빠졌지만 날 너무 만만히 보지 않는 게 좋을 것이다."

아직 허세를 부릴 여력은 남았나 보다. 기왕 포로로 잡힌 거 뭐라도 협상해 볼 생각인 것 같은데 어림없는 일이다.

"즈굴, 네놈은 운이 나쁘다고 할 수 있지."

"뭐라?"

"널 포로로 잡은 이가 바로 지배의 천사를 섬기고 있기 때문이다. 즉, 지배의 힘을 쓸 수 있단 말이다."

즈굴은 즉각 무슨 얘기인지 알아듣고는 눈이 휘둥그레졌다.

"설마, 이 몸을 지배라도 하겠다는 것이냐!"

"왜 아니겠나! 꿇어라! 지금 네놈의 처지를 알려주마!"

더 말할 것도 없이 바로 지배력을 발동했다. 시커먼 기운이 내 손을 중심으로 휘몰아치더니 단번에 즈굴에게 쏘아졌다.

"크아아아악!"

즈굴은 자신을 사로잡아오는 힘에 화들짝 놀라서 비명을 지르며 저항했다. 하지만 그는 자신의 의지를 지키기에는 너무 무력해져 있었다. 마치 말라버린 해자요, 무너져버린 성벽이었다. 내 지배력은 몬스터에게는 처음임에도 너무나 효과적으로 즈굴의 의식 한 부분, 한 부분을 점령해나갔다.

"이 빌어먹을 놈! 크아아아!"

"복종하라! 비루한 몬스터여!"

"누굴 감히 비루하다 칭하는 건가!"

"이제부터 네놈 주인 앞에서 그렇게 될 것이다!"

지하 터널 안에서 즈굴과 내 격해진 목소리가 쩌렁쩌렁 울렸다. 이건 단순한 말다툼이 아니었다. 지배하려는 자와 벗어나려는 자의 기싸움이었다. 하지만 승리를 확신한 낚시꾼이 그렇듯, 나는 땀을 뻘뻘 흘리는 중에도 입가에 미소가 감돌았다. 눈앞의 월척이 점점 그 힘을 잃어가고 있었기 때문이다.

"크윽….."

이윽고 즈굴의 입에서 많은 감정이 담긴 비통한 음성이 흘러나왔다. 그는 아마 자신이 어떤 식으로든 좋지 않은 최후를 맞이하리라는 건 알고 있었겠지. 하지만 설마 그게 인간에게 지배당하는 거라고는 생각도 못했을 거다.

"이래서 인생이 재밌는 법이지."

이미 난 승리를 확신하고 있었다. 즈굴의 남은 의지는 거센 불길에 휩싸인 것처럼 가망이 없었다.

주륵.

이마에서 땀이 흥건하게 흘러내렸다. 알게 모르게 꽤나 힘을 썼나 보다. 다리가 휘청거리자 메타트론이 혀를 차며 팔을 잡아온다.

"이런 모자란 화신을 보겠나. 아픈 본녀가 부축하게 하다니."

말은 그렇게 하면서도 그녀의 태도는 상냥했다.

"처음이라 그런 것이다. 익숙해지면 오늘 같은 일은 없을 터."

"그거 다행이군. 전투 중에 이랬다면 당황했을 거야."

화르르륵.

그때 시커먼 불길과도 같은 지배력이 마지막으로 거창하게 피어올랐다. 그리고 이전과는 완전히 달라진 즈굴이 모습을 드러냈다. 과거의 얽매임에서 해방되어 이제 나만을 섬겨야 하는 처지, 그는 그걸 어떻게 받아들일까?

저 녀석 같은 고위 존재는 하위의 몬스터와 다르게 자아를 잃고 맹목적인 추종자가 되지는 않는다. 즈굴은 즈굴 그대로다. 그저 내게 복종할 수밖에 없다는 걸 절절히 깨달았을 뿐이다.

"지배된 처지가 그를 미쳐버리게 할지도 모른다."

메타트론의 말에 나는 고개를 끄덕였다.

"그렇게 되면 아쉽지만 처분해야지."

우리 둘은 즈굴의 반응을 지켜봤다. 그리고 전혀 생각지도 못한 모습을 보게 됐다.

"이런 염병…."

즈굴은 뭔가 아저씨 같은 말투를 내뱉더니 근처에 털썩 주저앉았다. 강자의 위엄은 흔적도 없이 사라져있었다. 그는 우리 둘을 복잡한 표정으로 보면서 혼자 머리를 긁적였다.

"아, 존나 되는 게 없구먼…."

나는 오만하고 교활한 군주급 몬스터가 갑자기 동네 아저씨처럼 급격히 변해버려 어이가 없었다.

"뭐…?"

"뭐긴 뭐야. 메타트론의 화신이여. 이미 위엄이란 위엄은 다 잃었다. 게다가 네놈에게 지배까지 됐는데 이제와 체면 차리라고? 니

미럴. 그렇게는 못하지."

즈굴은 잡석 위에 반쯤 몸을 뉘이고는 건들거렸다. 메타트론조차 그런 태도에 눈이 동그래졌다.

"유제아, 저놈이 실성한 것이냐?"

대답은 내가 아니라 즈굴 쪽에서 나왔다.

"거, 말 좀 조심하지? 멀쩡한 몬스터보고 실성했다니?"

"……."

방금까지 생사대적처럼 싸웠던 게 믿기 어려웠다. 즈굴은 심지어 마법으로 음식 같은 걸 허공에서 꺼내더니 으적으적 먹기 시작했다. 내가 망연히 쳐다보자 그는 씹던 살덩이를 내민다.

"왜? 한 입 할 텨?"

"허……."

내가 계속 말을 못하자 즈굴은 지방질이 묻은 자신의 손가락을 알차게 핥아먹으며 입을 열었다.

"이상하게 생각할 거 없어. 어차피 누군가의 종놈으로 부려지는 건 대군주 카르페 밑에 있으나 대천사 메타트론 밑에 있으나 똑같으니까. 날 하인처럼 부릴 생각이지? 뭐, 그러면 하는 일은 달라진 게 없다 그거야. 누군가를 속이고, 죽이고, 조각내는 거, 그게 내 특기니까. 그냥 진영이 바뀐 것뿐이야. 사소한 문제지."

이 한없이 긍정적인 마인드는 대체 무엇…. 틀린 말은 아니지만 저 천연덕스러운 태도에 메타트론과 나는 입을 쩍 벌렸다.

"즈굴이 확실히 난 놈이구로구나. 유제아, 이놈은 우리 생각보다 거물일지도 모르겠다."

메타트론의 말에 나는 그저 고개를 살짝 끄덕일 수밖에 없었다. 그러자 즈굴은 우리 둘을 보더니 크큭 웃으면서 손을 내밀었다.

"팔병신이다만 악수라도 하자고. 크크큭!"

"태세 전환이 빠르군. 너는 대군주 카르페가 아끼는 부하로 유명하지 않았나?"

"그냥 현실적인 걸로 봐주라고. 내가 보기엔 천사나 몬스터나 그게 그거니까. 소속이 바뀐 것뿐이잖아."

어디서 들어본 것 같은 논리였다. 저 묘하게 염세적인 반응은 낯설지 않다. 그래, 우리엘……

"그 녀석은 자신의 길에 선도 악도 없다고 했지."

즈굴은 내 중얼거림에 즉각 반응했다.

"음? 누가 그런 말을 한 거지? 상당히 맘에 드는군."

"우리엘이다."

"하핫! 역시 그 친구라면 말이 통할 줄 알았지."

즈굴은 웃으며 자리에서 일어나더니 하나뿐인 팔로 내게 어깨동무를 해왔다.

"우리엘, 그 친구는 우리 몬스터 쪽에서도 잘해나갔지. 하지만 금방 배신을 하더군. 하지만 난 걱정 말라고."

그는 자기 머리를 손가락으로 톡톡 건드리며 너스레를 떨었다.

"여기 안전장치가 됐잖아? 크흐흐. 믿고 쓴다는 거지."

"허……"

대체 이 쾌활함은…. 당혹한 내 표정을 본 듯 메타트론이 슬쩍 한 마디 한다.

"아무래도 상관없지 않느냐. 지배가 명확히 들어갔으니까. 곤란해질 때는 해치워 버리면 그만이다."

"어이쿠, 본인 앞에서 그런 소리는 자중해 달라고."

"흥! 뻔뻔한 놈. 방금까지는 아군을 죽이던 놈이 천연덕스럽게."

"이제 그들은 본인의 아군이라네."

즈굴은 과장된 몸짓으로 인간과 천사 진영을 위해 봉사할 준비가 됐다고 소리쳤다. 과연 이게 그 악명 높던 오만의 군주 즈굴이 맞단 말인가.

"어쩐지 이 몸은 천사 진영에서도 잘 해나갈 수 있을 거 같아. 라파엘이라고 있잖아? 그 녀석을 보면 미친 거는 천사나 몬스터나 별 차이가 없는 것 같거든."

그 부분은 정곡이라 할 말이 없었다. 라파엘뿐이 아니다. 천사 진영에도 똘끼로 따지면 몬스터에게 지지 않을 인재가 여럿이니까.

"됐어. 잡담은 그만하고 미카엘라와 합류한다."

나는 메타트론, 즈굴을 대동하고는 과거 지하철이 다녔던 통로를 따라 걸었다. 밖과 다르게 안은 음산한 느낌이 들 정도로 서늘했다. 녹슨 철로에는 어떤 몬스터가 묻힌 건지 모를 끈적끈적한 체액이 번들거렸다. 나는 발바닥에 묻은 그걸 근처의 돌에 닦으며 슬쩍 즈굴을 보았다.

그래, 데리고 있다가 정 안 되면 없애버리면 그만이다. 혼자 그렇게 결론을 내리고 있는데 어째서인지 즈굴이 움찔하는 게 보였다. 그리고는 전에 본 적 없는 간사한 미소를 지으며 실실 거린다.

"앞으로 이 몸이 많은 도움이 될 거야. 틀림없다고. 크하하."

마치 내 마음을 읽기라도 한 것 같다. 그는 슬쩍슬쩍 눈치까지 보고 있었다. 이것 참, 뭐라고 해야 할지 모르겠네. 고개를 절레절레 젓고 있는데 앞쪽에서 수선스러운 소리가 들리기 시작했다.

"유제아! 유제아!"

귀엽게 부르는 소리가 들려 보니 스이엘이었다. 작은 날개를 파닥거리며 그녀는 손을 흔들고 있었다. 환한 조명이 눈에 들어왔다. 미카엘라를 비롯해 수많은 헌터와 천사들이 통로에 빼곡했다.

"단장님!"

연합헌터단의 헌터들도 날 알아보고 손을 흔든다. 하지만 그런 환영도 내 뒤쪽에서 어둠을 뚫고 나타난 존재 때문에 뚝 그쳤다.

쿵. 쿵.

묵직한 발걸음의 주인공은 바로 즈굴이었다.

"응? 다들 인상이 좋은데 환영에 인색한 걸?"

그는 너스레를 떨었지만 답해주는 자는 없었다. 오히려 창백하게 질려버린 이들이 여럿이었다. 그들은 곧 일제히 무기를 뽑아들었다.

찰칵! 차르륵!

갑자기 지하에 무기를 드는 요란한 소리가 울렸다. 언뜻 봐도 수백 개의 총구와 칼끝이 한꺼번에 이쪽을 겨누고 있었다. 그 말에 나는 뒤쪽을 향해 핀잔을 보냈다.

"환영 인사가 끝내주잖아. 저게 어디가 인색하다는 거야?"

"글쎄, 저 뾰족한 것들로 내 눈을 쑤시려는 게 아니라면 말이지."

당장이라도 공격할 듯 팽팽하던 천사와 헌터들은 태연히 농담을 하는 즈굴과 날 보며 의아해했다. 어리둥절해 하는 표정으로 무기를 내리는 이가 여럿이었다.

"유제아, 어떻게 된 것이냐? 왜 그런 위험한 군주급 몬스터와 농담을 하고 있는 거지?"

미카엘라는 여전히 이쪽으로 태양의 지팡이를 내민 채 미간을 좁히고 있다.

"간단히 말씀드리자면 지배했습니다."

말은 간단했지만 이 건의 파문은 대단했다. 미카엘라조차 눈이 동그래졌다.

"뭐?"

지켜보던 자들도 놀라서 웅성거린다.

"정말입니다. 모두 서열 1위의 대천사 메타트론이 지배의 천사임을 아실 겁니다."

내 말에 모두의 시선이 메타트론에게 향했다. 심심했던지 주변에 웅크리고 앉아 이끼를 뜯고 놀던 메타트론은 깜짝 놀라서 뒤늦게야 근엄한 척한다.

"맞다."

요즘 메타트론은 조금 주변머리가 생겨서 이럴 때는 긴 말하지 않고 고개만 끄덕이는 게 효과적이라는 걸 안다. 제법 근엄한 척 연기를 하는 게 영악하다는 느낌도 들었다. 아무튼 그렇게 메타트론이 인정하자 다들 경악을 감추지 못했다.

"아니, 그렇다고 해도 저런 군주급 몬스터를 지배하는 게 가능한 겁니까?"

"보통 군주급 몬스터도 아니잖아?"

"유제아 단장의 능력이 이 정도일 줄이야…."

시끄러워지는 와중에 뜻하지 않게 즈굴 본인이 나섰다.

"신사숙녀 여러분!"

심지어 인사 멘트조차 상상을 초월했다. 뭐? 신사숙녀, 얼빠져 쳐다보고 있자니 다른 이들도 마찬가지였다. 설마 이 흉악한 몬스터의 주둥이에서 신사숙녀란 말이 나올지 어찌 알았겠는가? 즈굴은 자신에게 집중된 시선에 만족한 듯 날카로운 이빨이 가득 보이도록 씩 웃는다.

"오늘 이 자리에서, 에춰! 미안합니다. 지하라 먼지가 좀 많군요. 하하하! 어쨌든 이런 자리에서 여러분과 만나게 되어 이 즈굴, 깊은 영광으로 생각합니다."

웅성웅성.

아까 전까지 여기 모두는 즈굴에게 극한의 공포를 느끼고 있었다. 갑자기 나타나 대천사 라파엘의 화신을 쳐 죽이고 태산 장흥억을 빈사로 만들어 버렸다. 후퇴하는 상황에서 그랬으니 다들 다리를 덜덜 떨며 도망친 건 말할 것도 없다. 그런데 그 공포의 존재가 갑자기 달라진 모습으로 나타나 인사한다? 어지간해서는 경험해 보기 어려운 일이었다. 하지만 즈굴의 처세술은 상상 이상이었다.

"본인의 입장 변화에 놀라움을 금치 못하는 것을 잘 알고 있습니다. 하지만 인간들에겐 이런 말이 있잖습니까? 어제의 적이 오늘의 친구라고."

"헐……."

누군가 기가 막힌다는 반응이었다. 실로 우리 모두의 심경을 대변해주고 있었다. 하지만 즈굴은 신경도 쓰지 않는 기색이었다.

"저는 유제아님의 지배로 다시 태어났습니다. 이제 여러분의 믿음직한 친구라고 할 수 있죠."

믿음직한 친구라는 말이 이렇게 어색한 경우는 처음이로군.

"이 모든 게 사실 유제아님의 능력이라고 할 수 있습니다. 날뛰던 저를 제압하고 놀라운 솜씨로 지배력을 발휘하셨거든요. 사실 제 주특기가 남의 머리통을 깨는 겁니다. 원래 여러분 같은 사람들의 머리통을 노려왔습니다만, 이제는 몬스터쪽으로 방향을 바꿨습니다. 다 유제아님의 명령 덕분입니다."

그 말에 모두 나를 쳐다본다. 재밌게도 즈굴은 나를 대놓고 띄워주고 있었다. 하…, 세상에. 역시 아까 내 시선을 눈치챈 게 틀림없었다. 걸리적거리면 그냥 처리해 버리고자 했는데 저놈 눈치가 100단이라 알아챈 거겠지. 그리고 지금 이렇게 자기 쓸모를 전력으로 어필하고 있는 것이다. 이거 보통 놈이 아닐세. 오만의 군주인 줄 알았는데 간신배 기질이 충만한 놈이었구나.

"여러분이 아직 제게 믿음을 가지기 어렵다는 걸 알고 있습니다. 아직 제 몸에 여러분의 동료가 흘린 피가 묻어있으니까요. 그래서 말 대신 행동으로 보여드리겠습니다. 이 즈굴, 누구보다 듬직한 방패가 될 것을 약속드립니다!"

마치 정치인처럼 과장된, 진심이 하나도 안 담긴 약속이었다. 열렬한 연설이었지만 박수하나 나오지 않았다. 하지만 즈굴은 머쓱해하기는커녕 웃을 뿐이었다.

"아무래도 여러분의 친구가 되려면 예전의 부하들을 많이 으깨야 할 것 같군요. 하지만 걱정 마십시오. 남의 뇌를 곤죽으로 만드는 게 제 장기 중 하나거든요. 크하하하핫!"

웃자고 한 얘기 같은데 그 말에 헌터들은 공포를 느끼는지 움츠러들 정도였다. 지배가 됐다는 건 알지만 즈굴은 즈굴이다. 눈앞에서 사자가 이젠 위험하지 않다고 얘기하는 것 같겠지. 아닌 게 아니라, 즈굴이 말하면 말할수록 아군의 몸과 마음의 거리가 점점 멀어지고 있는 중이다. 모두 슬금슬금 벌써 5미터 이상 물러난 모습이었다.

"일단 얘기 좀 하자꾸나. 유제아 단장."

미카엘라와 스이엘이 다가오자, 메타트론과 넷이서 대화를 시작했다.

"어찌된 것이냐?"

황당해 하는 미카엘라의 반응이 이해됐다. 나는 위쪽에서 무슨 일이 있었는지 설명했다. 그리고 전황이 뜻밖에 우리에게 유리하게 됐다고 덧붙였다.

"즈굴이 위엄을 잃은 바람에 휘하의 군주급 몬스터들이 반역했어. 누군가 즈굴의 자리를 차지해야만 해. 그때까지 자기들끼리 싸울 확률이 높다고."

"호오⋯."

미카엘라는 반색했다.

"그것참 재밌게 되었구나. 그러면 지하에서 대기하고 있다가 그들이 서로 싸우다 지쳤을 때 습격하는 건 어떻겠니?"

"좋은 의견이야. 하지만 놈들의 갈등이 언제 끝날지 모르지. 차라리 이대로 강북을 횡단하는 게 나을 것 같아."

"강북을 횡단한다고?"

나는 한 가지 계획을 설명했다. 바로 이 지하철 노선을 타고 이동해 동대문까지 가는 것이다.

"현재 동대문쪽에서 가브리엘이 적의 좌익과 교전 중이라고 해. 우리가 거기 끼어드는 거야."

적은 우익, 좌익, 본진 이렇게 세 개로 나눠 남하했다. 우익은 즈굴이 실각한 후 자중지란에 빠졌다. 그리고 우리가 가브리엘에게 합류하면 좌익을 섬멸해버릴 수 있다.

"몬스터의 본진이 향한 용산역은 바라카엘이 단단히 방비하고 있어. 쉽게 무너지지 않겠지. 그 틈에 우리가 적의 좌익과 우익을 무력화시킬 수 있어."

게다가 지하로 이동하기 때문에 아군의 움직임이 쉽게 들키지 않는다. 적을 화들짝 놀래키기 좋았다.

"괜찮은 의견인데? 스이엘은 마음에 들어!"

전쟁용 투구를 쓰고 있는 스이엘은 고개를 끄덕거렸다. 나는 서울 지도를 펼쳤고 미카엘라가 거기에 지팡이의 불빛을 비췄다. 미카엘라는 한동안 고민하더니 결국 찬성했다.

"대담한 작전이다. 하지만 마음에 든다는 건 부정할 수 없겠구나. 원래라면 우리가 패퇴한 상황인데 반전이 일어나겠군."

내가 생각해도 일이 묘하게 돌아가고 있었다. 쫓겨 왔는데 이쪽으로 승기가 기울지도 모르겠다.

"미카엘라, 먼저 동대문역까지 지하노선에 문제가 없는지 정찰병을 보내자. 그리고 본대도 움직이자고."

"알겠다. 그럼 다시 지휘권을 행사하겠니? 나의 주인님이여."

"아니, 저 골칫덩이를 감시해야 하니까."

나는 소란이 일어나고 있는 앞쪽을 바라보았다. 즈굴은 실실 웃으며 친하게 지내보자고 천사와 헌터들에게 손을 내밀고 있었다. 그러자 모두 기겁하며 칼을 들어올렸다.

"하하하하, 터프한 친구들이구먼! 그래도 진짜 베지는 말아주게. 한쪽 팔이 떨어져서 이미 충분히 아프거든!"

들뜬 즈굴을 보며 나는 고개를 절레절레 저을 수밖에 없었다.

"자기 쓸모를 증명하고 싶어 안달이 났군. 좋아, 동대문 전투에서 저 녀석을 고기방패로 써버리자고."

2. 강북 횡단

흑익군은 그대로 서울의 지하철 노선을 따라 동쪽으로 이동하기 시작했다. 확실히 위험을 동반한 대담한 작전이었다.

"성공한다면 더할 나위 없지만…."

스이엘은 걱정스러운 듯 말꼬리를 흐렸다. 현재 우리의 움직임을 적이 파악한다면 지하 노선 안에 갇힌 채 몰살당하는 수가 있기 때문이다. 지하는 은밀히 움직이긴 좋지만 도망갈 길이 제한적이니까.

"걱정 마. 스이엘. 아무리 어두운 길이라도 출구는 있으니까."

나는 스이엘을 안심시키기 위해 아무렇지도 않은 척했지만 근심이 없을 리가 없다. 이런 어둠 속을 걷는 건 마치 목적지를 잃고 헤매는 듯한 기분이니까. 하지만 어떤 상황이든 무신경한 놈은 있기 마련이다.

"하하하! 다가올 전장에서 제 활약을 기대하십시오. 이런! 어째서 피하십니까. 이 즈굴. 여러분과 친하게 지내고 싶습니다."

이 와중에도 즈굴은 여기저기 치근덕거리고 다녔다. 그럴 때마다 천사와 헌터들은 식겁한 표정을 감추지 못했다.

"미카엘라, 잠시 저 녀석 좀 맡아줘."

"흐익."

내 말이라면 뭐든 들어주려는 미카엘라조차 싫은 표정이 됐다. 송충이를 만진 듯한 얼굴이랄까. 그래도 거절하지는 않는다.

"왜 그러는 것이냐?"

"아무래도 직접 가봐야겠어."

"동대문?"

나는 고개를 끄덕였다.

"이미 전투가 벌어졌어. 전세가 어떤지 내 눈으로 확인하는 게 좋을 것 같아."

몬스터들이 점령한 지역에서 원거리를 감시하는 마법이나 순간이동은 상당히 제한된다. 천사의 신성지에서 몬스터가 패널티를 받는 것과 같은 이치다. 이곳은 적지. 여기선 천사와 헌터들이 패널티를 받는다. 상황을 보려면 발로 뛰는 게 확실했다.

"조심하거라."

나는 미카엘라에게 고개를 끄덕인 뒤 메타트론에게 다가갔다.

"갔다 올게."

"으으… 본녀도 같이 가지 못해 분하구나."

메타트론은 분신을 태워 힘을 끌어냈기에 이제 전투력을 기대하기 어렵다. 분신체가 소멸하지 않은 것만 해도 기적이다.

"아쉬워하지 마. 네가 모두를 구한 거니까. 그리고 지금 우리가 유리해지고 있어. 다 네 덕이야."

"도움이 됐다면 다행이다만."

나는 메타트론의 손을 한 번 꽉 잡아주고는 천사 몇을 대동하고 나섰다. 모두 정찰을 주특기로 하는 전문가들이었다.

"유제아 단장님. 모시게 되어 영광입니다."

"함께해줘서 고맙군."

나는 천사들의 안내를 받아 빠르게 이동했다.

"전투는 어디에서 벌어지고 있는지 아나?"

"동대문역사문화공원 역에서 싸움이 벌어지고 있습니다."

들어보니 동대문역사문화공원 역으로는 나갈 수 없다고 했다.

"왜 그런가?"

"싸우던 인원들이 역 안까지 밀려들어와 격전이 벌어졌습니다. 그러다 대폭발이 일어나 역이 무너진 상태입니다."

"싸움이 치열한가 보군."

"탐욕의 군주 구르굴의 공세가 아주 거칩니다."

강북의 대군주급 몬스터 카르페에겐 세 명의 강력한 대장이 있는데, 분노의 군주 타르미룬, 탐욕의 군주 구르굴, 오만의 군주 즈굴 이렇게 셋이다.

이중 분노의 군주 타르미룬은 용산 전투에서 사망했고, 오만의 군주 즈굴은 내게 지배됐다. 남은 건 탐욕의 군주 구르굴인데 현재 동대문역사문화공원 역에서 벌어진 전투에서 가브리엘의 군대를 마구 몰아붙이고 있단 것.

"생각보다 힘든 모양이군. 어서 가보자고."

"모두 제자리를 사수한다! 여기서 물러나면 몰살이다!"

대천사 가브리엘은 적의 피를 흠뻑 뒤집어 쓴 채로 소리 질렀다. 전황이 좋지 않았다. 끝까지 강북 원정을 반대한 그지만 기왕 싸움이 벌어진 것 물러날 생각은 없었다.

신라호텔에서 자리를 잡고 있던 군대는 그대로 북상, 동대문역사문화공원 역에서 적과 충돌했다. 가브리엘은 이 싸움에서 최선을 다했지만 상황은 점점 어려워져만 갔다.

몬스터들은 생각보다 강했다. 탐욕의 군주 구르굴의 군세는 아주 효과적으로 이쪽을 조여오고 있었다. 사방이 그야말로 아비규환이었다.

콰아앙!

요란한 소리와 함께 시커먼 덩어리가 가브리엘 앞에 떨어졌다. 가브리엘은 그걸 보고는 입술을 깨물었다.

"크윽."

그뿐이 아니라 주변의 모두가 같은 반응이었다. 도저히 볼 수 없는 걸 본 끔찍한 얼굴이었다.

"어찌 이런 짓을! 크흐흑!"

누군가 결국 참지 못하고 울음을 터뜨렸다. 그도 그럴 게, 눈앞에 떨어진 덩어리는 살덩이와 깃털들로 만들어져 있었기 때문이다. 누군가 일부러 사람과 천사를 뭉개고 뭉쳐서 마치 고기완자처럼 만든 모양새였다. 부러진 뼈와 찢어진 근육과 희생자들의 유품이 하나로 뭉쳐서 이루 말할 수 없는 참상을 만들고 있었다.

"누구냐! 누가 이런 짓을 한 건가!"

가브리엘의 하얀 눈에서 파란 불길이 일어났다. 온화한 이 대천사는 드물게 분노로 돌아버린 듯한 반응이었다. 그리고 그런 가브리엘에게 응답이라도 하듯 음험한 목소리가 들려왔다.

"크크크큭. 본인의 선물이 마음에 드는 모양이군."

그 목소리에는 압도적인 힘이 있었다. 방금 전까지 분노에 불타던 천사들도 눈이 동그래져서는 날개를 덜덜 떨었다. 헌터들은 오금이 저리는 걸 감추지 못하고 슬금슬금 뒤로 물러났다. 그래서 목소리의 주인공은 어렵지 않게 가브리엘에게 가까이 다가왔다.

"구르굴!"

가브리엘은 자신의 거대한 날개를 펼치며 외쳤다. 상대는 바로 카르페의 삼건장 가운데 하나인 탐욕의 군주 구르굴이었다. 전투가 개시된 이후 직접 나서지는 않고 있었는데, 드디어 그 모습을 드러낸 것이다. 구르굴의 등장만으로 전황은 더욱 불리해졌다. 그는 비웃음을 감추지 않고 한쪽을 가리켰다.

"가브리엘이여. 이 상황을 감당할 수 있겠나?"

상대의 지적이 아니라도 가브리엘은 번민하고 있었다.

'잠재력을 써야한단 말인가.'

그는 평생 단 한 번만 사용할 수 있는 강력한 잠재력을 갖고 있었다. 잠재력을 폭발하면 구르굴을 상대로도 압승을 자신했다. 하지만 그랬다가는 그의 전략이 큰 차질을 빗는다.

그 잠재력은 대군주급 카르페나 그 뒤에 버티고 있는 왕을 저격하기 위한 힘이었다. 최악의 상황이 왔을 때 인간과 천사를 구하는 데에 사용될 능력. 지금 써버린다면 가브리엘은 희망을 잃어버린다.

'오늘 패한다면 아프긴 하겠지만 인간과 천사가 몰락하는 건 아니다.'

대북방전쟁의 실패는 인간과 천사를 수십 년간 위축되게 만들지도 모른다. 하나 그렇다고 멸망하지는 않는다. 그러니 잠재력은 미래를 위해 아껴두는 게 맞다고 가브리엘은 생각했다.

'한데 어째서 이렇게 가슴이 답답하고 아프단 말인가.'

주변에서는 죽어가는 천사와 헌터들의 비명이 가득했다. 분명 잠재력을 아껴두는 게 사리에 맞는데 가브리엘은 더 참을 수 없었다. 그리고 이 자리에서 죽어가는 저들을 무시하고 힘을 아끼는 게 과연 옳은 건지 의문이 들었다.

"대체… 난 무엇을 지키려고…."

가브리엘은 자신만의 신념을 갖고 메타트론, 유제아에게 반대해 왔지만 악인은 아니었다. 오히려 너그럽고 마음씨 좋은 지도자였다. 그런 그가 눈앞의 현실을 외면하기란 쉬운 일이 아니었다.

"어찌 망설이는가! 대천사여!"

흉악한 몰골의 구르굴이 두 팔을 그게 벌리며 그를 도발해왔다. 그의 몸에는 천사와 헌터들의 피가 번들거렸다.

"좋다. 이놈."

마침내 가브리엘은 결정을 내렸다.

콰아아앙! 쾅! 쾅!

폭음이 요란하게 들려온다. 비명과 고성도 끊이질 않는다. 그야말로 전쟁이라는 느낌이다.

"유제아님, 이쪽으로."

나는 천사들의 안내를 받아 전장이 잘 내려다보이는 폐건물의 옥상에 올라섰다.

"장난 아니군."

흑익군을 통솔하며 난리를 겪었던 나지만 여전히 전쟁은 혀를 내두를 만한 것이었다. 이제는 폐허가 된 동대문역사문화공원에서 아비규환의 싸움이 벌어지고 있었다. 수많은 몬스터와 천사, 헌터들이 죽고 죽이는 끝없는 지옥도.

"이렇게 전면전을 벌이는 건 과거의 대전쟁 이후 처음이니까요."

이번 싸움은 한쪽이 크게 꺾일 때까지 멈추지 않을 거다. 경계선을 그어놓고 어중간하게 공존하는 세월은 진작 끝났다.

"한눈에 봐도 전세가 좋지 않습니다."

"흑익군으로 돌아가서 서두르라고 해. 늦게 왔다가는 가브리엘의 군대가 와해되겠어. 그리고 가면 검은 로브를 입은 천사 하나가 있는데 이 말 좀 전해주게."

나는 그에게 필요한 사항을 전달했다.

"알겠습니다."

그가 떠나자 나는 초조함에 입술을 잘근잘근 씹었다. 한데 그때 천사 하나가 앞을 가리켰다.

"유제아 단장님! 저길 보십시오!"

그가 말한 곳을 보니 가브리엘이 보였다. 가브리엘은 거대한 군주급 몬스터와 치열한 싸움을 벌이는 중이었다.

"저게 탐욕의 군주 구르굴인가."

"맞습니다."

"가브리엘이 약간 밀리는군. 이대로 두고 볼 수 없겠어."

"하면?"

나는 대답도 하지 않고 건물에서 뛰어내렸다. 흑익군이 올 때까지 기다릴 수는 없다. 나는 가브리엘과 구르굴의 싸움에 끼어들기로 했다.

"유제아 단장님!"

옥상 위에서 당황한 목소리가 들려왔다.

"혼자 가겠다!"

위쪽에 그리 소리치고는 앞으로 내달렸다. 가브리엘을 도와 탐욕의 군주 구르굴을 쓰러뜨릴 수 있다면 이 싸움의 분위기를 반전할 수 있을 터.

"비켜라!"

나는 근처에 있던 몬스터의 머리를 밟고 힘껏 뛰어올랐다. 그리고 다른 몬스터의 머리통을 밟고 계속 달려 나갔다. 전쟁터를 가로지르기 위해 적들의 머리 위를 뛰어갔다.

"쿠워어어어!"

그런데 그게 거슬렸던지 건물만큼 큰 몬스터 하나의 주의를 끌고 말았다. 녀석은 어디서 주웠는지 커다란 전봇대를 들고 있는데 그걸 날 향해 있는 힘껏 휘둘러왔다.

"이렇게 고마울 때가!"

무서운 공격이었으나 내겐 아무런 피해도 못준다. 나는 공중에서 태양신격의 방패를 들어 전봇대를 그대로 받아냈다.

카앙!

불꽃이 튀며 요란한 소리가 났고, 튕겨 나간 덕에 그대로 투석기의 탄처럼 공중을 가로질렀다. 저 몬스터 덕에 얼추 가브리엘이 있는 곳까지 날아가게 됐다.

아무래도 저놈에게 즈굴의 안부나 전해줘야겠어.

부우웅. 퍼억!

공중을 날아간 나는 근처에 있던 몬스터 하나를 깔아뭉개고 착지했다. 물컹하는 게 좋은 느낌은 아니었다.

"키에에에!"

주변의 몬스터들이 갑작스러운 내 등장에 혼비백산한다. 하지만 이내 표독스러운 표정을 지으며 달려든다.

"춰에에에에!"

괴상한 소리를 내며 덮쳐왔지만 바로 녹아내렸다. 뭉쳐있던 녀석들을 향해 태양광 폭사를 썼기 때문이다. 빛이 한 번 번쩍인 뒤에는 일대가 불바다로 변했다.

"콜록! 콜록!"

몬스터의 살이 타는 냄새에 기침을 하면서도 방패로 앞을 가리며 달려 나갔다. 몇 번이고 전투가 이어졌는데, 내 몸이 반쯤 피로 칠해졌을 무렵에야 겨우 가브리엘과 구르굴이 싸우고 있는 장소에 도착했다.

"크아압!"

보자마자 힘껏 방패를 구르굴에게 내던졌는데, 가브리엘과 싸우던 중에도 그는 어렵지 않게 막아냈다.

카앙!

구르굴은 등에 돋은 촉수를 이용해 방패를 쳐냈다. 구르굴은 거인과 같은 육체, 거기다 등에 문어 같은 촉수가 여러 개 돋은, 특이한 모습이었다. 손을 이용해 가브리엘과 싸우며 방패는 등 뒤의 촉수로 막아낸 것이다.

붕붕붕붕!

허공으로 튕겨나간 방패는 부메랑처럼 회전해서는 내 손으로 되돌아왔다. 망할, 전력으로 던진 건데 너무 쉽게 튕겨내는 걸.

"이건 또 무엇인가?"

싸움이 방해받자 구르굴은 인상을 찌푸렸다. 그리고 무심하게 날 죽이려는 듯 이쪽으로 손바닥을 내밀었다.

"유제아 단장!"

하지만 날 알아본 가브리엘이 다급히 외치자 손을 내리며 흥미로운 표정을 짓는다.

"중요한 인물인가 보군."

이거 참, 멋지게 등장한 것까진 좋은데 이미 현현이 풀린 게 문제다. 즈굴과 싸우면서 너무 힘을 많이 써서 예상보다 빨리 풀려버렸다. 아니, 애초에 힘으로 해결하려고 온 건 아니니 상관없나? 내가 할 일은 약간이라도 시간을 끄는 거다. 지금 흑익군이 빠르게 이쪽으로 오고 있으니까.

일단 저 구르굴 놈의 흥미를 끌 수 있는 말을 하는 게 좋겠지. 안 그러면 단번에 파리처럼 날 죽여 버릴 것이다.

"구그굴, 이렇게 만나게 되는군."

"그러는 네놈은 누군가? 무명소졸이라면 바로 치워버리겠다."

아무래도 저 녀석은 일정한 자격이 있어야 자신과 대화할 수 있다고 여기는 모양이다. 상당히 권위적인 타입인 걸. 다행히 자격이라면 어디가도 밀리지 않는다. 내가 모시는 존재는 서열 1위의 대천사니까.

"나는 대천사 메타트론의 화신이자 연합헌터단의 단장인 유제아다."

"호오!"

내 대답이 만족스러운 듯 구르굴의 입이 길게 찢어지며 송곳처럼 날카로운 이빨들이 드러난다.

"이거 생각 외로 재밌는 인물이 나타나셨군. 그래, 이제 보니 그 말이 참이로다. 네놈이 들고 있는 그 방패. 익히 소문을 들어 알고 있지."

어째 나보다 방패가 더 유명한 것 같은데.

"유제아 단장! 위험합니다! 물러나십시오!"

가브리엘은 당황한 듯 끼어들었다. 아마 내 목숨이 위태롭다고 여겼겠지. 비록 그는 날 좋아하진 않지만, 내가 죽으면 여러 가지로 곤란해진다는 걸 잘 안다.

"괜찮습니다. 가브리엘님. 지금 물러나야할 건 제가 아니라 구르굴이니까요."

내 도발적인 말에 구르굴은 관심을 보였다.

"뭐라? 크흐흐흐. 어째서 그런가?"

그는 조소를 감추지 않았다.

"증원이 오고 있다. 나는 메타트론의 화신이자 흑익군의 사령관이다. 모두에게 이곳으로 지원을 오도록 명했다."

"크하하하하!"

기대보다 훨씬 황당한 소리를 들었나 보다. 구르굴은 파안대소했다.

"말도 안 되는 소리로군! 네놈의 무리는 서쪽에 있는데 어찌 갑자기 나타난단 말인가? 지금쯤 즈굴의 군세에게 섬멸되었을 터. 허풍이 지나치구나! 메타트론의 화신!"

저렇게 생각하는 게 당연하겠지. 하지만 서쪽에선 그런 당연함을 무색하게 하는 일이 벌어졌다.

"즈굴? 그 즈굴이 사실 우리 편이 됐다면?"

"배신이라도 했단 말인가?"

"그래. 그리고 놈이 떠난 군대는 어떻게 됐을까? 현재 그들은 새로운 우두머리 자리를 놓고 자중지란에 빠졌다. 그 틈에 우리는 이쪽으로 진격해 온 거고. 마침 딱 좋은 기회가 아닌가 싶었다. 여기가브리엘과 합류하면 네놈의 군대를 쓸어버릴 수 있겠지."

사실이라면 그에겐 심각한 문제였다. 그래서인지 잠깐이지만 고민에 빠진 표정이 된다. 하지만 구르굴의 결정은 빨랐다.

"사실인지 아닌지 모르겠으나 네놈을 여기서 죽여야 한다는 건 알겠군."

구르굴은 손을 뻗으며 마력을 일으켰고 나는 입술을 깨물며 방패를 들어올렸다. 아무리 이 방패가 대단하다지만 현현도 하지 않은 상태에서 저렇게 강력한 존재의 공격을 받아낼 수 있을까? 온몸을 긴장하던 그때 예상 외로 가브리엘이 끼어들었다.

"유 단장님! 위험합니다!"

하지만 대답할 겨를도 없었다.

콰아아앙!

폭음이 터지며 엉망으로 지면을 뒹굴었기 때문이다.

"크윽!"

머리가 빙빙 돌고 정신이 하나도 없었다. 하지만 지면에 얼굴 비빈 것 빼고는 멀쩡하다는 걸 깨달았다. 이상해서 고개를 들어보니 가브리엘이 앞을 막고 있었다.

"현현도 하지 않고 나서다니 죽고 싶은 겁니까! 서둘러 현현하십시오."

"미안하지만 이미 썼습니다."

내 말에 그는 짐작 가는 게 있는 듯 놀란 목소리로 물었다.

"정말 즈굴을 쓰러뜨린 겁니까?"

"맞습니다."

"진짜로 원군이 오고 있군요!"

"조금만 버티십시오!"

콰아아앙! 쾅!

다시 강력한 파괴마법이 날아왔다. 가브리엘과 나는 본의 아니게 서로 긴밀히 협력하게 됐다. 구르굴의 공격은 혼자서 받아내기엔 버거웠기 때문이다. 그의 방어막과 내 방패를 겹쳐 함께 맹공을 튕겨냈다.

카아앙! 쾅! 쾅!

앞에서 폭음이 터질 때마다 간이 떨어질 것 같았다. 식은땀이 줄줄 났지만 여전히 우리는 버티고 있었다. 간신히 공세가 멈추자 입을 열 수 있었다.

"평소 으르렁대기만 했는데 이렇게 함께하게 될 줄은 몰랐습니다. 헉헉!"

숨을 헐떡이며 말하자 가브리엘은 온몸에서 피어오르는 연기를 손을 털어내며 쓰게 웃는다.

"제가 할 말입니다."

하지만 상황은 좋지 않았다. 구르굴은 정말 원군이 오는가 싶어서 빨리 우리 둘을 치워버리려고 했기 때문이다. 그가 큰 덩치를 살려 돌격해 오자 나는 그대로 튕겨서 날아갔다.

"크악!"

흡사 트럭에라도 치인 것 같다. 허공에서 방패마저 놓쳤다.

퍼억!

땅에 떨어진 나는 그대로 지면 위로 길게 미끄러졌다.

주우우욱!

마찰 때문에 등이 타는 듯 뜨거웠다.

"으으윽…"

이거 완전 개고생이네. 슬슬 올 때가 됐는데. 물론 흑익군 전체가 도착하려면 아직 꽤 남았다. 내가 기다리는 건 그게 아니다. 바로 내 히든카드. 이번 전역에 들어오고 줄곧 감춰왔던 카드 말이다.

"설령 증원이 온다고 해도 이미 늦었다. 너희 보잘 것 없는 군세가 모래성처럼 무너지고 있는데 이제와 어쩌자는 것이냐?"

"틀린 소리는 아니지."

나는 구르굴에게 대꾸하며 몸을 일으켰다. 그리고 몸에 묻은 흙을 털어내며 그에게 물었다.

"하지만 네놈을 쓰러뜨릴 정도로 강력한 대천사가 나타난다면? 네놈이 죽으면 지배력에 문제가 생겨 몬스터 군대가 혼란스러워질 거다. 그렇게만 되면 증원이 도착할 충분한 여유가 생기겠지."

"뭐라? 크흐흐흐! 틀린 소리는 아니다만 간신히 버티고 있는 주제에 무슨 소리를 하는 건가!"

아닌 게 아니라 가브리엘과 나는 힘에 겨운 상황이었다. 가브리엘은 고개를 흔들더니 결연한 표정이 됐다.

"유제아 단장님, 도와주신 건 감사합니다만 더 나서지 마십시오. 여기는 제가 처리하겠습니다."

음? 뭔가 방법이 있는 걸까. 아무리 가브리엘이라도 본체가 아닌 이상 무리일 텐데. 구르굴 역시 그런 점을 지적한다.

"어디선가 대천사의 본체라도 튀어나온단 말이냐? 그것은 불가능할 터!"

저 구르굴을 상대하려면 본체도 보통 본체로는 안 된다. 적어도 서열 4위 라파엘 정도는 나서야 가능하다. 그 아래는 본체가 와도 구르굴을 이기기란 불가능하다. 하지만 절대라고 할 수 있는 일은 없는 법이다. 성공을 확신하는 시점에서 무언가 짜잔, 하고 나타나는 게 인생이란 놈이니까.

"본체로 올 수 있는 대천사가 하나 있다."

"급하니 허풍을 떠는군. 더 말할 것도 없다!"

구르굴의 등 뒤로는 촉수가 여러 개 나왔었는데, 성이 난 듯 그 촉수들이 징그럽게 꿈틀거렸다. 놈은 팔뿐만이 아니라 등 뒤의 붙은 촉수까지 동원해 공격하기 때문에 상대하기 무척 힘들었다. 반격은커녕, 무수히 쏟아지는 공격을 막기만으로도 버거웠다.

"끝장 내주마!"

구르굴이 황소처럼 돌격해 오자 가브리엘이 앞으로 나섰다.

"유제아 단장! 피하십시오!"

필사의 각오로 뭔가 하려는 게 틀림없었다. 그래서 황급히 그를 말렸다.

"그만두십시오."

"유제아 단장! 이러다 다 죽습니다! 이러지 마십시오!"

가브리엘은 갑자기 내가 방해할 줄은 생각도 못한 듯 당황한 기색이 역력했다. 당장 구르굴은 달려오는데 이러니 미친놈처럼 보이겠지. 하지만 나도 이유가 있다. 녀석이 지금 막 도착한 걸 봤으니까.

"둘 다 한꺼번에 쓸어버리마!"

가브리엘이 나 덕분에 무언가 할 타이밍을 놓친 그때 구르굴의 거대한 손이 우리를 덮쳤다. 무방비로 맞았다가는 가브리엘이나 나나 단번에 찢어발겨진다.

"크으윽!"

식겁해서 입에서 비명이 절로 튀어나왔다.

카아아앙!

하지만 화려한 불꽃이 튀겼을 뿐 가브리엘과 나는 무사했다. 어디선가 튀어나온 커다란 낫이 구르굴의 공격을 막았기 때문이다. 나는 그 모습을 보고 겨우 안도의 한숨을 내쉬었다. 진짜 아슬아슬했네.

"늦었잖아. 쿠니엘."

"재촉하는 남자… 인기 없어….'"

기기기긱. 기긱.

낫을 들고 힘겨루기를 하듯 쇠가 갈리는 소리가 났다. 구르굴은 갑자기 나타나 자신의 공격을 막은 이의 정체에 놀라면서도 이를 악물고 내리찍으려 하고 있었다. 잔뜩 힘을 쓰는지 성난 황소처럼 콧김을 뿜어냈다. 반면 쿠니엘은 침착하다.

"쿠, 쿠니엘이라고?"

가브리엘은 믿을 수 없다는 목소리였다.

"쿠니엘은 러시아에서 죽은 게….'"

"가브리엘… 멋대로 날 죽이면… 곤란해."

쿠니엘은 슬쩍 뒤를 돌아 가브리엘을 바라보았다. 그때 바람이 불어 그녀가 입고 있던 검은 로브의 두건이 뒤로 넘어갔다. 그러자 쿠니엘의 흑단 같은 머리칼이 흩날렸다.

"허! 정말로 쿠니엘."

가브리엘은 죽은 줄 알았던 동료가 수년 만에 나타나자 말문이 막힌 듯했다. 하지만 대답 대신 쿠니엘은 대치하고 있던 구르굴을 날려버렸다.

콰앙!

충격파가 일어나자 구르굴이 뒤로 한참 밀려났다. 대단하다. 저런 덩치를 밀어버리다니.

"크으르르르!"

구르굴의 음성에는 당혹감이 묻어났다. 갑자기 나타난 대천사에게 이렇게 강할 거라고 생각도 못했겠지. 쿠니엘은 곧장 자신의 검은 로브를 벗어던졌다. 그러자 진짜 그녀의 모습이 드러났다.

기계 팔, 기계 다리, 그리고 강철 날개. 드디어 과거 서열 4위의 대천사가 돌아온 것이다. 게다가 그녀는 신성지를 갖지 않고 본체 그대로다. 단지 일격을 나눴을 뿐이지만 구르굴이 당황하는 게 당연하다.

"네년, 대체 정체가 무엇이냐?"

구르굴의 물음에 쿠니엘은 고개를 갸웃거린다. 그리고 피얼룩이 가득한 자신의 대낫을 살핀다.

"날 모르는 거…? 과거에 이 대낫으로… 네놈의 동료들을… 많이 죽였는데……?"

그 말에 구르굴은 퍼뜩 뭔가 생각나는 듯 눈동자가 커졌다.

"뭐라? 말도 안 된다! 설마 그 대낫과 강철 날개라면! 분명히 죽은 걸로 아는데!"

"그렇게… 알려졌다고 메타트론이 말해줬지… 하지만 말이야."

쿠니엘은 자기가 세상에서 잊혀졌다는 게 불만인 듯 목소리에 짜증이 묻어났다.

"내 대낫은… 거짓말하지 않아. 당해보면 내가 진짜… 라는 걸

알게 될 거야!"

그 순간 반원형의 파란 막이 구르굴을 둘러쌌다. 그러자 갑자기 놈이 슬로우 모션처럼 느리게 움직이기 시작했다. 바로 쿠니엘의 주특기인 시간을 다루는 힘이었다.

"타핫!"

쿠니엘은 곧장 그 파란 막 안으로 뛰어들었는데, 그 공간 안에서 쿠니엘은 느려지지 않고 정상적으로 움직일 수 있었다. 슬로우 모션처럼 움직이는 구르굴과 정상적인 쿠니엘. 둘의 싸움이 어떻게 될지는 뻔했다.

번쩍! 번쩍!

대낫이 빛을 연신 반사했고 곧 피가 사방에 뿌려졌다.

상대를 느려진 시간 속에 가둬놓고 싸우는 건 쿠니엘의 주특기였다. 대낫을 이용한 그녀의 공격은 현란하기 그지없었다. 그 기술이 얼마나 대단하던지, 대낫의 긴 봉을 손가락 사이에 끼고 빙빙 돌리기까지 했다. 마치 연필로 장난치는 것처럼 대낫을 가지고 놀더니, 검은 머리칼을 흩날리며 힘껏 앞으로 던졌다.

붕붕붕!

요란한 파공음과 함께 날아간 대낫은 무섭게 회전했고, 그대로 구르굴의 몸에 가서 꽂혔다.

"크어어… 어어… 어어억……!"

시간이 혼자 느려진 구르굴은 비명마저 늘어졌다. 그는 어떻게든 날아오는 대낫을 쳐내려 했지만 이미 낫이 꽂힌 뒤에 손이 올라가고 있었다. 시간이 그에게만 불공평하게 작용하는 것이다. 하지만 구르굴의 시련은 끝이 아니었다.

쿠우우우웅.

쿠니엘이 기계 팔을 나란히 앞으로 뻗자, 동력이 가동하는 요란한 소리가 났기 때문이다. 그녀의 기계 팔은 불꽃이 튀며 변형하더니 마치 레일건 같은 형상이 됐다. 그리고 내가 감탄을 터뜨리기도 전에 커다란 화염을 일으키며 탄을 쏘아졌다.

투캉!

앞을 완전히 덮어버릴 듯한 커다란 불꽃이 일며 탄환이 발사된다 싶었을 때 이미 상황은 끝나 있었다. 어느새 구르굴의 몸 반쪽이 날아가 버렸다.

"크아아아아아!"

그때 마침 시간 감속이 끝났고, 구르굴은 온몸에서 피를 뿜어내며 비명을 질러댔다. 워낙 어려운 시간 감속이라 길게 지속되지 않았지만 쿠니엘은 그 사이 충분히 자기 할 일을 끝낸 것이다.

"이 빌어먹을 고철 년이!"

중상을 입은 구르굴이 포효하자 전장 전체가 쩌렁쩌렁 울렸다. 기세를 올리던 몬스터들은 구르굴에게 이상이 생겼다는 걸 깨닫고는 술렁이기 시작했다.

"유제아 단장님. 우리가 그녀를 지원해야 합니다!"

가브리엘은 몰려오는 구르굴의 호위대를 가리키며 급히 외쳤다. 그때 우리 쪽 병력도 같이 움직였다.

"죽여라!"

"크아아아아!"

양방의 호위 병력들이 파도처럼 밀려가 서로 맞부딪치기 시작했다. 그리고 그 가운데서 쿠니엘과 구르굴이 혈투를 벌였다. 다들 지금 싸움이 오늘 전투의 향방을 가를 때라는 걸 직감하고는 필사적이었다.

나 역시 이를 악물고 방패를 밀었지만 거대한 인파에 쓸려서 이리 밀려갔다가 저리 밀려갔다가를 반복했다. 역시 현현을 하지 않은 상태로는 대세를 바꿀 힘은 내게 없었다. 그저 최대한 쿠니엘과 구르굴의 싸움에 누군가 끼어들지 못하게 노력하는 게 전부였다.

"밀어내! 쿠니엘을 도와야 한다!"

나는 악을 쓰며 천사와 헌터들을 독려했다. 그러자 내 얼굴을 알아본 이들이 어리둥절한 표정을 짓는다.

"아니! 유제아 단장이 왜 여기에!"

"이게 무슨 일이야!"

나는 그런 그들에게 소리를 질렀다.

"원군이 올 거다! 조금만 버텨!"

내 말에 다들 환한 표정이 된다. 어지러운 전장에서 희망을 발견한 거겠지. 악전고투 중에 원군이 온다니 이것보다 반가운 얘기가 어디에 있겠는가. 하지만 앞으로 얼마나 버텨야 할지는 나도 잘 모르겠다. 머리를 아프게 하는 폭연과 비명으로 가만있어도 숨이 막혀버릴 것만 같다.

카아앙!

그때 뭔가 깨지는 듯한 소리가 났다. 황급히 고개를 돌려보니 쿠니엘이 구르굴에게 결정타를 먹인 모습이었다. 대낮이 구르굴의 몸을 파고들어 있었는데, 방금 소음은 틀림없이 날끝이 그의 마정석을 일부 깨부순 것 같았다.

"쿠아아아아!"

다시 한 번 전장에 성난 포효가 터졌다. 나는 과연 구르굴이 어떤 선택을 할지 관심이 갔다. 즈굴은 자기 목숨을 구걸하려다가 위엄을 잃고 하극상을 겪었다. 그 역시 즈굴처럼 휘하의 몬스터들에게 버려질까? 한데 갑자기 커다란 함성이 터져 생각이 끊겼다.

"와아아아아아—!"

무슨 일인가 황급히 고개를 돌려보니 한 무리의 군대가 이쪽으로 돌격해 오고 있었다. 기다리던 흑익군이 드디어 나타난 것이다. 생각 이상으로 빠른 속도였다. 아직 전부 보이지는 않는 게 일부만 서둘러 온 모양이다.

"좋아!"

이 싸움은 이긴 거나 마찬가지란 생각이 들었다. 멀리에서도 혼자 황금빛으로 번쩍이는 미카엘라나 그녀의 주위를 날아다니는 땅꼬마 스이엘이 보였다.

"흑익군이다! 정말 흑익군이 왔어!"

"우아아아! 진짜다!"

주변에서 터지는 환성에서 생의 환희가 느껴졌다. 반면 몬스터들은 그야말로 망했다. 다들 싸움도 잊은 채 주춤주춤 물러나느라 정신이 없었다. 그리고 이 상황에 쐐기를 꽂는 일이 터졌다.

"쿠아아아아아!"

마치 옥쇄를 각오한 것처럼 노호성을 터뜨리던 구르굴이 그대로 몸을 돌려 도망가기 시작했던 것이다.

"뭣?!"

지켜보다가 당황해서 방패를 놓칠 뻔했다. 나도 이런데 당사자는 어떻겠나. 한창 싸우고 있던 쿠니엘은 황당해하는 기색이 역력했다. 그녀는 결연하게 마지막 일격을 준비하고 있다가 상대가 전력으로 전장을 이탈하자 어쩌지도 못하고 그만 놓치고 말았다.

"이런 미친!"

나는 방패를 들고 구르굴이 도주하는 방향으로 뛰었다. 즈굴 쪽에선 우리가 후퇴한 바람에 즈굴이 버려지고 남은 군주급 몬스터들끼리 싸움이 벌어졌다. 반면 여기서는 군주급 몬스터들까지 구르굴을 따라 달아났다. 지휘부가 병사들을 버리고 일제히 제 살 길 찾아 튀기 시작한 거였다. 도망쳐야겠다는 판단만큼은 놀랄 정도로 빠르고 결단력 넘쳤다.

"쿠아아아아!"

"크르르릉! 쿠아앙!"

구르굴을 위시한 군주급 몬스터들이 뭉쳐서 도망치자, 역설적이게도 누가 어쩌지 못한 가공할 돌파력이 발휘됐다. 그야말로 괴물 중의 괴물들이 합심해 돌진하니 제지할 방법이 없을 정도였다.

콰아앙! 쾅! 쾅! 콰아아앙!

요란한 소리와 함께 그들의 진로 앞에 있던 몬스터나 천사들이 트럭에 치인 것처럼 날아갔다. 총대장인 구르굴의 중상에 흑익군이 출현하자 그들은 전세가 뒤집힌 걸 알고 재빨리 내빼는 것이다. 남은 몬스터들이야 어찌되던 알 바 아니겠지. 어느 사회나 기득권의 행태는 비슷했다.

아니, 몬스터들은 그 무엇보다도 인간과 흡사한 점이 많았다. 특히 지도자가 책임감보다는 자기 목숨을 중시한다는 건 똑같았다. 어차피 자기만 살아있으면 소모품인 부하들은 얼마든 다시 모을 수 있다고 생각하는 것 같다.

"크르르르!"

"쿠아아아아아!"

군주급 몬스터들이 자기 살 길을 찾아가자 애써 싸우던 몬스터들도 점점 흩어지기 시작했다. 일부는 용맹하게 끝까지 항전하는 모습이었지만 갑자기 끼어 든 흑익군의 기세에 하나둘 쓰러졌다. 책임감 있는 애들부터 죽어나자빠지는 것도 영락없이 사람이랑 똑같구나. 역시 열심히 해봐야 손해라니까.

"잡아! 저 새끼들 잡으라고!"

나는 크게 외치며 앞으로 달려 나갔다. 여기서 저 군주급 몬스터들이 빠져나가게 돼서 안 된다. 특히 구르굴을 놓쳤다가는 두고두고 화근이 될 터. 이 세상에 복수심에 불타는 군주급 몬스터만큼 두려운 것도 없으니까.

"유제아!"

그때 작은 천사 하나가 놀랄 정도로 빠르게 날아와 내 옆으로 따라붙는다.

"스이엘!"

그녀를 시작으로 메타트론, 미카엘라, 세라피엘, 칼리엘 등이 모두 이쪽으로 날아왔다. 구르굴을 놓치고 잠시 얼빠진 표정을 지었던 쿠니엘도 따라붙었다. 쿠니엘은 이제야 분이 올라오는지 입술을 깨물고 있었다. 말투도 느리기 짝이 없는데 감정도 마찬가지인 모양이다.

"저 녀석… 가만두지 않아…"

나는 쿠니엘에게 고개를 끄덕여 보인 뒤 미카엘라에게 외쳤다.

"지휘는 어떻게 하고!"

그녀는 걱정할 거 없다고 반응이다.

"이미 승전은 확실하잖니. 각 부대의 지휘관들이 최선을 다하고 있으니 걱정할 것 없단다. 그것보다 지금은 구르굴을 잡는 게 우선이야."

하긴 지금 따라붙은 천사들 정도 돼야 군주급 몬스터들과 상대할 수 있다.

"너는 왜 왔어."

나는 메타트론에게 물었다. 그러자 그녀는 뚱한 반응이다.

"본녀가 온 게 불만이더냐?"

메타트론은 지금 아무 힘도 없다. 걱정될 수밖에. 내 표정을 읽은 그녀는 걱정 말라는 듯 잘난 체를 한다.

"실제로 싸울 일은 없을 거다. 본녀는 모습을 보이는 것만으로도 적을 압박할 수 있으니까."

요컨대 허장성세라는 거다. 나는 메타트론의 말 때문에 이 일을 어떻게 해결해야 할지 감을 잡았다. 인간의 이기심과 놀랍도록 닮은 몬스터를 상대로라면 먹힐 것 같았다.

"자, 서둘러 따라붙겠습니다. 일단 협상할 테니까 다짜고짜 공격하는 일은 피하도록 해주십시오!"

지금 양쪽이 부딪치면 서로 괴멸적인 피해를 입는다. 이쪽이 쫓아가는 모양새긴 하나 승리를 장담할 수도 없다. 겉보긴 멀쩡해도 내실이 좀 별로랄까. 메타트론은 그야말로 허세였고, 스이엘은 대천사지만 레벨이 너무 낮았다. 또한 대천사 세라피엘은 지원을 담당해서 자체적인 전투력은 높지 않다. 그나마 미카엘라와 쿠니엘만이 믿을 만하다고 할까. 저쪽도 아직 건재한 군주급 몬스터가 즐비했다.

"그래도 허세를 부리는 건 중요하니까 당장이라도 공격할 것처럼 굴어! 특히 쿠니엘!"

대천사 쿠니엘이 심대한 압박을 줄 수 있을 거다. 그녀는 신성지가 없는 본체인 데다가 탐욕의 군주 구르굴에게 중상을 입혔으니까. 다들 그런 그녀가 끼어있는 우리쪽과 격전을 벌이기는 꺼리겠지.

"쿠니엘!"

"응?"

"이대로라면 얼마나 쫓아가야할지 모르겠는데! 가서 공격해서 멈춰 세워!"

참으로 묘한 상황이다. 양군의 지휘부가 전장을 이탈한 채 서로 쫓고 쫓기고 있다. 동서고금의 어느 전장에서도 이런 일은 없었을 거다. 폐허가 된 서울 시내를 군주급 몬스터와 대천사들이 질주하다니.

"알겠어…."

가뜩이나 구르굴이 도망가서 약이 오른 쿠니엘은 대낫을 들더니 빠르게 앞으로 쏘아져나갔다. 그리고 군주급 몬스터들에게 무차별로 공격을 퍼붓기 시작했다.

콰아아앙! 쾅! 쾅!

귀가 먹먹해질 정도의 폭음이 터졌고 저 앞쪽의 건물들이 자욱한 연기를 일으키며 무너져 내렸다.

우르르릉! 콰앙!

군주급 몬스터들은 즉각 반격에 나섰지만 쿠니엘은 건물 사이사이로 도망다니며 맹공을 퍼부어댔다.

콰아아앙! 번쩍!

빛과 폭음이 난무하자 결국 달아나던 군주급 몬스터들은 멈춰 설 수밖에 없었다. 그들도 이대로는 답이 없다고 느낀 듯했다.

"쿠니엘!"

내가 외치자 혼자 상대를 해집던 쿠니엘이 재빨리 돌아온다. 결국 양자가 서로 험악하게 대치하는 상황이 됐다.

"쿠르르르릉!"

"크르릉! 크르르!"

이쪽을 보며 낮게 우는 군주급 몬스터들의 면면이 상당했다. 비록 흑익군의 출현으로 패배를 직감하고 내빼긴 했지만 다들 실력자들이 틀림없다. 수하들의 목숨은 쉽게 포기해도 자기 목숨은 끈질기게 지킬 게 뻔했다. 이기적이고 생에 집착이 강한 존재들만큼 상대하기 어려운 것도 없는 법이다. 그래서 난 그걸 이용하고자 했다.

"잠깐 대화 좀 하지."

내가 몬스터들의 언어를 입에 담으며 나서자 저쪽에서도 반응이 있었다.

"음? 인간 주제에 우리 언어가 매끄럽군?"

"저놈이 들고 있는 방패 말이다. 소문의 그게 맞겠지?"

"동의한다. 대천사들 사이에 있는 게 딱 봐도 중요 인물로 보이는군."

군주급 몬스터는 이쪽을 경계하면서도 술렁였다. 그들은 부상을 입은 구르굴을 보호하듯 서있었는데, 나는 저게 매우 약한 결속임을 한눈에 알아차렸다. 지금은 그저 저 사슬을 하나씩, 하나씩 풀어내면 된다.

"이 몸은 메타트론의 화신인 유제아이다. 그대들에게 제안이 있어서 왔다."

내 말에 구르굴은 격하게 반응했다.

"제안은 무슨! 저놈을 쳐 죽여 버려!"

그의 분노에 주변에 있던 군주급 몬스터들은 움찔했으나 그게 다였다. 다들 일단 말이나 들어보자는 듯한 분위기였다. 역시 구르굴은 위엄을 잃었기 때문에 지배력을 평소처럼 발휘하지 못하는구나. 바로 실각했던 즈굴과 다르게 아직 대장 자리를 꿰차고 있으나 무척이나 위태로워 보였다. 이렇다면 공략하지 못할 것도 없지.

"반대가 없으니 제안하겠다."

군주급 몬스터들은 모두 날 주목했다. 그뿐 아니라 대천사들조차 무슨 말을 할지 궁금하다는 표정이었다.

"이쪽 제안은 간단하다. 쓸모없게 된 구르굴을 이쪽에 팔아라. 그렇게 한다면 큰 보상을 하지. 또한 더는 그대들을 추격하지 않고 안전하게 보내주겠다."

배신하고 쓸모없는 자를 버리는 것.

그것이야 말로 군주급 몬스터나 인간이 가장 잘 하는 일이 아니겠는가. 그들은 이 대담한 제안에 놀란 듯 눈이 커졌지만, 나는 어떤 결과가 나올지 뻔하다는 생각이 들었다.

"크크크큭."

살짝 웃음을 흘리자 스이엘이 꿍시렁거리는 게 들려온다.

"미카엘라님, 저 남자가 또 음흉하게 웃고 있어요."

내 웃음이 그렇게 음흉한가. 틀린 소리는 아닌 것 같지만 그냥 무시했다.

"구르굴을 넘겨라. 그거면 된다."

"네놈 말을 들을 것 같은가! 인간!"

자존심 때문인지 일단 반발부터 하고 보는데 이들에게 한 가지를 알려줘야겠군.

"나쁜 얘기는 아니다. 대장이 사라지면 너희 가운데 하나가 새로운 대장이 된다는 소리잖나."

내 말에 군주급 몬스터들은 충격을 받은 표정이 된다.

"음?"

몬스터란 자기 상관의 지위를 호시탐탐 노리는 놈들 아니었나. 뭔가 즈굴쪽 녀석들 보다 영악하지가 못한데? 모른척했던 건가, 아니면 그만큼 구르굴의 장악력이 뛰어났던가. 하지만 이렇게 욕심을 자극한 이상 그 알량한 유대도 끝이다.

"간교한 놈! 이렇게 대놓고 이간질을 하다니! 더 들을 것 없다!

대군주이신 카르페님의 이름으로 놈들을 쓸어버려라."

구르굴은 상황이 묘하게 흘러가자 펄쩍 뛰었다. 역시 영리한 자다. 자기 권위가 약해진 걸 깨닫자 상관인 대군주 카르페를 들먹인다. 하지만 주변에 있는 군주급 몬스터들의 반응은 시원찮았다.

"이 쓸모없는 놈들이!"

구르굴은 역정을 내봤지만 소용이 없었다. 곧 그들 중 하나가 먼저 물어왔다.

"우리에게 줄 보상이 무엇인가?"

"간단하다. 너희 자신의 생명. 무사히 철수하게 해주지."

"날로 먹겠다는 건가!"

그 군주급 몬스터는 심기가 불편한 듯 으르렁거렸지만 이어진 내 말에 입을 다물었다.

"그것보다 귀한 게 어디에 있겠나?"

"……."

입을 다문 군주급 몬스터는 메타트론을 두려운 얼굴로 쳐다본다. 그도 그럴 게, 가출한 이후에 강북을 휘젓고 평양까지 가 왕을 찌른 대천사다. 그녀에 대한 소문은 귀에 못이 박히게 들었겠지. 악명 높은 메타트론이 눈앞에 나타난 탓에 군주급 몬스터들은 위축된 모습이 역력했다. 실상 메타트론은 즈굴과의 싸움 때문에 전투력이 제로에 가까웠지만, 그녀의 허세는 잘 먹히고 있었다.

"크흠!"

어서 결정하라는 듯 메타트론이 헛기침을 하자 군주급 몬스터들이 단체로 움찔한다. 메타트론은 지긋이 그들을 쏘아보았다. 그러자 당당한 군주급 몬스터들이 슬그머니 시선을 돌린다. 몬스터들의 절대자인 왕과 싸울 정도라고 여기고 있으니 저런 반응은 당연하다.

결국 그들은 선택을 했다. 질문을 했던 군주급 몬스터가 먼저 구르굴을 지나쳐서 물러난다.

"이놈!"

구르굴은 역정을 냈지만 소리치는 게 다였다. 미처 어쩌기도 전에 다른 군주급 몬스터들 역시 돌아섰기 때문이다.

"이 쓰레기들! 이런 짓을 하고 무사할 줄 아느냐!"

구르굴은 소리를 질러댔지만 돌아온 반응은 싸늘했다.

"자신의 안부나 걱정하시오."

한 무리의 군주급 몬스터들이 떠나버리자 구르굴 혼자 남겨졌다. 처량한 몰골이었다. 대장의 위엄도 받들어주는 자가 없으니 팍 줄어드는구나. 우리가 그를 둘러싸고 노려보자 당당하던 눈동자는 심히 흔들리고 있었다.

"이럴 순 없다…."

현실을 받아들이기 힘들겠지. 사실 그의 입장에선 황당할 거다. 승리가 코앞이라고 여겼는데 난데없이 대천사 쿠니엘과 흑익군이 나타났으니까.

"없긴 왜 없어. 그게 삶이다."

나는 시한부 인생의 하이에나였다. 하지만 지금은 대북방전쟁을 주도하고 있다. 인생이란 이렇게 알 수 없는 것이었다.

"유제아, 바로 죽여 버리자꾸나."

메타트론은 살벌하게 눈을 빛냈다. 나는 그녀가 말하는 바를 알 만했다. 즈굴에게 소모하고 있는 지배력 때문에 구르굴까지 추가로 지배하란 불가능하다. 그럴 바에는 처리해서 후환을 없애자는 거다. 마정석은 덤이고.

"잠깐! 기다려라! 중요한 정보가 있다!"

자신을 둘러싼 불온한 공기를 눈치채고는 서둘러 협상 카드를 꺼내는 구르굴. 하지만 이쪽의 대부분은 콧방귀만 뀔 뿐이었다.

"협상은 무슨. 오늘 뼈와 살을 제대로 발라주마."

나긋나긋한 목소리로 미카엘라가 이를 갈며 제일 앞으로 나섰다. 그녀는 아군을 아낀다. 전투의 참상을 보고 무척이나 화가 난 듯했다.

"태양이… 여긴 내가 처리해… 나도 조금 화났어…."

쿠니엘도 드물게 차가운 얼굴이었다. 전투 중에 상대를 놓쳐서 자기 체면을 구겼다고 생각하는 것 같았다. 그녀뿐 아니라 다들 자기 무기를 들고 안광을 빛낸다. 얄궂게도 여기서 구르굴을 살릴 건 나밖에 없는 것 같았다.

"모두 잠시만."

"에에? 설마 자비를 베풀자는 것이냐?"

내가 말리고 나서자 메타트론이 대번에 싫은 얼굴이 된다. 구르굴은 구원자를 만난 듯 반색한다.

"설마 그럴 리가. 하지만 놈이 정보를 많이 가진 것도 사실이지. 대화도 안 해보고 죽이는 건 좋지 않다고."

어쩐지 살려줄 것 같은 뉘앙스에 메타트론의 입이 삐죽 튀어나온다. 쿠니엘도 같은 표정이었다. 그래서 나는 씩 웃어줬다.

"그런데 말이야. 정보를 듣는데는 주둥이만 성하면 되잖아? 나머지야 내 알 바 아니지."

그 말에 불만이던 메타트론의 얼굴과 반색하던 구르굴의 얼굴이 극적으로 뒤바뀌었다.

"그렇지! 그렇지! 역시 유제다!"

내가 모른 척 빠지고 돌아서자 뒤쪽에서 곧장 비명과 두들겨 패는 소리가 터지기 시작한다. 말은 할 수 있는 상태로 남겨주겠지.

말만 할 수 있는 게 문제일지도 모르겠지만.

"똑바로 걸어… 이 덩치 큰 괴물아…."

돌아가는 길에 쿠니엘은 목줄을 단 구르굴을 대낮의 봉 부분으로 쿡쿡 찔러댔다. 실컷 구타하고도 분이 아직 안 풀렸나 보다. 보기보다 뒤끝이 장난 아니다. 아까 무쇠팔로 두들겨 팰 때 살벌했었지. 악을 쓰며 버티던 구르굴조차 비명을 질러대고 뻗어버렸으니 말 다했다. 그 뒤 쿠니엘은 구르굴에게 목줄을 채워 짐승처럼 끌고 가는 중이었다.

"자… 유제아. 이 괴물 줄게… 받아…."

"음?"

쿠니엘은 구르굴을 묶은 사슬은 내게 건넸다. 왜? 라고 표정으로 묻자 그녀는 베실베실 웃는다.

"공은… 네가 세우는 게 좋아….”

"지금 양보해 주는 거야?”

"응… 유제아, 바라카엘에게 밀려났잖아. 공을 세우면 좋아….”

나는 그녀의 제안에 내심 깜짝 놀랐다. 느긋하고 백치미가 느껴지는 말투와 다르게 상당히 정치적으로 계산된 술수였기 때문이다. 지난 번 암습을 당한 후 본의 아니게 주도권을 바라카엘에게 내줬다. 그러니 공을 세워 다시금 대중의 관심을 끌라는 이야기였다.

"확실히. 그저 인간이 이런 무서운 군주급 몬스터를 사로잡았다면 이야기가 되겠지.”

나는 절로 고개를 끄덕였다. 하지만 그래도 쿠니엘은 괜찮은 건가? 모처럼 멋지게 귀환했다. 앞으로의 입지를 위해서도 전공이 있으면 좋다. 이런 점을 묻자 그녀는 고개를 젓는다.

"나는 새로 사람을 모을 생각… 없어…. 혼자가 좋아. 옆에 메론이도 있고….”

"그런가. 고마워. 이번에 빚을 졌군.”

나는 쿠니엘에게 감사하며 사슬을 넘겨받았다. 내가 이 전공을 차지해도 되겠냐는 듯 주변을 둘러보자 다들 고개를 끄덕였다. 쿠니엘의 의사를 존중하기로 한 것이다.

"자, 그러면 돌아갑시다.”

나는 반쯤 기듯 간신히 움직이는 구르굴을 데리고 동대문문화역사공원으로 돌아왔다. 전장을 정리하고 있던 헌터와 천사들은 우리를 보고 난리가 났다.

"저거 봐!”

"사로잡은 거 같은데! 맙소사!"

사방에서 몬스터 사체를 정리하던 헌터와 천사들이 우르르 몰려왔다. 다들 피에 흠뻑 젖어 있다.

커다란 거인형 몬스터의 잘린 머리를 여럿이서 들 것으로 옮기거나, 부산물로 쓸 시체를 질질 끌고 오는 모습도 보였다. 마치 붓으로 한 획 그은 것처럼 바닥으로 피가 길게 이어지고 있었다. 그들은 사로잡힌 구르굴을 보고 탄성을 터뜨렸다.

"유제아 단장님! 직접 쓰러뜨리신 겁니까?"

"탐욕의 군주 구르굴을 개처럼 잡아오셨어!"

질문이 쏟아지자 어떻게 대답할지 고민했다. 그러자 미카엘라가 아무 말도 하지 말라고 속삭였다. 나는 그녀의 조언대로 가만히 있었다. 그저 오해하게 둘 뿐이다. 하지만 내 정치적 스승께서는 상황을 좀 더 유리하게 쓰고 싶었나 보다. 옆에 있던 미카엘라가 미소를 지으며 내 손을 들어올렸다. 마치 권투에서 이긴 승자처럼 말이다.

"와아아아아아아!"

함성이 터져 나왔다. 미카엘라는 아무 말도 하지 않았지만 마치 이번 공로를 그녀가 인정한 것처럼 보였다.

"유제아 단장님! 만세!"

함성이 터지는 와중에 미카엘라는 나긋하게 속삭였다.

"유제아, 기억하렴. 때로는 아무 말도 안 하는 것도 정치란다. 그러면 거짓말할 필요도 없어지지."

"침묵이 더 효과적일 때도 있다는 건가."

환호성은 갈수록 커졌는데 주변을 살펴보니 평소에 앙숙이던 흑익군과 백익군이 서로 뒤섞여 있었다. 그간 흑당과 백당의 대립은 천사와 헌터들에게 많은 영향을 끼쳤다. 서로 이를 갈며 지낼 수밖에 없었다. 하지만 함께 전장에 섰다는 동질감은 해묵은 감정을 날려버리기 충분했다.

"유제아 단장님."

그때 가브리엘이 내게 다가왔다. 그는 나를 보며 따뜻하게 웃고 있었다. 언제나의 차가운 눈동자와는 완전히 달라져 있었다.

"가브리엘님."

"이번에 큰 신세를 졌습니다. 응원을 와주신 점 깊은 감사를 드리겠습니다."

"별말씀을요. 고생 많으셨습니다. 끝까지 버티셨기에 저희가 온 보람이 있었습니다."

이제는 서로의 안 좋은 감정을 털어버릴 때였다.

"가브리엘님. 한 가지 부탁드리고 싶은 게 있습니다."

"말씀하시지요."

"가브리엘님께서 저와 생각이 다르다는 건 잘 알고 있습니다. 하지만 이미 전쟁은 시작됐습니다. 우리가 한 마음으로 싸우지 않는다면 모든 게 비극으로 끝날 겁니다."

과거 반대편에 서 있었지만 이번만큼은 솔직히 부탁했다. 그러자 가브리엘은 순순히 고개를 끄덕였다. 이번 싸움으로 생각이 바뀐 듯했다.

"물론입니다. 이제와 대립각을 세울 생각은 없습니다. 이 가브리엘, 승리를 위해 최선을 다할 작정입니다."

다행이다. 그는 그저 신념대로 전쟁을 반대했을 뿐이다. 자신의 이익을 위해 반대하거나 몸을 사릴 인물은 아니었다.

"감사합니다. 가브리엘님."

"감사는 제가 드리고 싶습니다. 오늘 제가 힘을 쓰지 않은 건 오로지 유제아님 덕입니다."

음? 그게 무슨 소리일까? 가브리엘이 힘을 쓰지 않아? 나는 어리둥절한 표정을 지었지만 그는 따로 설명하진 않았다.

"오늘 일은 반드시 보답하겠습니다. 언젠가 유제아님이 위기에 처한다면 제 힘이 반드시 도움이 될 것입니다. 자, 그럼 이만."

거기까지 말한 가브리엘은 몸을 돌려 가버렸기에 자세히 물을 수 없었다.

"오, 저 완고한 가브리엘님에게 인정받은 거야? 대단한데!"

스이엘이 근처로 날아와 촐랑거렸기에 가브리엘의 힘에 대한 고민은 더 이어지지 못했다.

"대단해?"

"물론이지. 가브리엘님은 예의바르긴 하지만 사람 대하는 게 은근 까다로운 편이야. 아무에게나 방금 같은 태도를 보이지 않지. 게다가 자신과 대립했던 너 같은 인물이라면 더더욱."

그녀는 내가 대견하다는 듯 머리를 쓰다듬었다. 유치원생처럼 생긴 애가 이러니 웃기긴 하지만 스이엘은 나보다 훨씬 연상이다. 그런데 갑자기 한바탕 웃음이 터진다.

"무슨 일이야?"

"글쎄?"

궁금해서 가보니까 메타트론이 성을 내고 있었다.

"이놈! 무례하다! 이것 놓지 못하겠느냐!"

무슨 일인가 보던 나는 그녀의 얼굴을 보고 피식 웃을 수밖에 없었다.

"쿠니엘! 어쩔 것이냐! 얼른 지우거라! 유제아가 웃지 않느냐!"

콧김을 씩씩 내뿜는 메타트론의 얼굴에는 콧수염이 그려져 있었다. 쿠니엘이 손가락으로 그려넣은 것이다. 그녀는 격전을 치렀던 터라 몸에 그을음이 잔뜩 묻어있었는데 그걸 메타트론의 얼굴에 문질렀던 모양이다. 쿠니엘은 그걸로도 부족했는지 메타트론을 껴안고 볼을 부빈다.

"메론이… 이걸로 우리는 친구야…."

"시, 싫다! 이런 더러운 걸 같이 묻히는 게 친구라면 싫다!"

"메론이는 이기적… 어려움을 함께해야 친구…."

나는 그 모습을 보다가 문득 한숨이 나왔다. 오늘 싸움이 이대로 끝나면 좋겠단 생각 때문이었다. 내가 잠자코 미카엘라가 말을 걸어왔다.

"본진 쪽 상황이 신경 쓰는 거구나?"

나는 말없이 고개를 끄덕였다. 아군의 본진은 과거 숙명여대가 있던 건물터에 자리 잡고 있었다. 그쪽으로 대군주 카르페가 이끄는 몬스터 무리가 내려갔고 현재 격전 중이라 했다.

"양익에서 유리한 상황을 만들어내긴 했지만 본진이 밀리면 끝이니까."

"아군의 대천사들 여럿이 본진에 집중돼 있잖니. 쉽게 무너지진 않을 것 같구나."

"그렇긴 하지만……."

본진 쪽은 군의 규모에 있어서 밀리지 않는다. 다만 대군주 카르페가 힘을 발휘하면 누가 막을 수 있냐는 거다. 바라카엘은 자신이 그걸 감당할 수 있다고 호언했지만 별로 믿음이 가지 않았다.

"바라카엘은 언제든 입장이 나빠지면 내뺄 녀석이야."

"그건 그렇지. 그가 사랑하는 건 자기 자신과 권력뿐이니까."

"서둘러 본진 쪽으로 가야겠어."

나는 부대를 어서 숙명여대 쪽으로 이동하자고 했다. 그러자 미카엘라는 난처한 표정이 됐다.

"다들 연이은 전투로 굉장히 지쳤어."

아닌 게 아니라 모두 승전으로 들떠 있었지만 피로한 기색이 역력하다. 특히 흑익군은 필사의 탈출 이후에 또 격전을 치렀다. 멀쩡할 리가 없다.

"잘 알고 있어."

하지만 그럼에도 군을 이끌고 본진이 있는 숙명여대 쪽으로 가야하는 건 적을 압박하기 위해서다.

"카르페는 우리가 나타나면 상당히 위협을 느끼겠지."

그 점에 있어서는 미카엘라도 동의했다.

"최대한 군을 추슬러 본진 쪽으로 진군해야겠구나."

3. 지금 참전합니다

숙명여대 앞에는 효창공원이 있는데, 현재 이곳은 천사와 인간들의 방어진을 무너뜨리려는 몬스터들로 가득했다. 벌써 몇 시간 전부터 난타전이 벌어졌고 바닥에 고인 피가 흥건해 사방이 질척거렸다. 상대를 향해 달려들던 자들은 바닥에 흩어진 내장을 밟고 미끄러지기도 했다. 흐린 하늘 아래서 비명이 끊이질 않았다.

그야말로 전투는 점입가경. 물러설 수 없다는 양측의 의지가 느껴졌다. 그리고 마침내 양 진영의 대장이 서로를 향해 움직였다.

웅성웅성.

거대한 덩치를 가진 카르페가 몸을 일으키자 몬스터들이 술렁였다. 일순간 전투가 멈추기까지 했다. 인간과 천사 진영에서도 움직임이 있었다.

"바라카엘님께서 나서셨다!"

그때 헌터 하나가 흥분해 소리쳤다. 기괴하게 생긴 대천사 바라카엘의 등장에 군대가 썰물처럼 반으로 갈라졌다. 양군의 대장이 맞붙게 생겼으니 가히 이번 전투의 분수령이라 할 만했다.

"정말 바글바글 끌고도 왔군. 네놈 몬스터들은 벌레 같아. 많고,

징그럽지."

바라카엘은 효창공원 일대에 가득한 몬스터 무리를 보며 불쾌하다는 반응을 보였다. 그나마 카르페가 자랑하는 그의 친위대가 없다는 게 다행이랄까.

"그러는 네놈의 군대는 겁을 먹고 마치 고슴도치처럼 웅크리고 있지 않나."

대군주 카르페는 숙명여대의 폐건물에 자리 잡은 인간과 헌터들을 보며 콧김을 뿜었다. 확실히 독이 잔뜩 오른 채 바리케이드 뒤에 자리 잡은 그들은 고슴도치처럼 보였다.

"이 몸이 돌격하면 저런 엉성한 방어는 순식간에 허물어질 것이다. 크르릉!"

카르페는 불편한 심기를 감추지 않고 상대를 위협했다. 상대가 워낙 좋은 위치에서 완강히 버티는 탓에 전투가 쉽지 않았기 때문이다. 그래서 결국 상황을 정리하기 위해 직접 나섰다.

"이 몸이 쳐서 허물어뜨리고자 하면 견딜 수 있겠나! 대천사여!"

카르페는 장대한 덩치를 갖고 있었기에 그 앞에 있는 바라카엘이 난쟁이처럼 보일 지경이었다. 그러나 이 압도적인 존재와 대면하고 있는 바라카엘은 여유만만했다. 마치 자신이 이 강력한 대군주급 몬스터와 동수라고 여기는 것 같았다.

"으름장은 이 정도면 된 것 아닌가. 피차 사정을 아는데."

바라카엘은 현상황을 잘 이해하고 있었다. 대군주 카르페가 저런 흉폭한 겉모습과 다르게 이번 전쟁을 부담스러워하고 있다는 걸. 강북의 또 다른 기둥인 대군주 르카가 사망하고, 온건파 군주급 몬스터들의 반란까지 겪었으니까. 상대의 조급함을 이해하는 바라카엘은 여유만만했고 그게 카르페의 심기를 계속 거슬렀다.

"건방지군. 볼품없는 몸뚱이를 가진 주제에."

대천사 바라카엘의 생김새는 몬스터가 보기에도 혐오스러운 면이 있었다. 상처를 수없이 꿰맨 탓에 보기 안 좋은 자국이 전신에 가득했으니까.

"개성이라고 해주게."

"크흐흐흐! 다시는 봉합하지 못할 정도로 찢어주지."

성난 카르페의 기세에 주변에 일순간 광풍이 일어날 정도였다. 바라카엘은 흙먼지에 날개가 흔들리는 와중에도 침착했다.

"흐흐, 다시 봉합하지 못할 건 왕과 그대의 관계가 아닌가."

"뭐라!"

바라카엘의 지적에 카르페는 미간을 좁힐 수밖에 없었다. 원래 흉흉한 그의 얼굴이 인상을 쓰자 더욱 무섭게 보였다. 카르페는 상대가 자신과 왕의 불편한 관계를 잘 알고 있다는 걸 깨달았다. 인간과 천사들에겐 알려지지 않은 내용이라 여겼는데 생각보다 상대의 정보력이 뛰어났던 모양이다. 그렇다면 더는 협박은 먹히지 않을 듯했다.

"좋다. 힘의 차이를 보여주지."

카르페가 본격적으로 나서려고 하자 그의 패도적인 힘을 잘 아는 부하들이 우르르 물러났다. 허둥대는 꼴이 마치 태풍을 피해 도망치는 것 같아 보였다. 카르페가 위력을 발휘하면 이 일대는 모두 쓸려나간다고 여기는 듯했다. 하지만 그에 대항하는 바라카엘 역시 만만치 않았다. 그의 태도를 보면 이미 카르페와의 접전을 예상하고 대비한 게 틀림없었다. 하지만 지켜보는 천사와 헌터들은 불안한 마음을 감추지 못했다. 비록 그가 강력한 대천사라고 하나 상대는 대군주급 몬스터다. 메타트론이나 미카엘라도 아니고 과연 당해낼 수 있단 말인가?

웅성웅성.

근심 섞인 수군거림이 터져 나왔지만 바라카엘은 여유만만이었다. 그는 자신의 진정한 실력을 보일 때가 됐다고 생각했다.

"카르페여. 이 몸은 오랜 세월 싸우며 몬스터를 연구해왔다. 그 결과 외모가 추악하게 변해버렸지."

"추악한 건 외모만이 아닐 텐데? 네놈에게서 동류의 냄새가 난다. 크크크. 사실 네놈은 대천사라기보다 군주급 몬스터란 느낌이로군."

"그렇게 느끼는 것도 이상하지 않겠지. 사실 너희에 대해 열정적으로 공부해온 건 힘의 한계를 느꼈기 때문이다."

슬슬 상대에게 달려들려던 카르페지만 바라카엘의 말에 흥미를 느꼈다.

"힘의 한계?"

"그렇다. 대천사로서 더욱 강해지기 어렵다는 생각이 들었지. 한데 어느날 이런 생각이 들더군. 적이 가진 장점을 흡수하는 게 돌파구가 되어주지 않을까 하고."

"뭐라? 크하하하핫! 참으로 재밌는 발상이군."

바라카엘의 발언은 카르페에게도 참신하고 재밌게 들렸다. 강해지기 위해 몬스터의 형질을 받아들인 대천사라니.

"부하들이 소문을 떠드는 건 들은 적이 있다. 일부 천사가 우리와 닮았다고 했는데 그 모든 일의 근원이 네놈이었구나. 바라카엘."

몬스터를 고문하고 연구한 바라카엘의 천사들은 하나 같이 기괴한 형상이었다. 그중 정점이 바라카엘이었고 그는 몬스터의 힘을 가장 잘 이해하고 있었다.

"그렇다. 이제 그 힘으로 네놈을 쓰러뜨리겠다. 카르페!"

"크하하하! 뜻하지 않는 유흥과 만나게 되는군. 설마 대천사가 우리 종족의 힘을 가지고 덤벼올 줄이야! 좋다! 어디 그 비기를 꺼내 스스로의 위풍을 높여보라!"

카르페는 흥이 동한다는 듯 드래곤의 것을 닮은 듯한 거대한 꼬리를 땅에 내리쳤다.

쿠우웅!

그것만으로 사방에 지진이 난 것처럼 땅이 흔들리고 서있던 자들이 와르르 쓰러지니 이 대군주의 가공할 위력을 느낄 만했다. 하지만 바라카엘은 전혀 주눅 든 기색도 없이 자신의 힘을 끌어 모아 폭발시켰다.

"호오!"

그 기운은 오만하기 짝이 없는 대군주 카르페조차 감탄하게 할 정도였다.

뚜두둑. 뚜둑.

무언가 실이 끊어지는 듯한 소리가 나더니 바라카엘의 몸 이곳저곳을 봉합한 자국들이 터져 나가기 시작했다. 억지로 그의 신체를 연결하고 있던 실들이 끊어져갔다.

"이 흉한 모습은 상처를 봉합한 게 아니다! 오히려 진정한 모습을 감추고 가려놓은 것! 이제 내가 완성한 궁극의 형상을 보라!"

바라카엘의 몸 여기저기가 터지면서 갈라지더니 시커먼 살덩어리들이 튀어나왔다. 그는 순식간에 급속하게 부풀어 올라 거대해졌다. 갑자기 카르페와 맞먹는 덩치로 자라나자 적과 아군을 가리지 않고 사방에서 탄성이 터졌다. 하지만 천사와 헌터들은 곧 자신들의 수장이 몬스터 못지않게 끔찍한 외형이란 점에 두려움을 느꼈다.

"그야말로 괴물이 아닌가!"

"저게 진짜 대천사란 말인가!"

그도 그럴 게, 괴수화한 바라카엘은 실로 추악한 몰골로 천사와 몬스터를 섞은 끔찍한 혼종 같았다. 하지만 그 기운만은 카르페 못지 않았다.

"보라! 이것이 힘의 극치다!"

바라카엘의 모습은 팔다리가 길고 검은 날개가 달린 괴물 그 자체였다.

쿠우우우웅!

곧 허공에 거대한 마법진이 떠올랐고, 그 한 가운데서 길이가 15미터는 될 법한 거대한 창이 소환됐다.

"이 창의 이름은 카자구트. 너희 몬스터들의 뼈와 살을 이어 만들었다. 이제 이 창으로 네놈의 심장을 뚫어주마!"

폭발적으로 발현되고 있는 자신의 힘에 바라카엘은 반쯤 취한 모습이었다. 그의 머릿속에 위대한 승리가 그려지고 있었다. 여기서 카르페를 꺾어버린다면 이제 그에게 도전할 자는 거의 없다.

"이것은 수좌로 향하는 길! 내 야망의 발판이 되어라! 카르페!"

"좋다! 어디 덤벼보라!"

더 이상의 말은 필요 없었다. 대군주 카르페와 대천사 바라카엘은 서로를 향해 돌격했다. 키만 10미터가 넘는 둘이 부딪치니 그야말로 괴수 대전이었다.

"카아아아아!"

목소리도 기괴하게 변해버린 거대 바라카엘이 달려든 순간 카르페는 기다렸다는 듯 거대한 꼬리를 휘둘렀다.

찰싹!

타격음과 함께 달려들던 바라카엘이 검은 깃털들을 흩날리며 날아갔다.

콰아아아앙!

근처에 있던 건물을 그대로 무너뜨리며 주저앉은 그는 곧장 일어나더니, 놓친 창을 대신해 부서진 커다란 콘크리트 덩어리를 집어 들었다. 그리고 날개를 홰치며 그대로 높이 뛰어오르더니 카르페에게 낙하하며 콘크리트 덩어리로 그의 이마를 내리찍어버렸다.

퍼어어억!

둔중한 소리와 함께 콘크리트가 부서지며 카르페가 뒤로 주춤거리며 물러났다. 아무리 대단한 그라도 이런 콘크리트 덩어리에 찍히면 일순간 멈칫할 수밖에 없었다. 바라카엘은 그 틈을 놓치지 않고 손을 뒤로 뻗었다. 그러자 땅바닥을 뒹굴고 있던 거대한 창이 자석에라도 이끌리는 것처럼 떠올라 그의 손아귀에 들어왔다.

"끼에에에!"

이미 괴물로 변해버린 듯 바라카엘의 기합성은 기괴했다. 그는 창을 높이 들어 올려 그대로 카르페를 내려쳤다. 하지만 이번에는 카르페가 덩치에 어울리지 않는 민첩함으로 피해냈다. 그 때문에 거대한 창이 땅을 강타하자, 바닥에 흥건하게 고인 피가 파도처럼 일어나 좌우로 갈라졌다.

촤아아아아!

멀리까지 핏물이 튀었고 이 전투를 지켜보던 자들의 얼굴을 적셨다. 그러나 다들 이 차원이 다른 괴물들의 승부에 넋이 나가서는 닦을 생각조차 못하고 있었다.

"아주 제법이군! 제법이야! 이 패도적인 힘! 과연 스스로 자신할 만하구나!"

카르페 역시 놀랐다는 듯 드물게 칭찬을 아끼지 않았다.

"하지만 결국 그 정도에 불과하지. 네놈의 모습은 꽤 특이하고 흥미를 끌었다만 결국 거기까지다."

"크르르릉! 웃기는군."

카르페의 평가절하에도 바라카엘은 콧방귀를 뀌었다. 괴수화한 자신의 힘에 대단한 긍지를 갖고 있었기 때문이다. 그야말로 자신감이 충만한 상태.

"슬슬 감당하는 게 벅찬 건가? 주먹 대신 입을 놀리는 걸 보니."

"그럼 직접 시험해 보라!"

다시 한 번 바라카엘과 카르페가 충돌했다. 그 충격만으로도 주변에 있던 건물 몇 개가 와르르 무너져 내렸다.

쿠아아아아! 콰아앙!

사방에 자욱하게 먼지가 일어났고 지켜보는 자들은 무슨 일이 벌어지는 건지 도무지 파악할 수 없었다. 그저 짙은 안개 같은 먼지 속에서 빛만 번쩍였다. 하지만 돌풍이 일어나 먼지를 날려버리자 다들 무슨 일이 일어났던 건지 명확히 알 수 있었다.

"이럴 수가! 이 내가…!"

바라카엘이 창을 잡은 채 부들부들 떨고 있었는데, 창대가 반절로 부러진 상태였다. 그리고 창날이 달린 나머지 반절은 그의 몸에 박혀있었다. 바라카엘의 거대한 몸은 피로 흠뻑 젖었는데 지금도 피가 분수처럼 쏟아져 나오는 중이었다. 마치 수도관이라도 터진 것 같았다. 허나 바라카엘은 황망함에 그걸 신경 쓸 여력조차 없는 듯했다.

"어째서… 어째서 밀린 것이지? 오랜 세월 연구했단 말이다! 네 놈들의 특성을 분석하고 분석해서! 가장 강력하고 위협적인 것만 내게 이식했다. 그렇게 나온 완벽체일 텐데 어째서!"

"크흐흐, 솔직히 감탄했다. 분명히 르카 정도였다면 좋은 싸움이 됐을지도 모르지."

카르페는 과거 강북의 두 거두 가운데 하나였던, 창경궁의 지배자인 르카를 언급했다.

"하지만 이 몸을 르카와 비교하지 마라!"

그는 몬스터의 왕과 반목하며 그 자리를 노리고 있다. 대군주급의 위계로 만족하던 르카와는 규격 자체가 달랐다. 냉정히 대군주급 몬스터의 전투력을 파악해 왔던 바라카엘에겐 낭패였다. 그도 그럴 게, 이 카르페가 직접 나서 이렇게 힘을 썼던 적은 거의 없었기 때문이다. 강북 지역의 총수인 그는 언제나 경복궁의 심처에서 자리를 뭉개고 있었을 뿐이었으니까.

"쿠아아아아!"

바라카엘은 인정할 수 없다는 듯 괴성을 지르며 다시 한 번 달려들었다. 하지만 그 발악은 손쉽게 끝나고 말았다. 카르페가 바라카엘에 몸에 박혀있던 창을 쥐어뜯듯 잡아 빼자 피가 쏟아져 나왔고, 곧 휘청이던 그는 주먹에 강타당해 턱이 부러지며 넘어졌다.

쿠아아아앙!

괴수화해서 10미터도 넘는 바라카엘이 지면에 쓰러지자 땅이 크게 울렸다. 카르페의 공격은 그걸로 그치지 않고 바라카엘의 등을 밟고 날개 하나를 통째로 잡아 뜯기까지 했다.

부우욱! 두두둑!

질긴 등근육까지 길게 찢겨 나오자 바라카엘의 싸움은 그것으로 끝나버리고 말았다. 거대화했던 몸은 바람 빠진 풍선처럼 줄어들어 처음의 모습으로 돌아갔다. 원래 추한 외모에 심한 부상까지 더해지니 실로 볼품없기 짝이 없었다. 마치 망가진 인형 같았다. 카르페는 피투성이로 축 늘어진 바라카엘을 한손으로 쥐었다.

"여기 이 대천사를 보라. 자기 야심에 스스로를 불태워 버렸구나! 크하하하하하!"

카르페가 붙잡은 바라카엘은 쥐고 흔들자 지켜보던 몬스터들이 함성을 터뜨렸다. 반면 천사와 헌터들은 공포에 질려 몸을 떨었다.

그 누구도 감히 바라카엘을 구하기 위해 나서지 못했다. '12미덕'이라 불리는 바라카엘의 감정 없는 경호원들만이 자신들의 주인을 구하기 위해서 무기를 뽑아들었다. 카르페는 그 꼴을 힐끔 보더니 의외로 바라카엘을 그들에게 던져주었다.

"아니!"

"보내준 건가?"

뜻밖의 행동에 몬스터보다 천사와 헌터들이 더 당황했다. 사로잡은 적의 대장을 너무 쉽게 돌려줬기 때문이다. 아무래도 상관없다는 듯한 태도였다.

-위대한 분이시여.

그래서인지 군주급 몬스터 하나가 나직하게 물어왔다.

-적의 수괴이옵니다. 어찌?

-흐흐흐, 모르겠느냐?

카르페는 여유롭게 난리가 난 인간과 헌터 진영을 내려다보며 웃고 있었다. 이미 그의 부하들은 당장이라도 밀려들어갈 듯했다.

-소인 우둔하여….

-바라카엘이란 대천사는 이기적이고 탐욕에 가득한 자다. 저 자가 자기 진영으로 돌아가면 이번 전투를 어찌 지휘하겠느냐?

군주급 몬스터는 휘하의 부하들에게 들이치라 손짓을 하며 생각에 잠겼다. 그리고 곧 대답했다.

-본인만 살고자 군을 지휘하지 않겠습니까?

-옳다. 정답이다.

카르페는 부하의 대답에 만족해 부연 설명까지 하기 시작했다.

-저런 지휘관은 없느니만 못하다. 차라리 여기서 죽었으면 저들 진영의 차석이 나서겠지. 사전에 다르쿠다의 정보를 들으니 저 안에 대천사 나나엘이 있다고 한다.

-오! 나나엘이!

대천사 나나엘이 용기를 잃고 자기 검조차 뽑지 못하게 된 건 몬스터들에게 거의 알려지지 않은 이야기다. 그들은 과거 그녀가 강북을 종횡무진하며 떨쳤던 악명만 기억한다. 그렇기에 카르페와 대화하고 있는 군주급 몬스터는 움찔하기까지 했다.

-참으로 영명하신 판단이십니다. 나나엘이 지휘권을 잡으면 적이 굳건히 버틸지도 모를 일입니다.

감탄을 금치 못하는 군주급 몬스터의 태도가 카르페의 허영심을 만족시켜줬다. 하지만 실질적인 효과도 있었다. 부하에게 경애와 공포를 살수록 지배력은 공고해지기 때문이다. 그건 중요한 부분이었다. 부하에게 우습게 보인 탓에 오만의 군주 즈굴은 지배력을 상실하기까지 했으니까.

-저자 같이 자기 밖에 모르는 인물이 계속 권세를 유지하는 게 우리에게도 이롭지 않겠느냐. 신념이 있는 자는 대하기 어렵지만 탐욕스러운 자는 언제든 대화가 되는 법이지.

카르페는 다르쿠다를 통해 인간 쪽의 정보를 수집하고 있었는데 바라카엘 때문에 메타트론의 화신이 실각했다는 걸 들었다. 그에게 메타트론의 화신은 눈엣가시 같은 존재. 그런 메타트론의 화신 때문에라도 바라카엘을 살려보낸 것이다. 그리고 그 효과는 즉각적으로 일어났다.

"후퇴해! 후퇴하라고… 크르르륵!"

자신의 진영으로 돌아와 응급처치를 받고 있는 바라카엘은 입에서 피거품을 뿜어내며 외쳤다. 그는 몸을 덜덜 떨고 있었다. 자신만만하며 세상 무서운 것 모르고 설쳐대던 모습은 온데간데 없었다. 과연 방금 전의 바라카엘과 지금의 바라카엘은 동일인이 아닌 것만 같았다. 세상이 자기 손 안에 있다는 듯 날뛰던 애송이가 격의 차이를 실감하고 공포에 질린 모습이었다.

"크으으! 도망가야… 한다고! 이 멍청한 놈들!"

최고 지휘관의 이런 태도에 다들 황망한 기색을 감추지 못했다. 하지만 감정이 없이 명령에 충실한 12미덕은 즉각 움직였다. 그러자 바라카엘 진영의 헌터를 대표하는 엽왕 임철웅이 당황해서 외쳤다.

"바라카엘님! 이대로 후퇴하면 전멸이나 마찬가지입니다!"

대장 간의 대결 이후 승기를 잡은 몬스터들이 인간과 헌터들의 방어진을 무지막지하게 두드리는 중이었다. 위태위태한 상황에 최고 지휘관이 도망가겠다고 한다. 전열은 단숨에 무너질 거고 그 뒤에는 일방적인 학살이 시작될 거다. 하지만 바라카엘은 자기가 살기 위해서 그런 것쯤은 상관없다는 태도였다.

"쓸모없는… 크르륵! 놈들은 전멸해도 상관없다! 이 몸이 살아야 모두의 미래가… 있는 거야. 카르페… 그놈은 당해낼 수 없…. 방어진 안으로 복귀해 후일을 도모해야 한다. 전쟁은 이미 끝…."

죽다 살아온 탓인지 평소 광기가 맴돌던 바라카엘의 눈동자에는 공포만이 가득했다. 12미덕은 즉각 그를 데리고 움직였다. 그러자 이를 막으려는 헌터들이 있었으나 모두 얻어맞고 물러날 수밖에 없었다.

"우리를 버리려는 겁니까! 바라카엘님!"

"데려가 주십시오!"

사방은 빠르게 아수라장이 됐다. 바라카엘을 위시로한 지휘부가 물러나자 최전선에서 싸우고 있던 자들이 술렁이기 시작했다.

"바라카엘이 도망가고 있잖아!"

"우리를 두고 가는데! 이런 미친놈들이!"

하지만 바라카엘은 자신만 살 수 있다면 여기있는 수만의 인원이 죽든 말든 알 바 아니었다. 오히려 그는 천사와 헌터들이 시간을 끌어주는 동안 빠져나가야겠다고 생각했다.

"임철웅. 우리 클랜의 인원들을 수습하도록."

바라카엘의 명에 임철웅은 기가 막혔다.

"다른 클랜은 어쩌라는 겁니까?"

"알 바 아니다. 서둘러라…"

그 말에 임철웅은 더는 참을 수 없어졌다.

"그 명령, 받아들일 수 없습니다."

"이놈! 감히 날 거역하겠다는 것이냐! 네놈의 힘이… 어디서 오는 줄 알고!"

엽왕이 아무리 대단하다고 하나 따지고 보면 바라카엘 클랜에 소속된 일개 헌터에 불과하다. 그 능력은 바라카엘에게 받은 것이니 당연히 자신의 상관을 거스를 수 없다. 하지만 어째서인지 임철웅을 물러나지 않았다.

"상관없습니다. 아군이 몰살될 위기를 보고도 모른 척한다면 이 임철웅, 평생을 후회 속에서 살 게 될 겁니다."

"네놈…!"

언제나 부하들의 고분고분한 태도에 익숙해져 있던 바라카엘은 노기를 감출 수 없었다. 하지만 곧 그는 피범벅이 된 입으로 비릿한 미소를 지었다.

"옳거니, 이제야 알겠구나. 네놈이 최근 그 라파엘 놈과 붙어 먹은 걸 모르지 않는다. 그 불쾌한 놈에게 무언가… 힘을 받았구나!"

임철웅은 부정도 긍정도 하지 않았다. 그러자 바라카엘은 비릿한 미소를 지었다.

"좋다. 네놈의 썩은 신념을 위해… 마음대로 하라. 하지만 살아 돌아온다면… 내 분노를 감당해야 할 줄 알라…."

"만사 뜻대로 하시지요."

"흥!"

바라카엘은 한 무리를 이끌고 그대로 전장을 이탈했다. 남은 자들은 어찌돼도 상관없다는 듯이 말이다.

"엽왕, 우리도 물러나야 합니다! 이미 전세가 기울었습니다."

부관의 말에 임철웅은 일갈했다.

"닥쳐라! 동료를 버리는 자가 되고자 힘을 추구한 게 아니니! 모두를 위해 버텨라!"

임철웅의 흔들림 없는 태도에 상황이 다소 나아졌지만, 여전히 암담하기 짝이 없다. 바라카엘을 따라 도망간 자들도 여럿이었으나 대부분은 격전에 휘말려 꼼짝도 못하고 있었다. 특히 대천사들은 바라카엘처럼 자기 클랜원 태반을 내려버려두고 달아날 엄두를 내지 못했다. 그 중에는 검을 뽑지 못하는 대천사 나나엘도 끼어 있었다.

"살려줘! 으아아악!"

"물러나지 마라! 여기가 무너지면 다 죽는 거야!"

대천사 나나엘은 방어진에서 악전고투를 벌이는 클랜원들을 보며 입술을 깨물고 있었다. 그녀가 아직 자리를 지키고 있었기에 클랜원들은 사력을 다해 싸우는 중이었다. 나나엘 군단의 수장인 대천사 나나엘이 보고 있다는 사실만으로 힘을 내고 있는 것이다. 하지만 그럴 수록 나나엘의 마음은 찢어지는 것 같았다.

"대체 나는⋯."

다시 한 번 검을 뽑아보려 했지만 소용없었다. 절그럭 거리는 소리만 났을 뿐 검집에서 꼼짝도 하지 않았다. 그녀는 자신이 할 수 있는 일이 아무 것도 없단 사실에 절망했다. 그저 모두가 볼 수 있는 위치에 서 있는 게 고작이었다. 그리고 그 사이에도 클랜원들은 하나둘 쓰러져가고 있었다.

촤아아아!

심지어 이 와중에 비까지 내렸다. 몇 시간 전부터 우중충한 하늘이었는데 기어코 쏟아지기 시작한 것이다.

"나나엘님! 퇴각하십시오! 여긴 저희가 맡겠습니다! 그러니 부디!"

곁을 지키던 부하들이 결연한 각오로 외쳤다. 하지만 나나엘은 비에 젖은 머리칼을 쓸어 넘기고 고개를 흔들었다.

"제가 어찌 그대들을 두고 혼자 가겠습니까?"

"나나엘님만 살아계신다면 언제든지 재건할 수 있습니다!"

"후훗…."

나나엘은 부하들의 말에 쓰게 웃었다.

"혼자 도망쳐 후회하는 건 이미 충분해요. 같은 일을 반복할 생각은 없답니다."

이미 부하들의 희생으로 목숨을 구한 적 있는 그녀다. 그때 비겁했던 탓에 나나엘은 자신의 모든 존엄을 잃어버렸다. 그리고 끝나지 않는 악몽에 매일 밤 시달리고 있었다. 설령 여기서 죽는다 해도 다시는 도망갈 생각은 없었다.

"마지막까지 여러분과 함께하겠습니다."

나나엘은 자신의 결정이 용기가 아니란 걸 알고 있었다. 더는 괴로움을 감당할 수 없어 모든 걸 끝내려는 것뿐이다. 하지만 그녀에게 다른 수단은 없었다.

"비가 그치지 않을 것 같군요."

전황은 점점 인간과 천사들에게 불리하게 돌아가고 있었다. 바라카엘은 도주했고 나나엘은 힘을 쓰지 못한다. 이 절체절명의 위기에서 또 다른 대천사인 카마엘과 자르키엘이 급히 만남을 가졌다.

"자르키엘, 우리도 물러나야 해요!"

쾌락주의자이며 매사 무책임한 카마엘에겐 이번 전역 따위는 어떻게 되든 알 바 아니었다. 이미 틀렸다고 판단되는 이상 내빼는 게 최선이라 그녀는 생각했다.

"흐음… 성급히 결정할 문제가 아니오."

매사 용의주도한 자르키엘은 고개를 내저었다. 그러자 카마엘이 발끈하며 쓸려나가고 있는 아군을 가리켰다.

"자르키엘! 당신이 신중하다는 건 알아요! 하지만 이미 틀렸다고요! 대체 뭘 기다리는 거죠?"

"글쎄, 그건 확실치 않소."

카마엘은 자르키엘의 태도가 답답하기 짝이 없었다. 이후로 한참 실랑이를 벌이던 카마엘은 빽 소리를 지르고 자리를 떴다.

"자르키엘, 이렇게 어리석을 줄이야! 나나엘과 남아 최후를 맞이하던가 맘대로 하세요!"

결국 카마엘까지 전장을 이탈했는데 그녀는 남겨진 자신의 클랜원을 제대로 수습하지 않았다. 그저 일부 호위대만 이끌고 혹시라도 붙들릴까 뒤도 안 보고 달아났다. 당연히 그녀를 따르던 헌터들은 놀라서 비명을 질렀다.

"카마엘님!"

"저런 미친년이! 우리를 버리고 갔어!"

아무리 힘을 내려준 대천사라고 해도 이런 상황이 되면 쌍욕이 나올 수밖에 없었다. 하지만 카마엘은 무정하게 그들을 잘라버렸다. 병력을 수습하려 했다가는 빠져나갈 시기를 놓칠 것 같았기 때문이다.

"결국 그녀는 떠나는군…."

자르키엘은 그 광경을 보면서도 무심히 중얼거릴 뿐이었다. 평소 교토삼굴[*]을 강조하며 언제나 신중히 보신에 힘썼던 그의 성격을 고려하면 참으로 의외였다.

"자르키엘님! 저희도 떠나야 합니다!"

"어서 결단을!"

자르키엘을 수행하는 고위 천사들이 서둘러 물러날 것을 종용했다. 하지만 자르키엘은 묵묵부답이었다. 물론 그렇다고 그가 마지막까지 항전하다 장렬히 옥쇄할 각오를 다졌기 때문은 아니다. 그는 승산이 없다고 생각하면 제일 먼저 도망갔을 것이다. 자르키엘은 대천사 중 가장 계산적인 성격이니까. 하지만 여태 자리를 지키고 있다는 건 뭔가 알고 있었기 때문이다.

"결정을 내렸다. 아마 이쪽이 이길 확률이 더 높겠지…."

"네?"

"아니, 혼잣말이다. 끝까지 버티겠다! 모두 방어진을 굳건히 하고 적을 밀어낸다!"

대천사 자르키엘은 무기를 들고 전선으로 직접 나섰다. 그러자 그의 클랜원들은 사기가 충천해서 함성을 질러댔다.

"자르키엘님이시다!"

"와아아아! 몰아내라!"

---

[*] 교활한 토끼는 굴을 세 개 파놓는다는 뜻.

카마엘 클랜원들과는 완전히 다른 반응이었다. 중요한 순간에 대장이 있고 없고는 이런 큰 차이를 만든다.

"자르키엘님, 이길 수 있겠습니까?"

근처에서 그를 수행하는 천사 하나가 근심을 감추지 못하고 묻는다. 이에 자르키엘은 가타부타 대답하지 않고 그저 견디라고만 답했다. 하지만 질문을 한 천사는 자기 상관이 별 이유 없이 고집을 부리지 않는다는 걸 알고 입을 닫았다.

"몰아내라!"

"으아아아아!"

사방에서 난리가 난 와중에도 자르키엘은 홀로 침착했다. 사실 대천사 카마엘에게도 얘기하지 않았지만 그럴 이유가 있었기 때문이다. 그에겐 남다른 정보력이 있었다. 가히 모든 클랜 중 최고라고 할 만하지만 알려진 사실은 아니다. 자르키엘의 깨지지 않는 원칙 가운데 하나가 수집한 정보는 절대 팔거나 발설하지 않는다, 였으니까. 그는 귀중한 정보를 오직 자신을 위해서만 썼다.

"견디다 보면 바람이 불어오는 법이지…."

이번에도 자르키엘은 그 정보를 자신만 알고 입을 닫아버렸다. 그는 정보를 수집하는 특별한 힘이 있는 데다가 강북 몬스터들과의 연결도 대단했다. 그래서 통신 마법이 방해받는 이 몬스터들의 영역 안에서도 전장의 상황을 실시간에 가깝게 파악하고 있었다. 덕분에 그는 현재 흑익군이 가브리엘과 합류해 대승을 거둔 사실을 알았다. 심지어 그 군세가 현재 이 숙대 방면으로 진군해 오고 있다는 점까지 말이다.

"그래… 메타트론의 화신이라면 반전을 일으켜 줄지도 모른다."

만약 그마저 패한다면 그때 도망쳐도 늦지 않다고, 그는 생각했다.

전투는 점입가경이었다. 하지만 나나엘 클랜은 악을 쓰며 몬스터들을 밀어냈다. 이들이 이렇게 힘을 낸 건 대천사 나나엘이 곁에 있었기 때문이다. 워낙 그 기세가 사나워 맹렬히 덤벼왔던 몬스터들이 몇 차례나 허둥대며 쫓겨 갔다.

"와아아아아!"

덩치 큰 몬스터들이 꽁무늬를 보이며 도망치자 다들 사기가 올라 함성을 질렀다. 혹시 전투에서 이길 수 있을지 모른다는 생각마저 들었다. 하지만 그런 희망은 잠깐이었다.

쿵! 쿵! 쿵!

지축을 울리는 소리를 내며 카르페가 그들이 있는 쪽으로 다가오기 전까진 말이다.

"카르페다!"

"놈이 온다!"

바라카엘을 쓰러뜨린 뒤 뒤쪽에서 상황을 지켜보던 카르페가 다시 움직이자 혼란은 대단했다. 나나엘은 재빨리 명령을 내렸다.

"모두 물러나세요!"

"하지만!"

"어차피 당신들의 힘으로는 못 막습니다."

나나엘은 자신이 할 수 있는 일을 하기로 했다. 비록 카르페의 상대는 안 되나 잠시 시간을 끌 수 있을 터.

"제가 그를 상대하는 동안 모두 후퇴하세요! 지체할 시간이 없습니다!"

클랜원들은 나나엘의 명령에 경악을 금치 못했다.

"그 정도로 승산이 없단 말입니까!"

"모두 서두르세요! 저 혼자 5분도 버티지 못할 것입니다!"

미처 5분도 못 버틸 거란 말에 다들 놀란 표정을 감추지 못했다. 나나엘은 자신의 전투 도끼를 힘껏 잡았다. 마검을 뽑지 못하게 된 후 사용하게 된 병기다. 강력한 마법 병기긴 하지만 이걸론 그녀의 실력을 반절도 발휘하지 못한다.

지금의 힘이라면 군주급 몬스터 하나 이겨내기 힘들 정도니 대군주 카르페 앞에서 할 수 있는 일이 없었다. 나나엘은 5분이라 외쳤지만 내심으론 그것도 견디지 못할 거라 여겼다. 그 5분이란 건, 카르페와 대화를 하고 그가 자신을 고양이가 쥐를 사냥할 때처럼 가지고 놀 걸 포함한 시간이었다.

"그대가 대천사 나나엘이로군."

태산처럼 거대한 몬스터가 나나엘 앞에 우뚝 멈춰섰다. 이미 근처의 방어진에서 버티고 있던 천사와 헌터들은 썰물처럼 빠진 뒤다. 그들은 뒤쪽에서 무기를 쥔 채 입술을 깨물고 있었다. 자신들은 도움이 되지 않는다고 생각해 물러났으나 이대로 모시는 대천사를 버릴 수 없는 일이었다.

"네년의 명성은 익히 들어 알고 있다. 그 칼에 살해당한 군주급

이 여럿이었지. 정말 탐나는 칼이야. <u>흐흐흐.</u>"

카르페는 나나엘의 허리춤에 있는 검을 탐욕스러운 시선으로 보았다. 왜 검을 뽑지 않고 도끼를 든 건지 의아했으나 생각이 있으려니 하고 넘겼다. 전투의 흥이 오른 상태라 이 명망 높은 대천사랑 한판 붙어보고 싶을 뿐이었다.

"과대평가로군요."

나나엘은 짧고 차갑게 대꾸했으나 카르페는 비웃음을 머금었다.

"하긴 자기 부하들을 버려두고 도망갔던 비겁한 년이니 그럴 수도 있지. 크흐흐. 하지만 네년의 명성과 실력은 알고 있다. 이 대군주 카르페에게 인정을 받았으니 자랑스러워해도 좋다."

"닥쳐라!"

"네년은 여기서 죽겠지만, 그 마지막 싸움의 상대가 이 카르페라면 부족하지 않을 터! 실로 싸움꾼의 영예가 아니더냐! 크흐흐흐흐! 자, 덤벼보아라!"

카르페는 일갈했고 그 순간 나나엘은 망설이지 않고 달려들었다.

'그래, 사실 오래 전에 죽었어야 했어. 질긴 목숨 불명예스럽게 이어왔지만 이제 그것도 끝이야!'

나나엘은 여기가 자신의 무덤임을 직감했다.

빠른 속도로 숙명여대 쪽으로 향했다.

"쿠니엘 미안해. 격전을 치른 네게 부탁해서."

"괜찮아… 유제아… 너도 힘든데 노력하고 있잖아….”

나는 쿠니엘과 둘이서 먼저 움직이는 중이다.

"고마워, 그렇게 말해줘서,”

"메론이는… 힘이 빠졌고. 태양이는… 책임이 막중하잖아. 하지만 나는 괜찮아….”

"우리가 먼저 가서 어떻게든 시간을 끌어야 해. 그렇게만 하면 미카엘라와 가브리엘이 군대를 이끌고 올 테니까.”

쿠니엘은 알았다는 듯 낮게 비행하며 손가락을 동그랗게 만들어 보였다. 그녀가 아군이란 사실에 정말 든든했다. 혼자 본진 쪽으로 간다면 상당히 암울했을 텐데 근심을 덜었다고 할까. 하지만 그런 훈훈한 기분은 오래가지 못했다. 막상 숙명여대에 도착해 보니 그 참상이 생각 이상이었기 때문이다.

"살려줘어!”

"피해! 아아악!”

사방에 유혈과 파괴의 흔적이 낭자한 가운데 일방적으로 우리 군이 두들겨 맞고 있는 광경이었다. 간신히 유지하고 있는 전열은 금방이라도 부서질 듯 위태로웠다. 실제로 일부 부대가 후퇴한 건지 구멍 난 공간이 여럿 보였다. 그야말로 톡 건드리기만 해도 우르르 무너질 것 같았다.

"쿠니엘!”

"알았어.”

쿠니엘도 눈앞의 광경에 분노한 듯 목소리가 차가워졌다. 나는 저 앞에서 건물의 벽면을 부수고 안에 있는 헌터들을 마치 곶감 빼먹듯 꺼내먹고 있는 군주급 몬스터를 가리켰다.

"저놈부터!"

내 부탁에 그녀는 힘을 끌어 모았다.

기이이이잉!

요란하게 기어가 돌아가는 소리가 나며 그녀의 팔과 다리에서 마찰에 의한 불꽃이 튀겨 나온다. 그리고 그 다음 순간 폭발하듯 앞으로 날아갔다.

콰아아앙!

쿠니엘은 작고 여린 외형을 가졌지만 몸의 상당 부분이 특수 합금으로 이뤄진 기계다. 그대로 대포처럼 쏘아져 군주급 몬스터에게 부딪치자 요란한 소리가 났다.

퍼어엉!

실제로 폭발이 일어나기까지 했다.

"우어어어어!"

갑자기 기습을 당한 그 덩치 큰 군주급 몬스터는 놀란 소 같은 소리를 내려 뒤로 요란하게 넘어졌다.

쿠아아앙!

부하들을 잔뜩 깔아뭉개고 주저앉은 놈은 정신이 하나도 없는 모습이었다. 하지만 더 놀란 건 아군이었다. 군주급 몬스터가 마치 개미핥기가 개미집 안을 뒤지는 것처럼 헌터들을 빼먹던 탓에 혼비백산하던 그들이다. 건물 안에서 이리저리 도망 다니며 악을 쓰며 버티던 헌터들은 갑자기 군주급 몬스터가 한 방에 날아가자 경악을 금치 못하는 것 같았다.

"천사다!"

"대천사인가?"

"아니, 처음 보는 분인데?"

쿠니엘이 거기 대답할 리가 없고 내가 앞으로 뛰어가 외쳤다.

"대천사 쿠니엘님이시다!"

내 외침에 건물 안에 있던 헌터들의 시선이 한꺼번에 쏠렸다. 다행히 모두 나는 단번에 알아봤다.

"유제아 단장?"

"유 단장이다!"

갑작스러운 내 출현에 그들은 희망을 발견한 듯 반색했다.

"원군이 오고 있으니 힘을 내! 메타트론, 미카엘라, 가브리엘님이 지금 군대를 이끌고 이쪽으로 오고 있다!"

순간 환성이 터졌다.

"와아아아아!"

"원군이다! 원군이 온다고 한다!"

몰살이라고만 생각했을 텐데 원군 소식이다. 그야말로 살았다는 느낌이겠지.

"쿠니엘! 그 녀석을 처리해줘!"

나는 쿠니엘에게 뒤를 맡긴 뒤 학교 안으로 뛰어 들어갔다. 사방이 어지러운 부지 안에는 시체가 가득했고, 곳곳에서 치열한 전투가 벌어지고 있었다. 그리고 그 가운데 거대한 존재가 눈길을 잡아끌었다.

"카르페!"

말로만 들었는데 직접 보기는 처음이다. 드래곤의 것과 같은 굵은 꼬리와 왕관처럼 돋아 오른 거대한 뿔. 누군가 설명해주지 않아도 저자가 지배자라는 걸 알 수 있었다. 그 정도로 보기만 해도 위엄이 넘치는 존재였다. 한데 어째서인지 지금 몹시 성이 나 있었다. 그는 무언가를 집어 땅바닥에 내리꽂고는 포효했다.

"쿠아아아! 실망스럽구나! 나나엘! 겨우 이 정도 실력이었나!"

뭐? 나나엘이라고? 나는 황급히 아직 부서지지 않은 가로등 위에 올랐다. 그러자 피투성이가 되어 쓰러져 있는 나나엘을 발견했다. 그녀는 엉망진창임에도 어떻게든 몸을 일으키고 있었다.

"닥쳐라! 그리 자신만만하면 어찌 이 한 몸 아직 쓰러뜨리지 못하느냐!"

엉망이 된 나나엘이었지만 기세만은 살아있었다. 반면 그녀를 상대하는 카르페는 짜증스러운 얼굴이었다.

"크르릉! 몰라서 묻는 것이냐. 네년이 그 검을 뽑을 때까지 기다려준 게 아닌가. 하지만 기어코 뽑을 생각이 없는 거 같군. 아니, 뽑지 못하게 된 건가?"

그 말에 정곡을 찔린 듯 나나엘은 창백한 표정이 됐다. 하지만 카르페는 아무래도 상관없다는 태도였다.

"흥이 식어버렸다. 날 실망시키는군! 나나엘!"

나는 상황이 어떻게 된 건지 알 수 있었다. 아마 카르페는 나나엘의 옛 명성에 혹해 싸움을 건 모양이다. 하지만 사실 그녀는 자기 칼도 못 뽑는 상태. 실망하는 건 그리 오래 걸리지 않았을 거다.

"상관없다! 여길 지나가려면 날 밟고 가라!"

놀라운 건 나나엘의 투혼이었다. 정말 겁쟁이로 변해버렸다는 그 대천사가 맞아? 얼마 전 날 찾아와 대화했을 때 그녀는 온몸에 불안이 가득했다. 눈동자는 흔들렸고 어깨는 가늘게 떨리는 것 같았다. 명백히 전쟁을 두려워하고 있었다. 당시에는 일부러 좋은 말을 해줬지만 나나엘은 진즉에 끝나버린 게 아닌가 싶었다. 그런데 지금은 일방적으로 당하면서도 악착 같이 버티고 있다니….

"대체 왜?"

의문을 느끼던 나는 곧 저런 모습을 지금까지 몇 번이고 봤다는 걸 떠올렸다. 그래, 맞아. 저건 죽음을 각오한, 생에 대한 미련을 놔버린 자에게서 볼 수 있는 표정이다. 마지막에 남은 걸 모두 쥐어짜내는 듯한. 삶을 포기한 걸수도 있고, 과거에 대한 나름대로의 속죄일 수도 있겠지. 그녀가 무슨 감정인지는 모르겠으나 한 가지 확실한 건 있다. 이대로 내버려두면 나나엘이 얼마 버티지 못하고 죽게 될 거란 점이다.

하지만 내가 카르페에게 대적할 수 있나?

"으…."

앓는 소리가 절로 나왔다. 카르페를 상대할 가능성을 무시하고 달려온 건 아니다. 다만 최대한 전투는 피하려 했는데 이렇게 딱 마주치게 되다니. 현재 나는 현현을 사용한 탓에 꺼낼 만한 카드가 거의 없다. 방패의 능력을 믿고 싸우자니 상대가 너무 거물이기도 하고.

-쿠니엘!

나는 마음속으로 급히 쿠니엘을 불렀다.

-왜 그래…?

나른한 목소리가 곧장 대답해 왔다.

-이쪽으로 지원을 와줄 수 있어? 카르페가 있어.

-미안… 금방은 무리… 군주급이 셋이나 나한테… 달라 붙었어….

이런! 쿠니엘도 꽤나 만만치 않은 상황에 놓인 것 같다. 새로운 강자의 출현에 군주급 몬스터 여럿이 공을 세우고자 달려든 모양이다. 어쩌면 셋이 아니라 더 달려들지도 모른다. 지원을 받긴 무리였다.

-쿠니엘, 자신의 안전만을 최선으로 생각해. 절대 무리하지 마. 위험하면 바로 도망쳐.

-후후… 역시 유제아는 상냥해….

쿠니엘의 도움을 못 받는다면 이제 어떻게 하지? 나는 입술을 깨물고 집중했다. 물론 주변의 싸움에 말려 들어 열심히 방패를 휘두르는 와중에 말이다.

퍼억!

"죽어!"

나는 기괴하게 생긴 몬스터 하나의 머리를 깨버리며 정확한 목표가 뭔지 떠올렸다. 그래, 카르페를 상대로 이겨야 하는 게 아니다. 저 괴물딱지를 무슨 수로 쓰러뜨리겠나. 중요한 건 나나엘을 구하고 시간을 끄는 것. 지금 원군이 오고 있다. 대천사 메타트론, 미카엘라, 가브리엘이 온다고 하면 결국 카르페도 군을 물려 퇴각할 수밖에 없을 테니까. 그걸 위해서는 일단 나설 수밖에. 일단 자연스럽게 끼어들어 볼까?

"이봐! 거기 멍청한 새끼야!"

나는 근처에 있는 거대한 트롤 같은 몬스터를 불렀다. 진짜 딱 영화에서 보던 것과 흡사하다. 입술이 없고 뾰족한 이빨이 가득한 게 좀 더 기괴해서 그렇지.

"우우릉?"

자신을 부른 걸 알고 한창 싸우던 놈이 반응한다. 녀석이 날 보자마자 커다란 짱돌을 하나 집어던졌다.

퍼억!

정통으로 놈의 얼굴을 때렸다. 제법 세게 던진 탓에 피가 살짝 흘렀다. 물론 저 덩치 큰 몬스터에게 이 정도론 거의 타격도 없을 거다. 하지만 열 받게 하긴 충분하겠지.

"쿠워어어어어!"

갑자기 던진 돌에 맞은 탓에 녀석은 완전히 뚜껑이 열려 버렸다. 손으로 주변에 있는 몬스터 동료들을 밀어서 치우고는 내 쪽으로 걸어왔다.

쿵! 쿵! 쿵!

덩치가 크니 박력이 엄청 났다. 주변에서 싸우던 자들이 놈의 진로를 피해 이리저리 뛰어다닐 정도였다. 키가 7미터는 되는 것 같다. 녀석은 내 앞에 오더니 엄청난 크기의 주먹을 그대로 내리찍어 왔다. 당장이라도 날 뭉개 죽이려는 것 같았다.

부우웅!

파공음과 함께 거대한 주먹들이 시야를 가득 채웠다. 절체절명의 상황. 하나 나는 이미 이런 상황을 대비하고 있었다. 애초에 놈을 낚기 위해 도발한 거고.

번쩍.

태양신격의 방패가 빛을 뿜어냈다. 이 방패에는 가해진 힘을 되돌리는 능력이 있다. 강한 힘은 더욱 강하게 되돌린다.

카앙!

요란한 소리와 함께 몬스터의 주먹이 방패를 때린 순간, 튕겨 나간 건 내가 아니었다.

"크워어어어어!"

놀란 듯 비명을 지르며 코끼리도 무색하게 할 거구의 몬스터가 뒤로 날아간 것이다. 놈은 동료들을 깔아뭉개고 넘어뜨리며 날아가 막 나나엘에게 일격을 날리려던 카르페를 몸으로 덮쳤다. 나는 힘을 튕겨내는 기술에 상당히 숙달해 있었기에 일부러 카르페를 겨냥했다. 이 정도 거대한 덩치를 쏘아내면 카르페라도 멈칫할 수밖에 없을 테니까. 그러나 내 생각보다 카르페는 무시무시한 존재였다.

"헉!"

부우우웅! 하는 소리가 나더니 막 카르페를 덮치려던 덩치가 갑자기 허공에서 멈췄다. 그리고 갑자기 시커먼 어둠의 기운이 휘감자 놈은 비명을 지르기 시작했다.

"꾸에에에에엑!"

거구에 어울리지 않은 비참한 소리였다. 그도 그럴 게, 놈의 몸이 빠르게 압축됐다. 마치 폐차장에서 찌그러지는 낡은 차처럼. 그리고 마지막에는 축구공만하게 압축된 살덩이가 땅바닥에 떨어졌다.

"세상에…."

이렇게 무서운 기술이 있다니. 잘못 걸렸다가는 뼈도 못 추릴 것 같았다. 아무래도 나설 자리가 아닌 것 같아 빠지고 싶었지만 그럴 수도 없었다. 이미 카르페가 날 쳐다보고 있었기 때문이다.

"크르르릉…."

마치 드래곤이 낮게 그르렁거리는 듯한 그의 목소리가 전장에 울렸다. 내가 아까 쏘아낸 거구의 몬스터 탓에 카르페와 나 사이에 있던 자들은 모조리 밀리거나 튕겨나갔다. 그래서 마치 도로가 뚫린 것처럼 그를 향해 길이 나 있었다.

"빌어먹을."

낮게 중얼거린 나는 그대로 앞으로 걸어 나갔다. 제대로 시비를 걸었다. 이미 물러날 방법도 없었다. 기왕 지른 거 끝까지 가보는 수밖에.

"범상치 않은 놈이로군. 대체 누구냐?"

말을 하면서도 이쪽으로 손을 내민 게 대답 여하에 따라 단번에 없애버리려는 것 같다. 아까 저 트롤 같은 거대 몬스터를 압축한 힘을 쓸지도 모르겠다. 하지만 잔뜩 쫄리는 내심과 다르게 겉으로는 여유를 부렸다.

쿵!

방패로 땅을 찍으며 외쳤다.

"나는 유제아! 메타트론의 화신이다!"

여기서 어설프게 감출 이유는 없다. 일이 벌어진 이상 정면돌파.

"뭐라? 메타트론의 화신이라고?"

파충류의 것을 꼭 닮은 카르페의 눈동자가 커진다. 그는 나나엘에게 흥미를 잃어버리고 내게 다가온다. 주위에 있던 몬스터들이 모두 우르르 물러났다. 지금 이 만남 때문에 일시적으로 전투가 소강상태로 들어갈 정도였다.

"그렇다!"

내 목소리는 당당했지만 마음속에서 터져 나오려는 공포를 악을 쓰며 억누르고 있었다. 하지만 기왕 이렇게 된 거 세게 나가자. 나는 아공간에서 무언가를 꺼냈다.

쿵!

묵직한 무언가가 소환되어 떨어진다. 지켜보던 몬스터들은 그걸 보고 놀라서 비명을 터뜨렸다. 그도 그럴 게, 내가 꺼낸 건 대군주급 몬스터 르카의 머리였기 때문이다. 한때 위대한 존재였으나 혀를 빼물고 죽어있는 이것은 몬스터들에게 충격을 주기 충분했다.

퍽!

나는 그걸 힘껏 걷어찼다. 그러자 오래 전에 죽은 자의 머리가 축구공처럼 굴러가 카르페의 발 근처에서 멈춰 섰다. 내가 했지만 도발치고는 상당히 수위가 높았다.

"……."

그래서인지 카르페는 차가운 표정으로 아무 말도 하지 않았다. 진짜 열 받으면 도리어 차분해질 때가 있는데 카르페도 그런 모양인가. 나나엘에게서 나로 시선을 돌리는데 성공했지만 이쪽 목숨이 위태로워졌다. 하지만 겉으로는 강하게 나갔다.

"카르페! 네놈도 그렇게 만들어 주마!"

대답 대신 이번에는 곧장 공격이 날아왔다. 방금 거구의 몬스터를 압축시켰던 시커먼 어둠의 힘이다.

"아앗!"

나는 저 어둠에 대항하기 위해 전신의 힘을 끌어내고, 미카엘라에게 받은 태양의 목걸이의 기술을 발동시키려 했다. 태양의 목걸이에는 '정화의 빛'이라는 능력이 있다. 저런 어둠에 대항하기에는 딱이었다.

"음?"

한데 그럴 필요도 없이 어둠의 힘은 내게 전혀 힘을 쓰지 못했다. 보기만 해도 음험하던 어둠이 날 제대로 휘감지도 못하고 무의미하게 연기처럼 흩어져 버렸다. 뭐지? 대체 어떻게 된 걸까? 의아한 건 나뿐이 아니었던 모양이다. 카르페도 일순간 당황한 듯 얼굴을 찌푸렸다.

"아… 그렇군."

하지만 그는 곧 이유를 알아낸 듯 중얼거린다.

"역시 메타트론의 화신에겐 안 먹히는 건가?"

음? 그게 무슨 소리지. 저 어둠의 힘이 안 먹히는 게 메타트론의 화신이기 때문이라니? 딱히 그럴 만한 이유는 없는 것 같은데 왜? 의문이 떠올랐지만 더 생각하고 있을 틈은 없었다.

"좋다! 능력이 안 먹힌다면 직접 두들기면 그만일 터!"

카르페는 한쪽 어깨를 돌리며 내쪽으로 성큼 다가왔다. 아무래도 물리력으로 해결하려는 듯했다. 그건 그쪽대로…….

"크아아악!"

다음 순간 내 입에서 비명이 터져 나왔다. 미처 제대로 반응할 세도 없이 카르페의 주먹이 날 강타한 것이다. 시야가 시커멓게 변한다 싶더니 이미 몸이 허공에 붕 떠올라 있었다.

콰아앙! 쾅! 쾅!

포탄처럼 쏘아진 나는 근처에 있던 건물의 벽을 부수고 안에 처박혔다.

"크으윽… 쿨럭!"

사방이 어지럽게 돌았다. 어디가 천장이고 어디가 바닥인지 알수 없었다. 태양의 펜던트에 있는 치료 능력을 발동한 후에야 간신히 정신을 차렸다. 맙소사. 방패로 막았는데도 단 일격에 이 정도 피해라고? 만약 못 막았으면 단번에 몸이 터져나갈 뻔했잖아.

"거기 계속 처박혀 있을 건가!"

그때 건물 밖에서 우레와 같은 목소리가 터져 나왔다. 그리고 조금의 틈도 주지 않고 건물의 기둥들이 연달아 부러지기 시작했다. 카르페가 건물을 통째로 무너뜨릴 속셈이란 걸 깨닫자마자 일어나서 달렸다. 그리고 창밖으로 몸을 던진 그 순간 와르르르! 콰아앙! 하는 소리와 함께 내가 있던 건물이 폭삭 주저앉았다.

쿵!

방패부터 땅에 떨어진 나는 한참 데굴데굴 굴러간 뒤에야 일어날 수 있었다.

"후우… 후우… 빌어먹을."

욕이 절로 나오는 상황이었지만 먼지로 엉망이 된 얼굴을 닦을 틈도 없었다. 카르페가 바로 앞에서 날 내려다보고 있었기 때문이다.

"메타트론의 화신. 네놈도 날 실망시키는군. 겨우 이 정도라니."

"실망시켰다니 미안하군. 변명은 아니지만 힘을 많이 쓰고 와서 말이야."

나는 한 가지 사실을 알아볼 필요를 느꼈다. 군주급 이상의 몬스터들이 실시간으로 서로의 동향에 대해 파악하는지에 대해서 말이다. 그래서 막 카르페가 내게 손을 뻗어오던 그때 물어봤다.

"즈굴과 연결이 끊긴 걸 아직 알아채지 못한 건가?"

"뭐라?"

"그는 내 지배하에 들어왔다. 이제 더는 네놈의 부하가 아니란 말이다."

나를 움켜지려는 거대한 손이 멈칫한다. 그는 이를 갈더니 잠시 내게서 주의를 돌린다. 통신 마법 같은 걸 사용해서 즈굴과 연락해 보려는 것 같다. 저 모습을 보고 나는 저들이 실시간으로 상대의 상태를 감지할 수 없음을 알아챘다. 직접 연락을 해야하는군.

"네놈…."

"왜? 연락이 잘 안 됐나?"

카르페는 대답대신 차가운 눈빛으로 날 노려본다. 어찌나 눈빛이 살벌한지 전신이 얼어붙는 것 같았다.

"무슨 짓을 한 거지?"

"간단하다. 즈굴을 지배해 내 휘하에 두었지."

"뭐라? 크하하하하! 지금 그게 말이 된다고 생각하나!"

카르페는 들을 가치도 없단 태도였다.

"그래, 내 힘만으로는 어림도 없는 소리지. 하지만 메타트론이 지배의 대천사임을 잊었나? 그녀의 힘이라면 전투로 엉망이 된 즈굴을 지배하지 못할 것도 없다."

내 반론에 카르페는 입을 다물었다. 충분히 가능한 얘기기 때문이었다. 그래서 나는 기세를 더욱 올려 그를 몰아붙였다.

"그뿐만이 아니다. 대천사 쿠니엘도 이곳에 도착했다."

쿠니엘에 관해서는 다행히 더 설명할 필요도 없었다. 대학교의 건물 하나가 통째로 무너져 내리며 그 너머의 광경이 나타났기 때문이다. 자욱한 먼지 너머에서 대천사 쿠니엘과 그녀를 공격하고 있는 군주급 몬스터 셋이 보였다. 일 대 삼의 상황에서도 쿠니엘은 기계팔에서 레이저를 쏘며 전혀 밀리지 않았다.

"정말로 그 악명 높은 쿠니엘이로군…."

카르페가 악명 높다고 할 정도니 과거 쿠니엘이 몬스터들에게 입힌 피해는 내 상상 이상인 모양이구나.

"분명히 죽었을 터인데."

"그녀는 죽음에서 다시 돌아왔다. 훨씬 강해졌지. 탐욕의 군주 구르굴조차 쓰러뜨렸다."

양익의 수장이 당했다는 얘기에 카르페는 처음으로 낭패한 얼굴이 됐다. 세상에 무서워할 게 없을 듯한 이 괴물에게조차 충격적인 소식이었던 모양이다.

"카르페! 오만의 군주 즈굴에 이어 탐욕의 군주 구르굴까지 패퇴했다. 현재 메타트론, 미카엘라, 가브리엘이 이끄는 지원군이 이쪽 방면으로 진군 중이다! 못 믿겠으면 확인해 봐도 좋다!"

"감히 이 몸을 협박하기라도 할 셈인가!"

상대의 반응이 상당히 신경질적인 게 마음에 들었다. 카르페도 결국 군을 물리는 수밖에 방법이 없겠지.

"물러나는 게 이로울 걸?"

하지만 그는 코웃음을 쳤다.

"크크크크. 상당히 제법이구나. 메타트론의 화신이 골칫덩이라고 하더니 과연 명성대로야. 하지만 이대로 후퇴하기엔 이 몸의 체면이 상하지."

역시 순순히 갈 생각은 없는 건가. 카르페는 낫처럼 휘어진 손톱으로 나나엘과 날 가리켰다.

"너희 둘. 그래, 하다못해 네놈들의 목숨은 거둬가야지!"

그 외침과 함께 카르페가 압도적인 기세로 달려들어 왔다. 시간이 별로 없다는 걸 알고는 단번에 박살낼 생각인 거 같았다.

"쿠아아아!"

두 손으로 덮쳐오기에 뛰어올랐는데 기다렸다는 듯 꼬리치기가 날아온다. 공중에서 황급히 방패를 들어올렸다.

카아앙!

요란한 소리가 나며 그대로 땅바닥에 처박힌 뒤 데굴데굴 굴러갔다.

"어억…"

비명도 제대로 안 나올 정도다. 어찌나 충격이 큰지 팔이 얼얼하다 못해 빠져버릴 것 같았다. 덜렁덜렁 거리는 게, 어쩐지 내 팔이 아닌 거 같아 보니 어깨가 탈구됐다.

"빌어먹을! 아아아악!"

억지로 팔을 끼워 맞췄다. 험한 하이에나 생활을 하면서 어깨가 빠지는 걸 몇 번 봤다. 부하들이 그런 꼴이 되면 손수 맞춰주곤 했기에 나름대로 노하우가 있었다. 하지만 아픈 건 어쩔 수 없다.

"아으으윽…."

입에서 침까지 흘리고 있을 때 머리 위로 거대한 꼬리가 떨어져 내린다.

"아…."

이건 못 피한다는 생각만 들었다. 그대로 파리채를 맞은 파리처럼 눌려 죽는가 싶었는데 예상외의 일이 일어났다. 푸른 갑옷을 입은 누군가가 끼어 든 것이다.

"나나엘!"

나는 그대로 그녀가 카르페의 꼬리에 깔려죽을 거라고 생각했다. 별로 의지가 안 되는 대천사인지라 날 구하러 와줬단 반가움보다, 휘말려 같이 죽는 거 아닌가 싶었다.

쿠우웅!

한데 육중한 소리와 함께 나나엘은 카르페의 일격을 막아냈다. 나나엘의 방어에 튕겨나간 카르페의 꼬리가 근처의 건물을 때려 와르르 무너뜨렸다.

우르르릉! 콰앙!

자욱이 먼지가 일어나고 사방의 시야가 가려졌을 때 재빨리 나나엘에게 뛰어갔다.

"괜찮으십니까?"

나나엘은 한쪽 무릎을 꿇고 있었는데 언뜻 봐도 상태가 좋지 않았다. 나는 태양의 펜던트로 서둘러 그녀를 치유했다.

"방금 일격에 도끼가 부러졌습니다. 저는 더 싸우기 무리예요. 유제아 의장."

내가 오기까지 나나엘은 계속 카르페에게 일방적으로 두들겨 맞았다. 그녀의 도끼가 결국 버티지 못하고 말았다.

"검을 뽑으면 되잖습니까? 나나엘님."

"알면서 그러시는군요."

자신의 역린을 건드리자 나나엘은 목소리가 날카로워졌다.

"그 정도로 절실하다 그겁니다."

"원군이 온다고 하셨죠? 잠시만 버티면 되잖아요."

"당신이 검을 못 뽑으면 그 잠시도 못 견딜 테니까요."

나나엘이 검을 못 뽑는다면 우리 둘 다 죽은 목숨이나 다름없다. 그걸 아는지 그녀도 창백한 얼굴로 입술을 깨문다.

"언젠가 제가 한 소리 기억하십니까?"

나는 요즘 같은 때에는 무언가를 잃어버린 자가 길가에 넘친다고 했다. 하지만 그런 상실조차 우리 삶의 일부분이니 받아들이는 수밖에 없다. 과거 그녀가 잃어버린 게 정확히 뭔지 모르겠다. 용기일 수도 있고, 명예일 수도 있다. 아니면 가족 같이 생각했던 동료들일 수도 있다. 하지만 그게 무엇이건 간에, 자신의 과거를 인정하고 외면하지 말아야 한다.

"기억하고 있어요."

"그렇다면 다행입니다만. 이런, 옵니다!"

더 대화하고 있을 틈도 없었다. 카르페의 시커먼 그림자가 자욱한 먼지를 뚫고 나타났기 때문이다. 그는 무자비한 공격을 퍼부었고 순식간에 우리를 제압했다.

"크악!"

몇 번 공격을 피한 나는 카르페가 휘두른 손등에 맞아 그대로 땅에 뻗어버렸다. 허망할 정도로 간단했다. 근성으로 버티고 자시고 할 틈조차 없었다. 압도적인 힘의 격차였다. 애초에 원군이 올 때까지 버틴다는 계획이 얼마나 무모한 건지 실감했다.

"크윽…."

부서진 콘크리트에 얼굴을 기대 있자니 입에서 피가 줄줄 흘러나온다. 현현을 해도 어쩌기 힘든 적이니 맨몸으로는 상대도 안 되는구나. 태양신격의 방패는 어디로 날아갔는지 보이지도 않는데…. 하긴 있어봐야 별로 소용없을지도 모르겠다. 팔에 힘도 안 들어가니 그 무거운 방패를 어찌 드나.

"크흐흐…."

오늘 여기가 죽을 자리인가 싶어 자조적인 웃음이 흘러나왔다. 하지만 카르페란 존재는 내 생각 이상으로 잔인하고 교활했다. 단순히 적을 죽이는 것 이상을 원하는 게 틀림없었다. 그는 일단 나를 밟아서 꼼짝달싹하지도 못하게 만들었다.

"크아아악!"

거대한 발에 눌려있자니 내장이 다 터져나가는 것 같았다.

"엄살이 심하군. 크크크."

비웃음을 흘린 그는 근처에 쓰러져 있던 나나엘을 쥐어들었다. 그리고 주변에 소리쳤다.

"보라! 이 비참한 꼴을!"

아무래도 카르페는 죽음 이상의 망신을 주려는 것 같았다.

"이 쓰레기 같은 놈! 대장이란 놈이 옹졸하게!"

나는 욕설을 퍼부었지만 거기까지였다. 카르페가 발로 꾹 눌러오자 몸 전체가 터져나갈 것 같았기 때문이다. 그는 손에 쥔 나나엘을 주변에 보이며 외쳤다.

"오늘 네놈들에게 아주 재밌는 이야기를 해주마! 여기 고결한 대천사의 추한 민낯을 말이다!"

기어코 나나엘의 과거를 모두에게 폭로하려나 보다. 카르페의 입에선 몬스터의 언어가 흘러나왔지만 어째서인지 모두 알아들을 수 있었다. 아마 지배자가 가진 권능의 일종인 것 같았다.

"뭐라?"

"나나엘님의 민낯?"

헌터와 천사들이 술렁였다. 나나엘의 과거사는 정확히 알려지지 않은 사안이었다. 모두 불행한 사건이 있어 그녀의 클랜이 큰 피해를 입었다는 정도로만 알고 있다. 하지만 구체적으로 무슨 일이 있었는지 정확히 아는 이는 거의 없다. 나도 미카엘라에게 대강 들었을 뿐이다. 그녀는 그때 불명예스러운 행동을 했다고 한다.

"닥쳐라! 네놈이 뭐라고 하던 신경 쓰지 않는다!"

그때 헌터 하나가 나서서 빽 소리를 질렀다. 저 대군주급 몬스터에게 대들다니 드물게 기개있는 자였다. 하지만 카르페는 껄껄 웃으며 무시했다.

"신경 쓰지 않는다고? 크하하하! 이년이 자기 부하들을 버리고 혼자 살겠다고 도망간 년이라고 해도 신경 쓰지 않겠는가!"

"그럴 리가 없다! 나나엘님이 그럴 리가 없어!"

"크하하하! 소리를 지르며 부정하는군! 하지만 그런 악다구니는 진실 앞에 입을 다물게 될 것이다!"

그리 확언하며 카르페는 이야기를 시작했다.

"과거 대천사 나나엘의 전공은 놀라울 정도였다. 너희들이 칭송해 마지않을수록 우리는 곤란해져갔다. 결국 불평이 하늘을 찌르고 내 영도력도 흔들릴 지경이었고, 반드시 처리할 필요가 있었지. 그래서 나의 충성스러운 종복들이 교묘한 함정을 팠다. 나나엘의 자존심과 용기를 자극하는 함정이었다."

"그만해!"

그때 나나엘이 정신을 차린 듯 깨어나 빽 소리를 질렀다. 어쩐지 그 목소리는 힘이 없고 애처로웠다. 그래서 카르페는 더욱 크게 웃어댔다.

"무리한 일이지만 성공했을 때 큰 명예를 얻을 만한 전투! 나나엘이란 존재가 혹할 만한 것이 아닌가? 강북이 자기 앞마당인 것처럼 뛰놀던 이년은 그런 함정에 쉽게 걸리더군! 크크크흐흐흐!"

나나엘은 카르페의 손아귀에서 벗어나기 위해 발버둥을 쳤지만 소용없었다. 지금 그녀에겐 아무 힘도 없었다.

"이 아둔한 년은 부하들을 이끌고 득달같이 들이쳤다. 연전연승이었으니 자신감이 넘쳐났을 터! 나는 그래서 대천사 나나엘이 설령 함정에 빠지더라도 용전분투할 줄 알았다. 하지만 어땠는지 아는가? 크하하하!"

카르페의 폭소가 전장을 가득 울리고 있었다. 귀를 막아도 결코 막을 수 없는 비웃음이었다.

"막상 자신이 죽는다는 걸 깨닫고는 공포에 울부짖더군. 그 한심한 꼴이라니! 결국 자기 목숨을 구하고자 클랜원을 모두 버린 게 이년이다!"

그 말에 누군가 빽 소리를 지르며 반발했다.

"아니다! 그럴 리가 없어!"

"그럴 리가 없다고? 크흐흐흐. 그러면 이년에게 직접 물어보면 되지 않느냐?"

카르페의 말에 모두의 시선이 나나엘에게로 향했다.

"나나엘님! 사실대로 말씀해 주십시오! 저딴 소리에 마음 쓰실 것 없습니다! 저희는 마지막까지 싸우겠습니다!"

충성심 가득한 목소리, 그게 오히려 나나엘의 가슴을 후벼 파는 것 같았다. 그래서인지 나나엘은 묵묵부답 입을 열지 않았다.

"나나엘님?"

의혹에 찬 목소리가 그녀를 불렀다. 하지만 이번에도 대답이 없자 웅성거리는 소리가 헌터와 천사들 사이에 번져나갔다. 카르페는 그 모습을 지켜보며 재밌어 죽겠다는 표정이었다.

"변명할 말이 있으면 해보라, 대천사여. 이 몸은 일방적으로 모욕하겠다는 게 아니다. 스스로를 변호하라. 입이 있다면 말이지."

가학적인 카르페는 이 상황을 즐기고 있었다. 나나엘은 얼이 빠진 모습이었다. 멍해진 그녀의 눈동자를 보는 아군도 실망감에 사로잡히고 있었다. 이대로 나나엘을 내버려둬서는 안 된다. 기껏 여기까지 구하러 온 이유가 없어진다.

"다들 정신차려! 나나엘님의 과거가 어떻든 오늘 이 자리에서 모두를 위해 목숨을 건 건 사실이잖나!"

바닥에 깔려있는 내가 외치자 카르페는 더욱 재밌다는 표정이 됐다.

"호오? 이 비천한 벌레는 또 무엇인가? 아차, 그대는 메타트론의 화신이었지? 너무나 볼품없는 꼴이라 깜빡하고 말았구나."

"그녀를 깎아 내려도 소용없다! 내가 변호할 테니!"

"이거 재미있군! 입만 산 변호인이 나섰구나! 하지만 지금 상황에서 무얼 할 수 있단 말인가!"

카르페는 나를 깔보며 거대한 발로 지긋이 눌러댔다.

"크아아아아!"

거구가 살짝만 눌러도 배가 다 터져나가는 것 같았다. 그럴수록 카르페의 비웃음은 커져갔다.

"카하하핫! 좋다! 이 겁쟁이 대천사를 변호하고 싶다면 변호해 보라. 입은 멀쩡하게 남겨주마."

나는 잠깐 생각에 잠겼다. 변호를 해봐야 어떤 의미가 있을까. 설령 그럴 듯한 말로 그녀의 명예를 지켜준다고 해도 여기서 다 죽는 건 변함없는 사실이다. 그렇다면 최소한의 이득이라도 건져야 하지 않을까? 그리고 가능하다면 살아날 길을 찾을 수 있다면 더욱 좋다.

"카르페, 내기를 하나 하지."

"내기라고?"

나는 아주 어려운 내기를 준비했다. 솔직히 이길 수 있을지 모르겠지만 지금 생각나는 건 그 방법뿐이었다.

"그녀가 검을 뽑도록 만들겠다. 검을 뽑도록 설득하겠다고! 너는 검을 뽑은 진짜 나나엘과 대결하고자 하지 않았나?"

"뭐라? 그것 참 재밌는 발언이로군. 하지만 이 얼간이 같은 대천사는 자기 검도 뽑지 못하던데?"

"그건 내가 알아서 할 문제다."

생각지도 못한 제안인 듯 카르페의 얼굴에 흥미가 어린다.

"좋다. 괜히 그런 제안을 한 건 아닐 터. 원하는 조건이 무엇이냐?"

됐다. 얘기가 진행됐어. 카르페가 나나엘의 검을 탐내고 있다는 소문은 전에 들었다. 그에겐 마법 물품을 먹어치워 힘을 흡수하는 특수한 능력이 있기 때문이다. 하지만 나나엘이 검을 뽑지 못한다면 카르페는 그걸 가질 수 없다.

"만약 나나엘이 검을 뽑는데 성공하면 나와 나나엘을 제외한 모두가 후퇴할 수 있게 해다오!"

웅성웅성.

다시 큰 소란이 일었다.

"카르페! 나나엘의 마검을 원하지 않나! 지금 그녀를 죽여 버리면 영원히 얻지 못한다! 게다가 나나엘과 내 목이면 전공으로 충분하잖아!"

나는 카르페가 이 조건을 받아들일 거라고 생각했다. 어차피 지금 원군이 오고 있다. 여기 있는 많은 천사와 헌터들을 전멸시킬 정도의 시간은 없다. 궁지에 몰린 쥐는 고양이를 무는 법. 모두 악착 같이 버틸 테니 피곤한 싸움이 될 거다. 나는 카르페에게 실리만 챙기는 게 어떻겠냐고 제안한 셈이다. 지금 이 자리에 있는 아군 모두를 구하기 위해서.

"실로 재밌군."

카르페는 서늘한 웃음을 흘리더니 곧 조건을 수락했다.

"하지만 만약 그녀가 검을 뽑는데 실패한다면 여기 있는 모두를 쓸어버리겠다. 원군 따위는 상관없다! 감히 내게 지키지 못할 약속을 한 대가를 치르게 해주겠다!"

카르페는 어디 해보려면 해보라는 듯, 날 누르고 있던 발을 때더니 살짝 걷어찼다.

"크윽!"

데굴데굴 굴러간 나는 비틀거리면서 겨우 일어날 수 있었다. 카르페는 그런 내 앞으로 나나엘을 툭 던져줬다. 털썩 떨어지는 꼴이 마치 줄이 끊어진 꼭두각시 인형 같았다.

"나나엘님. 일어나세요."

내 부축을 받으면서 그녀는 고개를 저었다.

"무슨 말을 해도 저는 검을 뽑을 자신이 없답니다…. 부디 저를 버리고 남은 이들이라도 구해주세요."

"모두를 구하려고 이러는 게 아닙니까."

"……."

"나나엘, 도망치지 마세요. 과거에도 도망치지 않았습니까?"

나나엘은 원망스러운 표정으로 날 올려다본다.

"그러면 어쩌라고요? 이미 전 모두를 위해 죽을 각오를 했어요."

"그냥 자포자기 아닙니까? 저는 자신의 죄에서 도망치지 말라고 조언하는 겁니다. 도망치면 죄의 무게는 배가 됩니다. 당신은 과거 그날 이후 계속 도망쳐왔고, 마침내 검도 뽑을 수 없게 된 것 아닙니까?"

나는 지켜보는 모두에게 자기 죄를 고백하라고 했다.

"그렇게 하면… 정말 제가 검을 뽑을 수 있다고 보시나요? 유제아 의장?"

"글쎄, 그건 모르죠. 하지만 당신이 그날 일에 관해 모두에게 해명하고 진실을 알려야 할 필요는 있지 않을까요?"

검을 뽑고 말고를 떠나 나나엘이 과거의 그림자를 벗어나기 위해선 그 고백은 꼭 필요했다.

"크읏….'

나나엘은 입술을 깨물더니 곧 결심한 듯 모두를 향해 섰다. 인간과 천사, 몬스터가 싸움을 멈추고 그녀를 쳐다본다. 카르페는 얼굴 가득 흥미를 감추지 못한 채 나나엘을 내려다보고 있었다.

"저… 저는….'

나나엘은 입을 열기가 쉽지 않은 듯 몇 번이고 망설였다. 그러다 겨우 이야기를 시작했다.

"과거 경솔한 대응으로… 클랜원들과 함정에 빠졌습니다. 휘하의 클랜원들이 만류하였으나… 듣지 않았습니다."

수많은 자들이 몰려있는데 누구 하나 떠들지 않았다. 이쪽 언어를 이해하지 못하는 몬스터들도 가만히 있다. 그야말로 공개 처형이나 마찬가지구나. 나나엘이 느낄 수치에 동정심이 일 정도였다. 하지만 굳이 이렇게 시키는 건 이유가 있다.

"결국 우리는 큰 위기에 빠졌습니다. 저는 공포에 빠졌고 혼자 도망쳤습니다, 클랜원들의 희생을 바탕으로… 흐윽… 간신히 몸을 빼낼 수 있었던 것입니다. 이 나나엘, 클랜원을 희생양으로 삼아…"

결국 다 말하지 못하고 나나엘은 울음을 터뜨렸다.

"세상에…."

"이럴 수가…."

그녀의 고백을 들은 인간과 천사들은 모두 큰 충격을 받은 모양이었다. 동정심은커녕 배신감을 느끼겠지. 그리고 나나엘이 쓰레기처럼 보일 거다. 단번에 그녀를 바라보는 시선이 바뀌었다. 나나엘도 그걸 느낀 듯 몸을 움츠렸다.

"크하하하! 놀라운 고백이로군! 이 카르페, 그 용기에 박수를 보내겠다!"

오로지 카르페만이 껄껄 웃으며 과장되게 박수를 쳤다. 노골적인 비웃음이었다. 나나엘은 상처와 고통으로 멍한 얼굴이 됐다.

"자, 메타트론의 화신이여. 벌써 끝난 것이냐?"

나는 별 말 없이 어깨만 으쓱였다. 그러자 카르페는 정색하며 나나엘에게 으르렁거렸다.

"이제 검을 뽑아라. 스스로의 죄를 인정했으니 뭔가 달라졌겠지?"

카르페의 요구에도 나나엘은 정신이 나간 듯했다. 보다 못한 내가 어서 검을 뽑아보라고 다그쳤다.

"어서요."

"될 리가… 없잖아요…."

나나엘의 얼굴에 좌절과 절망만이 가득하다. 용기는 아주 작은 조각조차 보이지 않는다.

철컥. 철컥.

그녀는 검의 손잡이를 잡았지만 뽑혀나오지 않았다. 자신의 죄를 모두에게 고백했지만 그런 것으로는 역시 소용없겠지.

"카하하하하하하!"

카르페는 그 꼴을 내려다보며 재밌어 죽겠다는 듯 배를 잡고 웃는다. 몬스터들도 자신들의 우두머리의 유쾌함에 전염되어 비웃음을 터뜨렸다. 사방에 귀를 멍하게 울리는 기괴한 소음만이 가득했다. 그리고 그건 다음 순간 끝이 났다.

콰아아앙!

커다란 폭음과 함께 한 무리의 헌터들이 사라져버렸다. 카르페가 거대한 주먹으로 근처에 있던 헌터들을 단번에 쓸어버린 것이다.

"자아! 검을 뽑는데 실패했으니 이제 모두 남김없이 죽여주마!"

실로 잔인하고 가학적인 기운의 그의 눈빛에 가득했다.

"아아…!"

나나엘은 그 모습을 보고 결국 털썩 무릎을 꿇어버렸다. 고개를 푹 숙이고 더는 아무 반응을 보이지 않았다. 넋이 나간 것이다. 그렇게 나나엘이 미동도 하지 않자 카르페가 내게 얼굴을 숙여보였다. 드래곤을 닮은 거대한 머리가 가까이 오자 숨이 멎을 것 같은 기분이었다.

"자, 메타트론의 화신이여. 이 어이없는 실패에 대해 변명거리가 있나? 없다면 바로 네놈부터 찢어주마."

간담이 서늘해질 정도의 협박이었으나 나는 태연하게 대꾸했다.

"아직 안 끝났다."

"실로 구질구질하군. 인정할 수 없다는 건가?"

"네가 너무 조급하다 그거다. 뭐, 좋아. 그렇게 서두르니 이쪽도 맞춰줘야겠지. 딱 1분 안에 나나엘이 검을 뽑도록 하마."

"뭐라? 1분?"

1분이라 단언한 게 카르페의 흥미를 끈 듯했다. 게다가 뭘 믿고 까부는 건지 모를 내 자신감도 한 몫 하고 있겠지. 내가 태연하게 나나엘에게 걸어가자 카르페는 막지 않았다. 어차피 1분 정도는 기다려줄 수 있단 생각인 모양이다.

"딱 1분이다. 마검을 위해 그 정도 시간은 내어주지."

"고맙군."

"그 이상은 불가하다. 네놈이 실패하면 그 작은 머리부터 바로 으깨주지."

"1초라도 더 달라고 안 할 테니까 걱정 말라고."

나는 위에서 노려보고 있는 카르페를 무시하고 나나엘의 앞까지 걸어갔다.

"나나엘님."

불러도 역시 대답도 안 한다. 그녀는 완전히 정신이 나가버렸다. 수치스러운 과거의 일을 고백하고 실컷 비웃음 당했다. 명예를 잃어버려 고개도 들 수 없게 됐다. 이미 심한 트라우마에 시달리던 이 대천사에겐 극복할 수 어려운 일이다.

"음, 그냥 편하게 말할게. 나나엘. 난 말이야. 애초에 네가 검을 뽑을 수 있을 거라 생각하지 않았어. 세상일이란 게 그렇게 만만한 게 아니잖아? 분명히 과거 네 죄는 무거워. 그걸 고백한다고 없던 힘이 생기고 갑자기 달라지는 건 만화에서나 가능한 거지."

그녀는 심한 우울증에 걸린 거나 마찬가지다. 마음의 병이란 건 각오를 다져 극복할 수 있는 게 아니다. 우울증에 약물치료가 필수적이듯 현실적인 수단이 필요했다.

나는 과거 나나엘과 만났을 때부터 그녀를 치료하기 위해 단순히 감정적인 결심이 아니라 그럴 듯한 수단이 요구된다고 믿어왔다. 그리고 마침, 내게 그럴 듯한 방법이 있었다.

"그래서 나는 널 지배할 작정이다. 나나엘."

나나엘의 증상을 알았을 때부터 지배만이 해결책이라고 생각해왔다. 다만 그럴 이유도, 여유도 없어 적극적으로 나서지 않았는데 오늘에야 그 일을 하게 됐다.

"뭐… 지배?"

무슨 소리인지 모르겠다는 듯 나나엘은 고개를 갸우뚱한다. 대천사 정도의 존재가 지배가 가능한 상태까지 이르게 하는 건 쉽지 않은 일이나 지금이라면 충분히 가능하다. 나나엘에게 죄를 인정하라느니 했던 건 그녀가 과거를 극복하기 바란 게 아니라, 이렇게 나락으로 떨어지길 기대한 거다. 애초에 감출 수 있는 과거라면 묻어두는 게 제일이니까.

"지금의 너라면 충분히 가능하겠지."

사실 내 지배력은 한계에 다다라있다. 대천사 미카엘라와 대천사 우리엘, 그 외의 천사들을 지배하느라 더는 무리다. 그래서 순간적으로 결정한 게 우리엘의 지배를 풀어버리고 확보한 여분으로 나나엘을 지배하는 거다. 위험한 우리엘 대신 미카엘라의 지배를 풀면 좋겠지만, 그렇게 하면 그녀에게 문제가 생긴다. 미카엘라는 저주를 받은 상태. 지배력으로 억눌러주고 있을 뿐이다. 우리엘을 풀어주면 후환이 두렵긴 하나 어쩔 수 없다. 지금 눈앞의 카르페에게 죽게 생겼으니까.

"안 믿기나 보군."

"아무래도 상관 없어요⋯."

상대는 자포자기인 듯했다. 더는 황당한 소리에 신경쓰고 싶지 않다는 듯 고개를 숙인다. 하지만 내가 그녀의 머리 위에 손을 올리자 움찔 놀란 기색이 여실했다.

"말도 안 돼⋯."

"안 되긴 뭐가 안돼? 내가 지배의 대천사의 화신인 걸 잊었나?"

"지배를 해서 어쩌자는 건가요⋯? 이런 쓸모없는 대천사를."

나나엘은 내 목적이 무엇인지 고개를 갸웃거렸다. 지배력에 대해 이해가 부족하니 그럴 수밖에.

"스스로 고치지 못하겠다면 강제로 고치게 해주는 수밖에. 그게 내 해결책이다."

"고칠 수 있다고요?"

나나엘의 멍한 눈동자에 조금씩 빛이 돌아오기 시작했다. 지배받는다는 문제보다 검을 뽑을 수 있다는 게 훨씬 크게 다가오는 모양이다.

"그래. 대신 내게 지배받아야 한다. 내키지 않는다면 그만두지."

말은 그렇게 하면서도 주위를 가리켰다.

"결과는 아주 끔찍하겠지만."

나는 그녀가 이 제안을 받아들일 수밖에 없음을 안다.

"지배한다고 해도 강제로 부리는 노예가 되는 게 아니야. 앞으로 메타트론 클랜에 협조해야겠지만 자유의지를 가지고 지낼 수 있게 해주지."

"그런 건 상관없어요. 검을 뽑을 수 있다면 오늘 이 자리에서 죽어도 괜찮으니까."

역시 낙담한 상태라 협조가 빨랐다. 이런 상황까지 몰리지 않았다면, 매사 도망쳐온 나나엘의 성격상 수락하지 않았겠지.

"좋아. 대천사 메타트론의 이름으로 널 지배하겠다."

나는 주저 없이 지배력을 발동시켰다. 먼저 우리엘에게 배정했던 지배력을 풀었다. 지금 어딘가에 있을 녀석이 화들짝 놀라는 게 눈에 선했다. 그리고 그렇게 확보한 지배력으로 나나엘의 지배에 들어갔다.

구우우우-.

메타트론 특유의 시커먼 기운이 나나엘을 휘감았다. 그녀는 엉망진창이 되어 지배에 대한 저항력도 제대로 발휘하지 못했다. 게다가 본인이 체념하고 받아들이기로 한 탓에 지배는 무척이나 신속하게 이뤄졌다.

"이게… 지배력?"

나나엘은 자신을 감싸는 힘에 놀라워했다. 그녀는 자리에서 일어나 자신의 몸을 이리저리 살펴본다.

"마치 새로 태어난 것 같군요…."

"그럴 수밖에. 지배력이란 새로운 힘으로 네 병을 억누른 거니까. 지배력이 풀리면 원 상태로 돌아갈 거다."

이제 가장 중요한 순간이 남았다. 가능할 거라고 여기지만 확신은 못하겠다.

"검은 검일 뿐. 그저 도구일 뿐이야."

"맞아요."

나나엘은 고개를 끄덕이더니 잠시 심호흡을 한다. 그리고 모두를 향해 크게 외쳤다.

"이 나나엘. 과거 동료를 버리고 도망쳤습니다. 이것은 스스로도 역시 용서받을 수 없는 죄라고 생각해요."

그렇게 말한 그녀는 무언가를 소환했다. 낡은 군기로 불에 탄 자국이 역력하다. 그 군기에는 무언가 빼곡히 적혀있었다.

"그날 그 싸움터에서 유일하게 저와 함께 돌아온 물건이에요. 지금까지 이건 그날의 참극을 기억하는 증거로 남아있습니다. 하지만, 이 군기를 보고 매일 운다고 해도 쓰러진 자들은 돌아오지 않는다는 걸 깨달았습니다."

나나엘은 땅에 쿵! 소리가 나게 군기를 꽂았다.

"이 자리에서 맹세하겠어요! 이 나나엘의 마지막 피 한 방울까지 여러분을 위해 쏟아내겠다는 걸. 제 명예를 위해서가 아닙니다. 여기 이 군기에 이름이 적힌 자들의 명예를 위해서입니다. 저는 오늘 이 군기를 두고 결코 도망가지 않겠습니다!"

그 말과 함께 마침내 나나엘은 자신의 검에 손을 가져갔다. 마검을 탐내는 카르페는 조금도 방해하지 않고 그 모습을 보고 있었다. 과연 뽑을 수 있을까?

스르릉.

지금까지 꼼짝도 안 했던 게 무색하게 마검 쇠보르그는 너무나 쉽게 뽑혀져 나왔다. 빛무리를 뿌리는 검신이 아침의 태양빛처럼 찬란하다.

이게 전성기 때의 나나엘인가? 과거의 자신을 되찾은 그녀는 표정부터가 달랐다. 곧 가공할 기운이 나나엘의 몸을 휘감기 시작했다.

구우우웅!

되찾은 자신이 힘이 만족스러운 듯 나나엘은 살짝 턱을 치켜들고 있었다. 날카로운 턱선 위로 그녀의 미소가 뚜렷하다. 나나엘로서는 오랜만에 느껴보는 힘일 테지.

현재 그녀는 신성지 밖에 나오기 위해 분신체 상태다. 하지만 마검 쇠보르그에 특이한 힘이 있으니 분신체로도 본체와 같은 힘을 낼 수 있게 도와준다. 그 덕에 나나엘은 다른 대천사들이 본체의 힘을 낼 수 없는 강북 지역에서 종횡무진할 수 있었다. 한데 지금 그 힘이 다시 나타난 것이다.

"대천사 나나엘. 지금 참전합니다."

그녀의 선언이 우리 모두의 가슴에 불을 지폈다. 두려움과 공포가 사라지고 용기와 고양감이 마음속에서 피어오른다. 지켜보던 헌터와 천사들이 사방이 떠나갈 듯한 함성을 터뜨렸다. 다들 흥분해서 얼굴이 붉게 달아올라 있었다. 하지만 가장 좋아하는 이는 적의 수장이었다.

"크하하하! 드디어 마검을 뽑았구나!"

희희낙락해 하는 카르페를 보며 나는 나나엘에게 낮게 말했다.

"카르페는 최대한 빠르게 우리 둘을 죽이고 마검을 빼앗으려 할 거야. 원군이 오고 있다는 걸 아니까."

"그가 비록 자기 힘에 자신있겠지만 쉽게 뜻을 이룰 수 없을 거예요."

나나엘의 말투에서 자신감이 느껴졌다. 아니, 자신감을 넘어 약간의 오만함까지 말이다. 아무리 힘을 되찾았어도 카르페가 여전히 압도적인 걸 그녀도 모르지 않을 텐데, 여유롭게 머리칼을 뒤로 쓸어 넘기고 있었다.

"너무 쉽게 생각…."

반론을 재기했지만 말을 마칠 시간도 없었다. 카르페가 곧장 덮쳐왔기 때문이었다.

콰아앙!

카르페가 땅을 내리치자 포탄이 터진 듯 폭발이 일어났다. 나나엘과 나는 재빨리 뛰어올라 피했지만 간담이 서늘해지는 건 어쩔수 없었다. 한 번만 실수해도 저 박살난 지면 같은 꼴이 될 거라고 생각하니 입술이 바짝바짝 마른다.

"나나엘, 이대로는 오래 버티지 못해."

"방패를 드세요. 유제아 의장."

"아무리 내 방패가 대단해도 한계가 있는데?"

"우리 둘이 함께하면 가능합니다."

그러고 보니 나나엘도 방패를 들고 있다. 마검에 주의가 쏠려서 그렇지 그녀의 방패도 대단한 물건. 둘이 힘을 합친다면 카르페의 공세를 막아낼 수 있을지도 모른다.

"유제아 의장!"

"좋아, 한 번 해보지! 뭐."

우리는 나란히 서서 방패를 들었다. 나는 이를 악물고 <방어집중> 능력을 사용했다. 지금은 버티는 게 답이었다.

콰아앙!

다시 한 번 카르페의 공격이 우리를 때렸고, 방패에서 불꽃이 번쩍 튀었다. 충격에 전신이 흔들려 정신이 하나도 없다. 순간 별이 보인 것 같은 기분이다. 하지만 놀랍게도 우리 둘은 힘을 합쳐 카르페의 일격을 막아냈다. 뒤로 길게 밀려나긴 했지만 말이다.

"호오?"

카르페도 꽤 놀란 듯 눈이 동그래졌다. 설마 자신의 공격을 정면으로 막아낼지는 몰랐겠지.

"제법 힘을 줬다. 설마 견딜 줄이야."

나나엘과 힘을 합쳐 방어에만 집중한 덕이었다. 게다가 대천사의 힘을 회복한 나나엘은 그걸로 그치지 않았다. 틈이 나자 마검을 휘두르며 곧장 반격에 나선 것이다.

"카르페!"

나나엘의 모습은 어찌나 빠른지 보이지도 않았다. 그녀는 질풍처럼 카르페를 휘감은 뒤 곧 본래의 자리로 돌아왔다. 그러자마자 검이 지나가며 만든 수많은 빛의 선이 카르페를 수놓았다.

번쩍. 번쩍. 번쩍.

"세상에! 베었어!"

놀랍게도 카르페의 단단한 비늘은 검격에 베어지거나 파편이 되어 튕겨나갔다. 그리고 그의 육중한 육체에서 진득한 핏물이 주르륵 베어 나오기 시작했다. 그 모습에 지켜보던 이들이 환호성을 터뜨렸다.

"나나엘님!"

"와아아아아!"

격정이 그들에게서 느껴졌다. 하지만 정작 나나엘은 입술을 깨물고 분한 표정이다.

"유제아 의장. 겉만 긁었을 뿐이에요. 성질만 돋웠으니 마음 단단히 먹으세요."

아닌 게 아니라 카르페는 눈빛이 완전 달라져있었다. 저 고고한 강북의 패자에겐 검에 베인 경험은 실로 오래만이겠지.

"크르릉!"

낮은 울음소리와 함께 카르페는 압축하는 힘을 가진 검은 연기를 우리에게 쏘아냈다. 가공할 위력을 가진 것이지만 어째서인지 내겐 무용했다. 그래서 나나엘을 뒤로 숨기고 연기를 막기 위해 앞으로 나섰다.

"카르페! 소용없다!"

우리를 덮쳐오는 검은 연기의 힘은 내가 앞으로 나서자 위력을 발휘하지 못했다.

"후우…."

나직이 한숨을 내쉬며 다행이라고 생각하던 그때 의문이 떠올랐다. 카르페는 내게 이 힘이 통하지 않는다는 걸 안다. 그럼에도 사용했다는 건?

"아차!"

그제야 상황을 알고 뒤를 돌아봤을 때는 이미 늦었다. 검은 연기로 시야가 가려져 있던 사이 카르페가 놀랄 만한 속도로 나나엘을 덮치고 있었다. 그가 굳이 무용한 검은 연기를 쓴 건 나를 나나엘에게서 떼어놓기 위해서였다. 둘이 힘을 합쳐 공격을 막아내니 각개 격파하려는 수작이다.

"꺄윽!"

나나엘은 비명과 함께 공중으로 떠올랐다. 그녀의 훌륭한 방패역시 눈에 띄게 구겨져 있었다. 역시 내 태양신격의 방패 정도가 아니면 카르페의 공격을 받고 멀쩡하긴 힘든 모양이다.

"두 번 막을 수 있겠느냐!"

방패를 잃은 나나엘에게 카르페가 다시 한 번 공격을 가했다. 그녀가 공중에 떠서 미쳐 착지하기 전이었다. 결국 나나엘은 이번에는 검으로 막아낼 수밖에 없었다. 그리고 그건 카르페가 원하는 바였다.

카앙!

요란한 소리와 함께 검신에서 불꽃이 튀었다. 검은 카르페의 위험한 일격을 잘 막아내었다. 하지만 큰 충격 때문에 주인의 손을 벗어나 허공으로 붕붕 날아올랐다.

"안 돼!"

마검이 넘어가는 것만은 막아야한다. 카르페는 마검을 얻으면 먹어치워서 힘을 불릴 게 틀림없다.

"크하하하! 크크크!"

카르페는 크게 웃어재끼며 공중에 떠오른 마검을 받았다. 그의 넓은 손바닥 위에 떨어진 마검은 마치 이쑤시개처럼 보였다.

"이런!"

카르페가 마검까지 얻으면 더 강해질 터. 지금도 감당하기 어려운 적인데 생각만 해도 아찔하다. 그는 바로 마검을 먹어치우려는 듯 거대한 입을 쩌억 벌린다. 칼날 같은 이빨과 시커먼 혓바닥은 보기만 해도 혐오스럽다.

"크흐흐흐흐!"

카르페는 드물게 흥분해서는 마검을 단숨에 깨물었다.

"안 돼!"

워낙 순식간에 일어난 일이라 미처 어쩌지도 못했다. 하지만 카르페가 기대하는 일은 일어나지 않았다. 마검도 씹어먹을 그의 강력한 이빨은 서로 부딪치며 요란한 소리를 냈지만, 그 사이에는 아무 것도 없었다.

"어?"

지켜보는 나는 아연실색해졌다. 분명 이 타이밍에는 마검이 안타까운 파열음을 내고 부서져야 정상일 텐데? 그런데 어째서인지 마검은 나나엘의 손으로 돌아와 있었다.

"오!"

언제든 주인의 손으로 돌아오는 특별한 능력을 갖고 있구나. 나나엘은 미리 예상이나 했다는 듯 마검을 찾아와 들어올린다. 살짝 미소를 머금고 있기 까지 했다.

"카르페! 네놈은 이 검을 빼앗고 싶겠지만 어림없다!"

실로 당당하고 기세 좋은 게 과연 힘을 되찾은 모습이로구나. 반면 카르페는 분이 터지고 마음이 조급해진 듯 두 눈이 충혈돼 주먹으로 땅을 쿵쿵 두들겨댔다.

"조잡한 수나 쓰다니!"

그는 분통을 터뜨렸다.

"이렇게 된 이상! 다신 검을 쥘 수 없게 그 팔을 뜯어주마!"

카르페는 단번에 우리를 끝장내겠다는 듯 달려들어 왔다. 흡사 건물이 덮쳐오는 것만 같았다.

"나나엘! 떨어지면 안 돼!"

"알고 있어요!"

상대의 목표가 변했다. 원래 마검을 빼앗는 게 최우선 목표였다면 이젠 이쪽을 최대한 빨리 죽이려고 했다. 나나엘이 죽어야 마검의 지배권을 확보할 수 있다고 판단한 것이다. 하지만 버티기로 마음먹은 나나엘의 실력은 상상 이상이었다. 게다가 그녀와 나는 모두 방패에 능숙하다. 카르페를 이기겠다는 생각을 일찌감치 포기하고 가용할 수 있는 모든 힘을 방어에 쓰자 의외로 우리는 악착같이 물고 늘어질 수 있었다.

"이런 고약한!"

일이 생각보다 꼬이자 카르페는 짜증을 벌컥 냈다. 뭣보다 이런 상황이 벌어진 가장 큰 원인은, 어째서인지 카르페의 마력 대부분이 내겐 무용했기 때문이다. 이를 이용해 나나엘과 나는 완벽히 연계했다. 물리력의 경우는 대천사의 힘을 가진 나나엘이 막고, 어둠의 마력은 내가 받아냈다. 그 때문에 카르페는 해법을 찾지 못하고 헤맸다. 지금까지 이런 일은 없었겠지. 지존에 오른 그의 권능은 가장 강력한 적조차 손쉽게 갈아버렸으니까.

"다행스러운 건 의외로 상대의 공격 패턴이 단순해요!"

"압도적으로 강하기 때문이겠지."

강자일수록 복잡한 기교는 필요 없는 법이다. 한 번 몰아치면 다들 막지도 못하고 피떡이 되는데 기술이 무슨 상관이겠는가. 주먹을 피하면 그가 가진 어둠의 연기로 다 뭉개버리면 그만이다. 하지만 지금은 카르페의 자랑이 모두 막히고 있었다.

"크아아아아!"

포효에서 짜증이 묻어났다. 그는 단번에 끝내겠다는 듯 갑자기 가슴팍을 부풀렸다. 그러자 흉부가 선명하게 달아오르기 시작했다. 카르페의 기술에 대해 다 알진 못하지만 저건 누가 봐도 불을 토하려고 하는 거였다.

"모두 피해!"

내 외침에 천사와 헌터들뿐 아니라 몬스터들까지 모조리 사방으로 달아났다. 여기 휘말렸다가는 뼈도 못 추릴 상황이었다.

"나나엘! 우리는 도망치면 안 돼!"

"알고 있어요!"

만약 그런다면 카르페는 우리의 움직임을 쫓아 사방에 불을 토할 터. 그야말로 난리가 날 거다. 그러니 어떻게든 제자리에서 받아내야 한다.

"나나엘! 어떻게든 해보라고!"

"한 번은 버틸 수는 있어요! 하지만 그 다음에 여력이 없어질 거라고요!"

나나엘은 자신의 힘으로 카르페의 저 일격을 막아낼 순 있다고 했다. 하지만 워낙 막강한 위력이라 한 번만 막고 나면 반쯤 전투불능이 된다고.

"피하지도 못하는 상황이야. 어쩔 수 없어."

다음 수가 없다는 걸 알아도 둘 수밖에 없는 상황이 있는 법이다. 지금 당장 죽겠으니까. 게다가 이대로 내뺄 수도 없잖은가. 그랬다가는 이후에 얼마나 정치적으로 궁지에 몰릴지, 안 봐도 훤하다. 일단 부딪쳐 보는 수밖에.

화르르르르르륵!

카르페가 눈을 하얗게 뒤집어 까며 화염 브레스를 토해냈다. 그의 시커먼 목구멍 속에서 화염이 기어 나와서는 눈앞을 가득 채웠다. 불길이 쏟아져 내리는 게 마치 해일이 덮쳐오는 것만 같다. 그 순간 죽는다는 생각만 들었으나 내 몸은 열기로 타오르지 않았다. 나나엘의 힘이 우리를 휘감았기 때문이다.

"작정하고 쏟아 붓고 있어요. 오래 못 버텨요! 으윽!"

생각보다 상황이 어려웠다. 뭔가 방법이 없을까? 폭풍 같은 고민을 하는 그때 나나엘의 방어막에 금이 가는 소리가 들렸다.

쩌억! 쩌어억!

이 정신 나간 카르페 놈은 얼마나 오래 브레스를 토하는 건가!

"젠장, 깨진다!"

나는 방패를 들고 온몸의 힘을 끌어냈다. 통구이가 될 걸 각오해야할지도 모르겠다. 방어막의 갈라진 틈새로 열기가 무섭게 파고들어왔다.

화르륵!

옷에서 연기가 나기 시작하더니 곧 불길이 일며 타올랐다. 방어막이 점점 깨져나갔고 화염이 그 틈으로 새빨간 혓바닥을 들이민다.

"으으윽!"

불길이 전신을 핥듯 지나가자 신음이 절로 흘러나왔다.

"나나엘! 너라도 도망쳐!"

이대로라면 둘 다 휘말리게 생겼다. 시간을 벌 테니 나나엘에게 빠져나가라고 외쳤다. 하지만 그녀는 단박에 거절했다.

"메타트론의 화신을 두고 갔다가 나중에 그녀에게 무슨 소리를 들으려고요!"

"하지만!"

둘 다 죽게 생겼다. 역시 카르페의 전력을 정면으로 받아내는 건 무모했는가.

쩌억!

다시 방어막에 구멍이 나는 걸 보고는 허탈한 기분이 됐다. 앞으로 내밀어 불길을 막아내고 있는 내 방패는 이미 새빨갛게 달아올라 있었다. 아, 젠장. 이대로는 끝이다. 메타트론이랑 다시 만나지도 못하고 쓰러질지도 모른다는 생각이 들었다. 아직 원군이 오려면 시간이 더 필요하다. 그래서 내심 포기하고 있었는데 그때, 파란 사슬 모양의 광선이 방어막의 틈새를 마치 용접하는 것처럼 매우기 시작했다.

"뭐, 뭐야?"

파란 광선만이 아니었다. 여기 저기서 온갖 색깔의 광선이 날아와 방어막을 보강하고 있었다.

"나나엘님! 함께하겠습니다!"

"나나엘님 옆에 서게 해주십시오!"

생각지도 못한 조력이 나타났다. 바로 나나엘 클랜원들이 돕겠다고 나선 것이다. 나나엘 클랜의 위원인 방유송이 외쳤다.

"그간 클랜의 불화가 있었던 게 사실입니다. 하지만 어찌 저희를 위해 목숨을 건 대천사를 버리고 가겠습니까!"

"방 위원…."

"아직 섣부릅니다만, 오늘 이 자리에서 살아간다면 나나엘 클랜도 처음부터 다시 시작할 수 있지 않겠습니까!"

그 말에 나나엘은 입을 다문다. 뒤를 돌아볼 수 없어 표정은 볼 수 없었지만 대강 짐작은 됐다. 다시 시작한다. 그건 분명 나나엘에게 가슴을 울리는 이야기겠지.

"모두 분위기 좋은 건 알겠는데 일단 살아나가는 게 우선이거든!"

내 외침에 다들 고성을 지르며 힘을 집중한다.

"이걸 버티면 제게 마지막 한 수가 있어요!"

나나엘은 악을 쓰면서 외쳤다.

"그게 뭡니까? 있으면 진작 쓰시지!"

내가 타박하자 나나엘은 마검의 힘을 집중해 단 한 번만 가능한 일격이라고 했다.

"결정적인 일격을 위해 아껴둔 거라고요! 브레스가 끝나면 카르페가 방심할 거예요! 그때를 노리겠습니다!"

"다들 들었지! 그러니까 버티라고!"

나나엘에게 한 수가 남았다는 말은 우리에게 큰 힘이 돼줬다. 다들 악을 쓰며 버텼고 마침내, 길고 길었던 카르페의 브레쓰가 끝이 났다.

화르르르.

어마어마한 화염은 마치 거짓말처럼 사라지고 열기만 주변을 맴돌았다. 일대는 완전히 초토화되어 땅바닥에 이곳저곳에 불길이 타오르고 있었다.

"대단하군."

카르페는 회심의 일격이 막히자 순수하게 감탄한 듯했다. 다들 몸에서 연기가 피어오르는 등 난리도 아니었지만 용케 버텨냈다. 그는 뭔가 더 말하려 했으나 그럴 수 없었다. 비틀거리던 나나엘이 갑자기 쏟아지듯 앞으로 튀어나갔기 때문이다.

그녀의 마검이 하얗게 불타올랐다. 그리고 마치 신검합일의 경지를 보여주는 것처럼 검과 하나가 되어 몸 전체를 써 카르페를 찔렀다.

카앙!

요란한 소리가 나며 카르페의 왼쪽 심장부의 비늘 하나가 통째로 떨어져나갔다. 마정석이 있는 중요한 위치였다. 하지만 카르페는 반격을 예상한 듯 잡아챘다.

"아…."

안타까움에 탄식이 절로 나왔다. 만약 검이 잡히지 않으면 관통할 수 있었을 텐데, 단단한 비늘을 하나 떨어뜨리는데 그쳤다.

"반항이 제법이구나. 하지만 불쾌하군."

카르페의 얼굴와 분노가 서렸다. 엉망이 된 우리와 다르게 상대는 아직도 힘이 넘쳐났다. 마치 그는 끝없이 에너지를 생산해내는 원자력 발전기 같았다. 괴물이란 말로도 부족한 살아있는 에너지 덩어리였다. 저걸 진짜 이길 수 있단 말인가?

퍼억!

둔탁한 소리와 함께 나나엘이 카르페의 주먹에 얻어맞아 허공에 피를 뿌리며 날아갔다. 그녀는 요란한 먼지를 일으키며 우리 쪽으로 굴러왔다.

"옹기종기 모여 우정을 과시하는 건 좋다! 하지만 그 대가로 함께 지옥으로 가도록!"

끝이다. 믿었던 나나엘도 쓰러지고 카르페의 이번 공격은 막아낼 방법이 없다. 나나엘이 파리해진 안색으로 애써 몸을 일으키려 하고 있었다. 그녀는 주변의 클랜원들에게 말했다.

"…여러분들이라도 어서 물러나세요. 으윽…."

하지만 다들 완고하게 거절한다.

"그럴 순 없습니다! 나나엘님!"

"맞습니다! 함께할 거예요!"

그 말에 나나엘은 부드럽게 미소 지었다.

"그렇습니까. 아쉽군요. 좀 더 검을 일찍 뽑아낼 수 있었다면 여러분들을 지킬 수도 있었을 텐데…. 명예를 잃은 지 벌써 수년….

이제야 잃었던 걸 되찾았지만 마지막이 눈앞에 다가왔군요. 하지만 최후에라도 여러분과 함께할 수 있어 영광이었습니다."

나나엘의 말에 주위에 있던 인물들은 비통한 표정을 지었다. 끝이 다가온 걸 깨달았기 때문이다. 하지만 차분하게 인사를 나눌 틈은 없었다. 카르페가 포효하며 돌격해 왔기 때문이다. 어찌나 그 기세가 대단한지 그가 발을 구를 때 근처에 있던 폐건물 하나가 충격을 이기지 못하고 우르르 무너지기까지 했다.

우리는 어찌할 엄두도 내지 못하고 운명의 끝을 받아들이려고 했다. 하지만 그 흉흉하던 카르페가 무언가를 보더니 달려오던 중에 갑자기 멈춰 섰다.

"대체?"

무슨 일이지? 상황이 쉽게 이해가 되지 않아 어리둥절했는데 카르페는 우리를 보고 있지도 않았다.

"대체 뭘 보는 거지?"

누군가가 카르페가 보고 있는 곳으로 시선을 돌렸다. 나머지 모두도 자연히 고개가 돌아갔다. 그리고 모두 경악성을 터뜨렸다.

"아아!"

"세상에!"

나도 일순간 눈이 휘둥그레졌다. 뼈대만 남아 당장이라도 무너질 것 같은 건물 위에 익숙한 존재가 위엄있게 내려앉아 있었기 때문이다.

세쌍의 검은 날개를 가진 대천사.

바로 메타트론이었다.

"대체 언제 온 거야?"

믿을 수가 없었다. 메타트론이 이렇게 갑자기 난입하다니. 눈을 비비고 다시 봐도 오연히 서있는 모습은 그대로였다.

"메타트론!"

카르페는 낮게 으르렁거리는 목소리를 냈는데 거기에 담긴 적개심은 우리를 상대할 때와 차원이 달랐다. 메타트론의 등장에 이 오만한 존재조차 날이 바짝 곤두선 느낌을 보여주고 있었다. 나는 메타트론이 든든하긴 했지만 걱정이 앞섰다. 지금 그녀는 아무 힘도 없으니까.

"본인을 위협하려 한다면 어림도 없다! 네 본체가 나오지 않았음을 알고 있으니!"

카르페의 목소리에 경계심이 묻어나는 게 다행히 그녀의 상황을 파악하지 못한 게 틀림없다. 본체니 분신이니 하는 문제가 아니다. 메타트론의 분신은 지금 빈껍데기 처지니까.

"…그게 무슨 상관이란 말이냐?"

처음으로 메타트론이 입을 열었다. 얼음장처럼 차가운 목소리였다. 나는 어째서인지 그녀의 목소리에서 이질감을 느꼈다. 분명히 메타트론이 맞는 것 같은데, 뭔가 걸린다. 하지만 그런 걸 고민하고 있을 상황은 아니었다.

"카르페! 강북의 대군주여. 우리 군대가 지금 이곳의 지척에 도착했다. 어디 그 허세가 얼마나 더 갈지 두고 보지."

허세는 메타트론이 부리고 있었다. 어째서 그녀가 여기있는 건지 모르겠지만, 군대가 벌써 왔을 리가 없다.

"크르르…."

카르페는 원군이란 말에 초조한 모습을 보였다. 그가 믿던 즈굴과 구르굴은 실패했다. 자칫하다가는 여기서 포위될 수밖에 없다. 하지만 역시 거물은 거물이었다. 카르페는 바로 포효했다.

"지금 이 몸을 협박하는 것인가? 흥! 어림없는 소리! 이 카르페가 결전을 두려워할 줄 알고!"

그의 외침에 몬스터들이 함께 포효했다. 전장은 삽시간에 괴성으로 가득 찼다. 하지만 곧 이어진 메타트론의 말에 카르페는 꿀먹은 벙어리가 됐다.

"이몸의 본체가 나온다고 해도 말인가?"

"뭐라…?"

"신성지 때문에 대천사의 본체는 경거망동을 삼간다. 하지만 여기 본녀의 눈앞에 가장 먹음직스러운 사냥감이 있구나. 주저할 이유가 없지 않느냐?"

"웃기는 소리! 네가 다스리는 노량진 앞에 우리의 군세가 얼마나 바글거리는지 알고 하는 소리인가! 신성지를 포기한다면 널 믿는 인간은 모조리 살육될 거다!"

실제로 노량진은 지금 강원도에서 온 독립군주들에게 포위된 상태다. 신성지를 절대로 무너뜨려선 안 된다. 한데 메타트론은 그런 건 상관없다는 듯 코웃음을 터뜨렸다.

"후훗. 본녀가 그런 인간 따위에게 신경 쓸 것 같은가? 네놈의 목을 칠 이 절호의 기회에?"

이상하다. 내가 아는 메타트론이라면 결코 저런 판단을 하지 않는다. 허세를 부리느라 맘에도 없는 소리를 하는 걸까? 그런데 몬스터인 상대에겐 그런 비정한 의견이 훨씬 설득력 있게 들린 모양이다.

"크으윽…."

카르페는 낭패한 기색이다. 그의 판단으로는 메타트론이 노량진 신성지를 포기하고 자신을 잡으려 한다고 느꼈기 때문이겠지. 나는 이 대화를 제3자적 입장에서 보고 있어 뭔가 이상함을 느꼈지만, 카르페는 여유가 없어 그런지 생각이 좁아진 모양이었다.

"결전을 두려워하지 않는다고? 좋다. 그렇다면 본녀도 여기서 끝장을 보겠다."

메타트론이 그렇게 나가자 카르페가 움찔하며 당황하는 기색이 역력했다. 그는 성질이 뻗치는 듯 근처의 커다란 콘크리트 덩어리를 주먹으로 부숴버렸다. 그리고는 교활하게도 안면을 바꿨다.

"네가 싸움을 두려워하지 않는다는 건 알겠다. 하지만 지금은 부담이 되지 않겠나?"

말투가 변한 카르페는 빠져나갈 구석을 만드려는 듯했다.

"원군? 원군이 온다는 건 알겠다. 하지만 좀 시간이 걸릴 테지. 그동안 네 가련한 군대가 버틸 수 있겠나? 아무 상관없다고 했지만 이들의 죽음을 방치하면 뒷감당을 할 수 있을까? 너희의 정치는 우리보다 훨씬 복잡한 걸 모르지 않는다."

나는 카르페가 원하는 게 뭔지 대번에 알 수 있다. 일이 그른 것 같으니 안전하게 철수하려는 거다. 메타트론도 그걸 눈치챈 듯 고개를 살짝 끄덕였다.

"물러난다면 쫓지 않지. 네놈을 죽일 좀 더 적당한 무대가 있을 테니까."

"그런 날은 오지 않는다. 하지만 얘기가 통해서 좋군."

메타트론의 입장에선 주변에 구조를 요하는 아군이 잔뜩 있어서, 카르페의 입장에선 적의 원군이 오고 있었기에 결전을 벌이기 마땅찮다고 판단한 거다. 양쪽의 수장이 그렇게 결정하자 상황을 빠르게 정리되었다.

"오늘 이 빚은 그대로 돌려주도록 하지. 메타트론의 화신이여."

카르페는 내가 나타난 덕에 일을 망쳤다고 여기는 모양이다. 그는 파충류 같은 눈으로 날 무섭게 노려보고는 몸을 돌렸다. 카르페가 그렇게 떠나자 몬스터들은 언제 전투를 했냐는 듯 우르르 물러났다.

"후우⋯."

끝났다는 생각에 다리 힘이 풀리며 휘청였다. 아, 오늘 하루 너무 빡세잖아. 용케 버텼다는 느낌뿐이다. 그나저나 메론이 녀석, 어떻게 제때 온 거지?

"메타트⋯?"

그녀가 있던 방향을 쳐다보니까 온데간데없다. 뭐야, 어디 간 거지? 자기 화신이 이렇게 고생했는데 와서 칭찬 좀 해주면 어디 덧나나? 섭섭한 마음에 이리저리 둘러봤지만 메타트론은 보이지 않는다.

"뭐, 상관없나."

곧 나타날 테니까 대수롭지 않게 생각했다. 그녀가 와서 허세를 부려준 덕에 일이 잘 끝났다. 원군이 오고 있지만 타이밍이 미묘하게 안 맞아 이번에 꽤 위험했으니까.

"유제아 의장님."

누군가 불러 돌아보니 나나엘이었다. 나는 주변의 눈도 있고 해서 공손한 태도로 대답했다.

"나나엘님."

아까는 속이 터져서 반말로 지껄였지만 이 품위 있는 존재에게 어울리는 대접은 아니긴 하지. 좀 몰아붙였던 것 같아 내심 미안했다.

"정말 고생 많으셨습니다. 덕분에 겨우 목숨을 구했습니다."

내 공치사에 나나엘은 잔잔히 고개를 흔든다.

"어찌 그리 말씀하시나요. 유제아 의장님이 오지 않으셨다면 저는 그대로 쓰러졌을 겁니다. 이 마검을 뽑지도 못한 채, 불명예란 추적추적한 진흙탕에 처박혀서."

마검을 뽑고 마음을 다잡은 그녀는 완전히 달라져있었다. 늘 그녀를 안개처럼 둘러싸고 있는 깊은 우울함은 거의 사라져 보이지 않는다.

"지배란 방법으로 저를 억지로 일으켜주셨으니 이 은혜를 어찌 갚아야할지 모르겠습니다."

"원하시면 지배를 풀어드리겠습니다."

딱히 나나엘을 지배할 생각에서 한 행동이 아니다. 그녀를 구하기 위한 방법 가운데 하나였을 뿐이다. 한데 나나엘은 잔잔히 고개를 저었다.

"이 나나엘, 앞으로 당신께 충성을 다할 생각입니다."

"…음."

이 아름다운 대천사가 내게 충성을 다하겠다고 하자 솔직히 기분이 괜찮았다. 나는 애써 멋쩍은 마음을 감추며 대답했다.

"제가 아니라 메타트론님께 충성해주시면 됩니다."

"그렇습니까?"

나나엘은 빙그레 웃는다. 우울한 모습을 버리고 웃으니까 순간 멍하니 바라볼 정도로 아름다웠다. 나나엘은 마검을 들더니 클랜원들에게 외쳤다.

"모두 들으세요! 오늘부터 나나엘 클랜은 메타트론 클랜과 끝까지 함께하겠습니다. 오늘 우리가 이 자리에서 전멸할 뻔했으나 메타트론 클랜의 도움으로 구명 받았습니다. 하니 이 과분한 배려에 온 마음으로 사은해야 할 것입니다."

클랜원들도 불만 없다는 듯 큰 목소리로 호응해왔다. 나나엘은 흑익군에 합류하겠다고 외치며 덧붙였다.

"지금 메타트론님이 안 계시니 그분의 화신에게 충성을 맹세하겠어요."

그녀는 곧장 내 앞에 한쪽 무릎을 꿇었다. 그러자 주변에서 놀란 듯 목소리가 커졌다. 대천사가 인간 앞에 한쪽 무릎을 꿇은 광경은 대단한 파격이었기 때문이다. 물론 절차상으로 문제는 없다. 나는 메타트론의 화신. 즉 메타트론의 권리를 대행한다. 나나엘의 입장에서 메타트론에게 충성 맹세를 하는 것과 같은 감각이겠지.

"함께하겠습니다. 저희 클랜의 맹세를 받아주시겠습니까?"

나나엘은 맑은 눈동자로 날 올려다본다. 거절할 이유가 없었다.

나는 한손을 내밀었다. 그러자 나나엘은 내 손등에 키스했다.

"와아아아아!"

주변에서 보던 이들이 박수를 치며 환호했다. 주로 나나엘 클랜이었는데 다른 클랜은 박수를 치면서도 복잡한 표정이었다. 앞으로 정치 구도가 어떻게 될지, 이 일이 자신들의 클랜에 어떤 영향을 미칠지 머릿속이 어지러울 거다.

"나나엘님 일어나세요."

"감사합니다."

짧은 충성 맹세가 끝나자 나는 한 가지 의문이 떠올랐다.

"그런데 메타트론이 없다니요? 아까 도착했으니 그녀에게 충성을 맹세했어도…."

아무래도 화신보다는 본체에게 하는 게 확실하지 않냐고 했는데 그녀는 살짝 고개를 젓는다. 그리고 주변의 눈치를 슬쩍 보더니 내 팔을 잡아 끈다.

"이리로."

조용히 대화하고 싶어 하는 것 같아 군말 없이 따라갔다. 다들 전장의 정리에 들어가 정신이 없었기에 더는 우리를 신경 쓰지 않았다. 나나엘은 적당한 곳에 다다르자 생각지도 못한 말을 꺼냈다.

"메타트론은 근처에 없어요."

"네? 무슨?"

나는 황당한 표정을 감추지 못한 채 아까 메타트론이 서있던 건물의 위쪽을 가리켰다. 그러자 나나엘은 심각한 표정이 됐다.

"저도 정확히는 모르겠어요. 하지만 그건 메타트론이 아니라고 생각합니다."

나는 나나엘의 대답이 황당하다고 생각됐다. 만약 그녀가 진짜가 아니었다고 해도, 화신도 눈치채지 못한 걸 나나엘은 간파한 건가. 내 눈가에 소용돌이치는 의문을 눈치채고 나나엘이 보충 설명을 해줬다.

"우리 대천사들은 서로를 어느 정도 알아보는 게 가능합니다. 마법이나 명확한 감각은 아니에요. 그저 수백 년을 함께한 사이니까 자연스럽게 알아보는 거예요."

"그러고 보니 당신들은 지구에 오기 전부터 수백 년을 싸우고 있었죠."

긴 세월로 얻은 무언가가 있다는 건가. 하긴 생각해보니까 나도 아까 메타트론을 보고 이질감을 받긴 했다. 그럼 뭐였지? 귀신이라도 된단 말인가.

"아닌 밤중에 홍두깨 같은 상황이군요."

일단 메타트론이 도착하길 기다리는 수밖에. 나는 일단 나나엘과 헤어져 쿠니엘을 만나러 갔다. 혼자 군주급 몬스터 셋을 상대하느라 이번에 무척 고생했다. 나는 태양의 펜던트로 그녀를 치료해주며 원군이 도착하길 기다렸다. 30분쯤 지나자 나타났는데 어렵지 않게 메타트론을 발견할 수 있었다.

"메론아!"

나는 메타트론에게 서둘러 달려갔다. 그러자 거들먹거리며 오던 메타트론이 반색했다.

"원 유제아. 본녀가 그렇게 반가운 것이냐?"

히죽 웃던 메타트론은 내 얼굴을 가까이서 보자 놀란다.

"아니 어쩌다 이렇게 얻어 터졌느냐? 성격은 더러워도 얼굴만은 괜찮은 남자였는데 완전히 떡이 됐구나."

"농담할 때가 아냐."

주변에 보는 눈만 없으면 볼따구를 확 늘려버리고 싶었다.

"아까 너 아니었어?"

단도직입적인 내 물음에 메타트론은 모르겠다는 듯 고개를 갸웃 거렸다.

"웅? 그게 무슨 뚱딴지 같은 소리더냐?"

"아까 건물 위에서 카르페랑 얘기하던 거 너 아니었냐고?"

내 말에 메타트론은 미간을 찌푸리며 대꾸한다.

"유제아 이놈. 본녀를 아직도 그렇게 모르느냐? 본녀가 왜 카르 페 같은 놈이랑 대화하겠느냐? 뒤로 살금살금 다가가 찌르면 몰라 도. 그런 놈은 목을 얼른 따버려야 한다."

혼자 콧김을 내뿜으며 흥분하는 메타트론을 보며 나는 그녀의 말이 설득력이 있음을 인정하지 않을 수 없었다. 평양까지 가서 왕 을 습격하고 올 정도로 물리력을 사랑하는 여자다. 아까 노련하게 협상하는 모습이 이질적이긴 했지.

"대체 그렇다면 그건 누구였지?"

"아까부터 무슨 소리더냐?"

메타트론은 어서 설명하라는 듯 내 소매를 잡고 흔들어댔다. 하 지만 나는 그런 그녀를 무시하고 혼자 생각에 잠겼다.

"역시 미카엘라랑 얘기해 봐야겠어."

지혜로운 그녀라면 답을 줄지도 모르겠다. 그런데 내가 미카엘라 얘기를 꺼내자마자 메타트론이 땡깡을 부려댔다.

"이놈! 이놈! 또 본녀를 모지리 취급하는 것이냐! 안 된다. 미카엘라 말고 본녀랑 상의해라."

"아니, 그게 아니라…."

"누가 모를 줄 아느냐? 미카엘라랑 얘기하는 척하면서 슴뚱이 가슴을 훔쳐보려고 그러는 거지? 몰래 열심히 보는 거 모를 줄 알았느냐?"

"허억!"

이 녀석. 내 소소한 취미를 언제 간파했던 거야.

4. 죽음에서 돌아온 자

유제아를 혼란에 빠뜨린 존재는 지금 메타트론의 외형으로 서울 하늘을 날아가고 있었다. 그러다 아직 무너지지 않은 고층 건물의 옥상으로 내려앉았다. 하늘에서 내려오는 꼴이 심히 휘청거려 당장이라도 추락할 것 같았다.

"큭!"

결국 지저분한 옥상 위로 먼지를 일으키며 굴렀다. 검은 날개가 온통 먼지가 묻어 회색빛으로 보일 정도였다.

"쿨럭!"

곧 그녀는 입에서 피를 잔뜩 쏟아냈다. 가슴팍을 토혈로 흥건히 적시더니 힘에 겨운 듯 헐떡였다. 미간에 주름이 깊게 파인 채 애써 격통은 견디고 있었다. 한참 몸을 웅크린 채 있던 그녀의 외형이 곧 변화하기 시작했다.

주름진 의복은 매끄럽게 펴지며 몸에 달라붙어간다. 갑옷이 만들던 부피감도 사라지고 회색빛 긴 머리칼도 줄어든다. 그런 일련의 과정이 끝나자 매끄러운 비늘을 가진 몬스터가 나타났다.

바로 다르쿠다. 변신 능력이 극에 달한 군주급 몬스터였다. 어째서 그녀가 메타트론의 형태로 자기 주인을 속였는지는 알 수 없는 일이다. 하지만 분명한 건 대군주 카르페조차 감쪽같이 당했다는 거다.

"어서 몸을 수습해야…."

비틀거리는 다르쿠다는 머리를 흔들었다. 하지만 쉽게 정신이 들지 않는 듯 바닥을 짚은 손이 몇 번이고 미끄러지길 반복했다. 몬스터의 상하관계에는 지배력이란 힘이 개입해 있다. 그래서 하극 상을 하거나 상급자를 속이기란 무척 어렵다. 심지어 다르쿠다는 일반적인 지배력 이상의 무언가로 얽매여 있었다. 카르페는 겉으로는 다르쿠다를 신뢰하는 척하지만 실제로는 무척 경계하고 있었으니까. 한데 다르쿠다는 그런 제약을 넘어 카르페를 속이는데 성공한 것이다.

"쿨럭!"

다시 한 번 거하게 피가 쏟아져 나온다. 아무래도 속임수를 쓴 반동이 큰 모양이다. 무슨 대가를 치른지는 모르지만 아마 쉽게 감당할 만한 것은 아니리라.

"으으윽…."

한동안 신음성을 내며 끙끙 앓던 다르쿠다는 몇 시간 뒤에 자리에서 일어났다.

"오늘 일로 그동안 쌓은 여력이 다 날아갔어…."

씁쓸한 말투로 혼자 중얼거리던 그녀는 곧 다 털어버렸다. 그리고 아무 일도 없었던 것처럼 경복궁으로 향했다. 모습을 드러낸 그녀를 보고 주변의 몬스터들이 고개를 숙여보였지만 존중은 느껴지지 않았다. 오히려 경멸이나 적의가 더 뚜렷하다. 그녀가 카르페에게 중용되고 있는 탓에 대놓고 불만은 표현하는 이가 없을 뿐이다. 하지만 늘 그랬기에 다르쿠다는 가뿐히 무시하고는 경복궁 안으로 들어갔다.

몬스터 진영의 분위기는 굉장히 안 좋았다. 대군주 카르페가 직접 출정하고도 패전했으니 꼴이 말이 아니다. 다르쿠다는 천사들의 피로 얼룩진 경복궁 영제교가 오늘따라 더욱 을씨년스럽게 느껴졌다. 이곳은 잡아온 천사나 헌터를 짐승처럼 도축하는 곳으로 얼마나 많은 피가 흘렀던지 다리가 시커멓게 변해있었다.

다르쿠다는 그 꼴에 내심 혀를 차고 카르페가 있는 근정전으로 향했다. 그곳에 도착하자 무너진 근정전을 방석처럼 깔고 앉아 있는 거대한 존재가 있었다. 원래 많은 몬스터가 드글드글한 근정전 일대는 조용했다. 카르페의 심기를 건드리지 않으려고 모두 물러나 있는 탓이다.

저벅저벅.

오로지 다르쿠다의 발소리만이 일대를 울렸다. 그녀는 홀로 패배를 곱씹고 있는 자신의 상관에게 말을 거는 게 영 부담스러웠다.

"위대하신 분이여."

답은 한참이나 돌아오지 않았다. 그럼에도 다르쿠다는 끈질기게 대답을 기다렸다.

"……."

한참을 기다리자 답이 돌아왔다.

"맡긴 일은 처리했느냐?"

이번 전투를 앞두고 카르페는 다르쿠다에게 배신자를 처리하라고 명령했다. 바로 배신을 반복하고 있는 대천사 우리엘의 제거였다. 다르쿠다의 특징상 정규전에선 별로 도움이 안 되기에 눈엣가시인 우리엘에게 보냈다.

"놈이 용산 전투에서 우리가 땅 아래 판 굴을 적에게 알려주었지. 그 때문에 큰 패배를 당했다. 그 오욕을 갚아주었느냐?"

카르페의 물음에 다르쿠다는 팔 하나를 꺼내 내밀었다.

"우리엘의 팔입니다."

"숨통은 확실히 끊었고?"

"죄송합니다. 팔을 자르는데 그쳤습니다. 놈은 도주했습니다."

"이런 쓸모없는!"

격분한 카르페는 자리에서 일어나더니 성큼성큼 다가와 다르쿠다를 힘껏 걷어찼다. 그 충격에 다르쿠다는 튕겨나가 근처의 뼈 무더기에 요란한 먼지를 일으키며 쳐 박혔다. 경복궁으로 잡혀와 식사거리가 된 천사와 헌터들의 뼈가 산처럼 쌓여있는 곳이었다.

"겨우 그까짓 임무도 처리하지 못해! 네년도 이제 쓸모가 다한 모양이구나!"

카르페가 분노하자 천둥이라도 친 듯 경복궁 일대가 쩌렁쩌렁 울렸다. 다르쿠다는 우선 고개부터 조아렸다.

"변명거리도 없는 것이냐?"

"무슨 말씀을 드리겠습니까. 팔 하나를 끊어놨으니 그래도 놈이 쉬이 움직이지는 못할 것입니다."

"듣기 싫다! 꺼져라!"

다르쿠다는 고개를 연신 조아리며 자리에서 물러났다. 그녀는 카르페의 의심을 덜기 위해 뭔가 해야 함을 직감했다.

'이대로는 숙청될지도 몰라.'

고민에 빠진 다르쿠다의 뒷모습을 보던 카르페는 자기 부하가 영 마음에 들지 않았다. 그러다 한 가지 의심이 피어올랐다.

'지배에 문제가 생긴 건가? 그럴 리가 없다. 완벽히 통제하고 있을 터.'

혼자 남은 그는 아공간에서 영롱한 빛깔의 오브를 꺼내 살폈다. 이것은 카르페에게 다시없을 정도로 귀중한 물건이다. 만약 이 무지갯빛 오브가 없었다면 카르페는 결코 강북의 패자가 되지 못했을 테니까.

"이상은 없는데…."

오브를 주의 깊게 살펴봤지만 특이한 건 느껴지지 않았다. 그렇다면 여전히 다르쿠다를 잘 통제하고 있단 소리다. 한데 어째서 찜찜한 건지 카르페는 알 수 없었다. 직감상 다르쿠다가 자신을 속이고 있단 느낌이 들었던 것이다.

"크르르릉…."

그는 여차하면 다르쿠다를 그냥 깊은 곳에 가둬두는 방향도 괜찮겠다 싶었다. 그녀의 능력이 아주 쓸모있어 좋은 카드로 활용했지만 불안한 것보다는 낫다고, 카르페는 생각했다.

"메타트론이 먼저 왔었다고? 그게 정말이니?"

내가 카르페와 전투 중에 무슨 일이 있었는지 설명하자 미카엘라는 황당하다는 반응이었다. 그녀가 혼자 생각에 잠긴 사이에 옆에 둥둥 떠있던 스이엘이 대답했다.

"메타트론님은 줄곧 우리랑 같이 있었는데?"

현재 메타트론은 전투력을 상실한 상태라 특별히 신경 썼다고 한다. 사라지면 모를 리가 없다고. 계속 같이 있었단다. 본인도 그렇게 말했고.

"그러면 대체 누구지? 갑자기 나타나 카르페랑 협상까지 하다니. 덕분에 살았지만."

아무리 생각해도 상황이 쉽게 이해가 가지 않는다.

"변신이라도 한 건가? 아니, 누가 그렇게 완벽한 변신을 해서 대군주급 몬스터까지 속인다는 거야."

"스이엘도 정말 모르겠는데."

둘이서 머리를 쥐어짜고 있을 때 미카엘라가 용의자를 지목했다.

"하나 있잖니. 두려울 정도의 변신술을 가진 존재가."

순간 미카엘라가 누굴 말하는지 알았다. 하지만 바로 나는 고개부터 저었다.

"아니지, 아니야."

"어째서 아니라고 생각하니?"

"당연한 거잖아. 그 괴물 놈. 날 찌르기까지 했다고. 뭐한다고 도와주겠어?"

그때 칼침 맞은 게 아직도 아프다. 환상통이지도 모르겠다면 정말 시큰시큰해서 짜증나는 게 한두 번이 아니다.

"생각만 해도 열 받네. 바라카엘에게 밀려난 것도 그 녀석 때문 아냐."

"그 바라카엘이 이번에 제대로 삽질했잖아."

"그건 그렇지."

충격적이게도 바라카엘은 위기의 순간 클랜원을 버리고 도망갔다. 현재는 자신의 신성지 안에 틀어박혔다고 한다. 이 사건의 후폭풍이 장난이 아니라, 딱히 별다른 수를 쓰지 않아도 바라카엘은 실각할 거 같았다. 현재 백익군의 세력은 다시 빠르게 가브리엘에게 복종하고 있으니까.

"일단 바라카엘은 됐고. 그 다르쿠다란 놈이 우리를 도와줄 리가 없잖아."

도와준다고 해도 사절이야. 언젠가 내 손으로 박살을 내야하니까. 나도 모르게 흥분해 있자니 미카엘라가 내 손을 슬쩍 잡는다. 고운 그녀의 손이 생각보다 차가워 정신이 번쩍 든다. 미카엘라는 내게 눈을 맞추며 묻는다.

"정말 그렇게 생각하니?"

"……."

"네게 정치를 가르칠 때 말했잖니. 적과 아군은 상대적인 개념이라고."

사실 잘 알고 있다. 그래서 입을 다물고 있자 미카엘라가 달래듯 말한다.

"유제아, 너는 그런 이치를 누구보다도 잘 알고 있잖아. 필요할 때는 적과 손을 잡아 많은 경쟁자들을 물리쳤으니."

"그건 그렇지만…."

"개인적인 감정 때문에 판단을 그르치면 안 돼. 만약 가짜 메타트론이 다르쿠다였다면 뭔가 사정이 있겠지."

"몬스터들의 정치 구도가 변했다는 거야?"

"그렇게 혼란스러운 무리의 사정이 변하지 않는 게 더 이상하지 않니?"

듣고 보니 그렇다. 이번 전역에서 군주급 몬스터들이 여럿 쓰러졌다. 충분히 내부적으로 변동이 있을 법도 하다.

"다르쿠다 입장에선 우리가 이겨야 이로울 일이 생긴 건가."

"스이엘도 그렇다면 납득할 수 있어!"

다르쿠다. 진짜 뭐하는 존재인가 싶다. 지난번에는 나를 나락으로 떨어뜨리더니, 이번에는 다시없을 도움을 받았다.

"그래도 다르쿠다를 상대로 경계를 풀면 안 돼. 이번에는 어쩌다 서로 간의 이득이 맞은 걸 수도 있으니까. 미카엘라, 내가 전에 부탁한 건 준비됐어?"

내 말에 미카엘라는 가슴 사이에서 무언가를 꺼낸다. 그녀는 흉부가 풍만해서 그런지, 작고 중요한 물건이 있으면 가슴 사이에 껴놓는 버릇이 있다. 별 생각 없이 하는 것 같은데 보는 입장에선 상당히 야릇하다.

"자, 이거야."

건네받은 건 큼직한 에메랄드였는데 아직 따뜻한 온기가 느껴졌다. 무심코 볼에 대볼 뻔했다.

"흠흠."

애써 헛기침을 하고는 보석에 대한 설명을 들었다. 이것은 진실을 가려내는 보석으로, 안경 렌즈처럼 사용하면 된다고 했다.

"이 보석을 통해 보면 변신 몬스터를 가려낼 수 있어. 아주 높은 수준으로 완성된 거니 상대가 다르쿠다라고 해도 소용없어."

"고마워, 미카엘라. 이걸로 한숨 놓겠군."

변신 몬스터 다르쿠다는 계속 골칫덩어리였다. 일반 도플갱어랑은 차원이 다른 힘을 갖고 있어 사실상 이쪽에서 녀석을 간파할 방법이 마땅치 않았다. 그래서 계속 미카엘라가 방법을 연구해 왔고, 이게 그 결과였다. 나는 그녀에게 감사하며 에메랄드를 챙겼다.

전투가 끝나고 아군은 모두 성채화한 용산에 집결했다. 부상자의 치료부터 전장의 정리까지, 할 일이 태산이었다. 몬스터들 역시 경복궁 일대에 뭉쳐서 새로운 싸움을 준비 중이라고 했다. 하여 나 역시 아군이 언제든 다시 전투를 치를 수 있게 만전을 기하고 있었다. 그러던 중 가브리엘이 방문했다.

"유제아 의장님."

"가브리엘님."

항상 날 선 시선만 교환하던 우리가 지난 번 동대문문화역사 공원에서의 전투 후 많이 달라졌다. 나름대로 서로를 이해하게 됐다고 할까.

"드릴 말씀이 있어 찾아뵈었습니다."

"말씀 편히 하시지요."

나는 믹스커피 하나를 타서 가브리엘에게 건넸다. 대천사라고 해도 한국에서 사는 이상 믹스커피 좋아하는 건 똑같았다. 일반인들은 고고한 대천사면 식성도 다를 거라고 생각하는데, 방구석에서 과자만 먹고 뒹굴거리는 메타트론만 봐도 말 다했다. 요즘은 떡볶이라면 죽고 못사는 게 그냥 또래의 여자애들이랑 다를 바가 없었다. 아무리 그래도 매워, 매워하며 떡볶이랑 초코우유를 같이 먹는 건 좀 이상한 조합 같았지만.

"바라카엘 건을 직접 처리하고 싶습니다."

"그렇습니까."

어느 정도 예상한 얘기라 나는 당황하지 않고 커피를 한 모금했다. 바라카엘은 지난번 도주로 완전히 신망을 잃은 상태. 아니, 그걸 넘어 군법으로 엄히 다스려야 하는 상황이다. 벌을 청해도 부족할 자가 자기 성소에 숨어있으니 억지로라도 끌어내야 할 정도다.

"그의 폭주는 제게 책임이 있다고 생각합니다."

원래 백익군의 수장은 가브리엘이었다. 하지만 결국 실각했고 바라카엘이 백익군의 수장을 맡은 후 제대로 사고를 쳤다. 가브리엘의 입장에선 책임감을 느끼는 것 같았다.

"저도 책임이 없다고 할 수 없습니다. 한때 그와 손을 잡고 가브리엘님을 몰아내려 했으니까요."

"저 역시 유제아 의장님을 밀어내려 했으니 마찬가지입니다. 과거는 흘려보내는 게 좋을 듯합니다."

우리 둘은 함께 고개를 끄덕였다. 하지만 바라카엘을 징치하고 싶어도 당장은 뾰족한 수가 없는 게 사실이다. 현재 우리가 전투를 벌이는 강북 지역과 인간들의 방어선 사이에는 강원도에서 몰려온 독립군주들이 바글바글하다. 군대를 이끌고 남하할 방법이 없다. 도망친 바라카엘처럼 소수가 몰래 빠져나가는 게 전부다.

"독립군주들은 카르페가 패퇴하기 전까지 물러나지 않을 겁니다. 그렇다고 소수의 인원만 가지고 남하해도 성소에 있는 바라카엘을 공격하긴 무리입니다."

이미 바라카엘에게 자진출두하라는 연락을 넣었다. 하지만 그는 깔끔하게 거절하고는 자신에게 죄가 없다고 변명해왔다. 당연히 바라카엘에게 버림받았던 자들은 말도 못하게 분노했다.

"확실히 그렇긴 하지요. 전투가 한창인데 바라카엘을 처리하기 위해 무리하면 카르페가 기뻐할 테니까요."

가브리엘은 자신의 허연 수염을 쓰다듬으며 미간을 좁혔다. 상황이 영 마음에 안 들 수밖에. 바라카엘을 처리해 군의 기강을 바로 세워야 하는데 당장은 손쓸 방법이 없으니까.

"일단 그의 성소를 감시할 천사들을 파견해 놓는 게 어떻겠습니까? 우선은 카르페에게 집중할 때입니다. 그 후에 처리해도 늦지 않을 것입니다."

"유제아 의장님의 의견에 동감합니다만, 그가 우리 후방에 위치한 폭탄이 되지 않게 하려면 추가적인 조치가 필요할 듯합니다."

가브리엘의 말에 나는 잠시 생각하다가 제안했다.

"한동안 바라카엘을 속이는 게 어떻겠습니까?"

"속임수요?"

"네, 직접 처리하기 전까지 궁지에 몰 필요는 없습니다. 빠져나갈 구석이 있단 생각이 들게 해줘야지요. 일단은 원만히 합의할 의사가 있다는 걸 어필하는 겁니다. 바라카엘이 납득할 만한 수준에서 징치하는 걸로 적당히 마무리하겠다고 하는 거지요."

"진짜 그러실 생각은 없으신 거지요?"

가브리엘의 물음에 나는 단호하게 고개를 끄덕였다.

"물론입니다. 저도 바라카엘에게 당한 전력이 있잖습니까? 마음속에 원한이 쉽게 사라질 리가 없지요."

다르쿠다에게 암습 당해 쓰러진 사이 바라카엘과 라파엘이 서로 힘을 합쳐 날 실각시키지 않았나. 이건 결코 유야무야 넘어갈 수는 없지. 강북 전역이 마무리되면 바라카엘과 라파엘을 대대적으로 추궁할 작정이다.

"그저 상대가 방심하게 유도할 뿐입니다."

"그리고 후일 적당한 때 바라카엘을 처리하겠다는 거군요."

"네. 남의 뒤통수를 그렇게 치고 다녔으니 이번에는 본인이 뒤통수를 맞을 차례입니다."

용산에 머물면서 군을 재편했다. 이제 흑익군이니 백익군이니 하는 구별을 없애고 완전히 하나의 군대로 합쳤다. 가브리엘과 화해하고, 바라카엘은 도망갔다. 라파엘은 분신이 죽어서 이번 전역에서 리타이어했고. 더는 나와 정치적으로 아웅다웅할 존재가 남아있지 않았다. 그야말로 이제부터는 내 맘대로 할 수 있는 상황이랄까. 현재 우리군의 대천사는 다음과 같았다.

-대천사 메타트론(분신-전투력 상실).

-대천사 미카엘라(분신).

-대천사 가브리엘(분신).

-대천사 쿠니엘(본체).

-대천사 나나엘(분신-마검으로 본체급의 전투력).

-대천사 이후디엘(분신).

-대천사 자르키엘(분신).

-대천사 카마엘(분신).

-대천사 세라피엘(분신).

-대천사 스이엘(본체).

이들은 내 우군이거나 대세를 거스르지 않는 자들로 구성되어 있었다. 특히 자르키엘과 카마엘이 그렇다. 둘은 바라카엘을 따르던 자들이었는데 이번에는 내 밑으로 들어왔다. 한데 현재 그 둘의 처지가 극명하게 달라진 게 재밌었다.

"자르키엘님, 안녕하십니까!"

"자르키엘님! 좋은 아침입니다!"

대천사 자르키엘이 지나가면 많은 헌터와 천사들이 호의 어린 인사를 보내곤 했다. 그도 그럴 게, 이번 싸움에서 그는 바라카엘이 도망가는 와중에도 끝까지 남아 버텼기 때문이다. 메인 이벤트는 내가 나나엘과 힘을 합쳐 카르페와 싸운 것이었지만, 그도 대활약하며 많은 헌터와 천사를 구했다. 하여 자르키엘은 그간의 음흉하단 이미지를 벗고 큰 존경을 얻고 있었다.

"참 의외란 말이지."

나는 저 앞에 걸어가는 자르키엘을 바라보며 고개를 갸웃거렸다. 그는 일신의 안위를 중시하는 인물로 헌신이란 단어와는 상당히 거리가 있기 때문이다.

"그는 아마 버티는 게 자신의 입지에 유리하단 결론을 내렸던 모양이다. 나름대로 승리할 수 있다는 근거가 있었겠지. 결코 모두를 구하기 위해 남은 건 아니었을 거다."

메타트론이 오렌지 쥬스를 쪽쪽 빨아먹으며 설명했다.

"자르키엘은 처세술의 달인이니라. 그런 부분에 관해서라면 대천사 중에 가장 교활하지."

"역시 경계해야겠군."

내 말에 의외로 메타트론은 고개를 저었다.

"그는 자기 생존에만 관심이 있을 뿐이다. 공명에는 흥미가 별로 없지. 모난 돌이 정 맞는다는 말의 신봉자니라."

"야망이 없다 그 말인가?"

그리 물으며 메타트론이 먹던 감자칩에 손을 뻗자, 짝! 소리가 나게 손등을 맞았다. 이 녀석, 주둥이가 너무 이기적이잖아. 맛있는 건 나눠먹을 생각을 못 하는 건가.

"그렇다. 다만 자기 생존에 위협이 된다면 언제든 말을 갈아타려고 할 것이다. 그러니 적당히 시선을 두는 정도면 된다. 어차피 송사리 같은 놈이다."

메타트론의 조언을 듣기로 했지만 송사리 발언은 깔끔하게 무시했다. 이 녀석은 기본적으로 거만해서 자기보다 힘이 약하면 송사리라고 곧잘 표현하곤 하니까. 쉽게 으스대는 성격이니 신뢰도가 떨어진다. 나는 자르키엘에게서 시선을 떼고 근처에 있는 카마엘을 쳐다봤다. 그녀는 놀랍게도 스이엘에게 혼이 나고 있었다.

"카마엘님. 그것도 똑바로 못하시나요? 다음 전투를 위해 필요한 준비라고 말씀드리지 않았나요?"

"미안… 그게 좀처럼 힘들어서…."

"정신을 똑바로 차리지 않으니까 그렇죠!"

빼애애액! 소리를 지르는 스이엘 앞에 카마엘은 꼼짝도 못했다. 놀랍군. 최약체 대천사인 스이엘에게 저리 쩔쩔매는 꼴이. 사실 스이엘뿐만이 아니었다. 카마엘은 입지가 급격히 약해져 예전처럼 굴지 못하고 있었다.

긴 검은 머리칼을 가진 늘씬한 미녀인 카마엘은 실로 도도하기 짝이 없는 대천사였다. 하지만 이번 싸움에서 겁에 질려 추태를 보인 탓에 평판이 바닥을 기고 있었다. 바라카엘처럼 자기 성소까지 도망가진 않았지만 전투를 피하며 부하들을 앞세우는 등 그 못난 꼴이 한두 가지가 아니었다.

하여 자기 클랜원들에게조차 존경심을 잃어버린 상태다. 이처럼 바라카엘을 따랐던 두 대천사의 처지는 선명하게 갈렸다.

"나쁘지 않지. 군소리 없이 얌전히 따르게 됐으니."

스이엘에게도 저런 모습이니 내 앞에선 대천사와 인간이란 관계를 떠나 그야말로 갑과 을이 됐다. 고개도 제대로 못 들 지경이다. 현재 통합된 군의 지휘관이 바로 나 유제아기 때문이다. 명목상의 총사령관은 메타트론이지만 실질적으로 내가 모두를 이끌게 됐다. 원래 이 초코우유 식충이는 밥 먹고 뒹굴어 다니는 게 본업이니까.

"하하하, 배부르게 잘 먹었다."

감자칩을 먹었던 손가락을 쪽쪽 빨고 있는 메타트론을 보며 나는 남몰래 한숨을 쉬었다. 이거 완전 애가 따로 없다. 가만히 있기만 하면 정말 놀랄 정도로 미소녀인데 말이지…. 물끄러미 날 바라볼 때의 그 섬세하고 아름다운 모습에 가슴이 두근거리곤 하는데, 결국 편의점 가서 과자 좀 사달라는 얘기를 꺼내려는 거였단 말이지.

"에휴."

"유제아? 왜 본녀를 쳐다보다 한숨을 내쉬느냐? 기분이 나쁘지 않느냐!"

바보 주제에 눈치는 빨라가지고. 나는 항의하는 메타트론을 무시했다. 그런데 그때 쿵쿵 거리는 소리를 내며 누군가 내게 친근하게 달려왔다. 거대하고 흉악한 팔을 열심히 흔들면서 말이다.

"크하하하! 대장! 맡긴 일을 처리하고 왔다!"

이 발랄한 태도의 주인공은 바로 오만의 군주인 즈굴이었다. 카르페가 자랑하는 삼건장 중 하나이자 실로 위험한 무력의 소유자인 그 즈굴 말이다. 내게 지배된 이후로는 머릿속이 꽃밭으로 변했는지 늘 웃으며 다녔지만. 지배의 부작용인지도 모르겠다.

"너 말이야. 웃고 다니지 마라. 헌터들이 잡아먹으려는 줄 알고 식겁하잖아."

날카로운 이빨을 가진 즈굴이 입을 쩌억 벌리고 웃으면 보는 입장에서는 실로 공포 그 자체다. 본인은 전혀 의식하지 못하는 거 같았지만.

"그럴 리가 있나? 다들 비명을 지를 정도로 날 좋아하는데?"

"그건 정말 비명이다. 공포에 질린 비명이라고."

지배된 처지긴 하지만 누가 이 즈굴을 담담히 대할 수 있겠는가. 언제 지배가 풀려 날뛸지 모른다는 생각에 다들 친근하게 다가오는 즈굴을 보면 도망가기 바빴다. 즈굴이 친하게 지내자며 어깨동무라도 하면 온몸을 사시나무처럼 떨어댔다.

"그럴 리가 있나? 다들 내게 친절하게 대해준다고. 무례한 경우는 한 번도 겪지 못했다."

"……."

네놈에게 무례하게 굴었다가는 무슨 일이 생길지 모르니까. 살짝 두통이 일었기에 일 얘기로 바로 들어가기로 했다.

"그것보다. 맡긴 일은 처리했어?"

나는 요 며칠 사이에 즈굴에게 중요한 임무를 맡겼다. 그건 바로 강북 지역에 있는 반 카르페 파벌의 군주급 몬스터를 규합하는 일이었다. 카르페를 향해 반기를 든 일이 실패하고 그들이 눌려 지내고는 있어도 그 세력을 완전히 잃어버린 건 아니다. 카르페의 입장에서도 우리 쪽과 일전을 앞두고 있었기에 마구잡이로 숙청을 할 수 없었던 탓이다. 하여 나는 즈굴에게 부탁해 그들에게 연락을 넣었다.

"반응은 어떻지? 어차피 우리가 패배해 물러나면 반 카르페 파벌이 숙청당하는 건 정해진 수순이잖아. 이쪽이 맘에 안 들어도 손을 잡을 수밖에 없다고."

즈굴에게 일을 시킨 건 나름대로 확신이 있기 때문이었다. 적의 적은 친구라지 않은가.

"크하하하. 얘기는 잘 됐지. 물론 반항적인 기질을 가진 놈들이 있었는데 허리를 접어주니까 다들 협조적으로 변하더라고. 아주 사랑스러운 친구들이었어."

"음…."

과정은 중요하지 않다. 결과가 중요하다. 나는 속으로 그리 되뇌었다. 아무래도 설득 와중에 피로 강물이 흘렀던 모양이다.

"그래서 이쪽 제안에 흥미를 보이긴 한 거야?"

"물론이지."

단순히 동맹을 맺고 카르페를 쳐부수자는 것만으로는 조건이 부족하다. 그래서 나는 추가적인 이득을 제시했다. 바로 전투가 끝난 뒤에 강북 지역의 패권을 그들에게 넘겨주기로 한 것이다. 어차피 카르페를 물리친다고 해도 강북을 단번에 점령할 수 있는 것도 아니다. 강북에는 엄청난 숫자의 몬스터들이 살고 있으니까. 그렇다면 무능한 놈들에게 패권을 넘기고 사분오열하게 획책하는 좋다. 더불어 아직 몬스터의 왕과 싸우기는 버겁다. 강북에 반 카르페 파벌이 버티고 있으면 좋은 완충지대가 되겠지.

"대장. 정말로 그 시원찮은 놈들에게 영원히 강북을 양보할 생각은 아니겠지?"

"물론이다. 당분간만 맡겨둘 뿐이야. 강북 전투가 끝나고도 이쪽은 한동안 내부적인 진통에 시달릴 테니까."

바라카엘의 문제를 해결해야 한다. 라파엘에게 물 먹은 것도 복수해줘야 하고.

"우리에게 우호적인 몬스터들로 새로운 정권을 세운다. 그리고 용산 일대를 할양받은 뒤에 전쟁을 적당히 마무리 해야지. 사실 강북에서 두려운 건 카르페잖아? 놈만 이번에 정리할 수 있다면야 더 바랄 게 없지."

호랑이를 치운 뒤에 잠깐 여우가 왕 노릇하게 내버려둘 작정이었다. 이후 우리가 완전히 여유를 되찾게 되면 다시 북진할 생각이다. 몬스터의 왕을 쓰러뜨리기 전까지 이 전쟁은 결코 끝나지 않을 테니까.

"역시 대장에게 지배되길 잘한 거 같아. 이렇게 적이 많은 남자도 드물지."

거 참, 칭찬인지 욕인지 모르겠군.

"아무튼 얘기가 잘 됐다면 바로 약속 잡아. 만나서 얘기하지."

"알겠어. 적당한 장소를 정해서 연락할 테니까."

즈굴은 쿵쿵 발걸음을 울리고 사라졌고, 사흘 뒤에 연락이 왔다. 남산1호 터널 안에서 여러 군주급 몬스터와 회동을 준비했다는 소식이었다.

"유제아, 함정이라고 생각하진 않지만 조심해야 한다."

메타트론은 경호원을 대동할 걸 요구했다.

"즈굴을 향한 지배력에는 문제가 없으니 그가 함정을 팔 리는 없겠지."

"문제는 즈굴이 아니라 다른 군주급 몬스터다. 유제아 널 잡기 위해 즈굴을 이용할 수도 있으니까. 아니면 중간에 생각이 바뀌었을 수도 있지."

메타트론의 의견을 듣던 미카엘라가 추가적인 의견을 꺼냈다.

"만약 내가 카르페라면 반대 파벌에 첩자를 뒀을 거야. 그렇다면 오늘의 회동이 있을 걸 알아챌 수도 있지."

"음… 카르페가 나를 포함해서 반대 파벌을 일망타진 하려 할 수도 있다는 건가."

확률은 높진 않지만 가능한 시나리오였다. 현재 카르페가 여력이 없긴 해도 대비하는 건 나쁘지 않겠지.

"그럼 경호원으로 누굴 데리고 가지?"

잠깐 고민했지만 답은 하나였다. 바로 철심장 쿠니엘이다. 다른 대천사들은 자신의 군단을 수습하느라 바쁘다. 유일하게 일인군단인 게 그녀니, 이번에도 도움을 받아야겠다.

"쿠니엘, 도와줄 거지?"

나는 그녀가 당연히, 흔쾌히 도와줄 거라고 여기고 물어봤다. 한데 대답은 예상 외였다.

"유제아… 나를 너무 부려먹어…."

쿠니엘은 마치 할머니 같은 목소리로 그리 대답했다. 그리고는 삭신이 쑤신다며 근처에 드러눕더니 사보타주에 들어갔다.

"구르굴과 싸우게 하더니…… 이후에 군주급 셋을 한꺼번에 상대하게 했어…. 보수를 주는 것도 아니고… 유제아. 악독업자…."

생각해 보니 틀린 소리도 아니어서 내심 좀 당황했다. 옆에서 메타트론, 미카엘라, 스이엘은 이 상황이 재밌다는 듯 보고 있었다.

"메론아."

메타트론에게 어떻게 좀 해보라고 눈짓을 하자 그녀는 오히려 잘 됐다는 듯 킥킥거리며 고개를 돌려버렸다. 이 녀석이 진짜! 정말 메론이스러운 반응에 울컥한 나는 이번에는 미카엘라를 바라보았다. 그러자 미카엘라는 나서줬다.

"중요한 일이야. 나중에 뭐라도 해달라고 하고 도와주는 게 어떻겠니?"

"태양이… 자신만만."

"음? 그게 갑자기 무슨 소리니?"

영문을 모르겠다는 미카엘라를 보고 쿠니엘은 음침하게 살짝 웃는다.

"본인이 앞서가고 있다고… 자신하고 있어…. 메론이는 어린애니까…."

"윽!"

무슨 소린지 모르겠는데 미카엘라는 바로 알아듣는 듯 당황하는 얼굴이었다. 그럴수록 쿠니엘은 짓궂은 표정이 된다.

"그래서 내가… 균형을 좀 맞춰줘야겠어…."

그리 말한 쿠니엘은 날 보며 생긋 웃었다.

"유제아…."

"응?"

"이번에 도와주면 그 대신… 메론이랑 데이트 하는 거야… 단

둘이서. 그렇게 하면 저… 어른스러운 척하며 내숭을 부리는… 태양이도 초조해질 거야…. 사실 저런 금발거유 히로인은 결국… 패배하게 돼있어….”

그 말에 미카엘라가 발끈했다.

“패배하는 히로인이라니!”

미카엘라의 아름다운 눈이 이글이글 타올랐다. 하지만 쿠니엘은 그러거나 말거나 여유만만이었다.

“글쎄. 태양이는 여신처럼 예쁘지만… 메인히로인감은 아닌 걸.”

“윽!”

미카엘라는 입술을 잘근잘근 깨문다. 표정을 보니 어지간히 화난 얼굴이다. 그녀는 곧장 태양의 지팡이를 쥐었다.

“꺄앗! 미카엘라님. 참으세요!”

그녀가 가공할 파괴력을 지닌 태양의 지팡이를 들자 스이엘이 깜짝 놀라 말리고 나섰다. 반면 도발의 주인공인 쿠니엘은 메타트론에게 어느새 떡을 꺼내 먹여주고 있었다. 그러면서 씨익 웃는다.

“가여운 태양이… 사랑도… 우정도… 모두 패배….”

“쿠니엘!”

당장이라도 둘이 한판 붙을 것 같은 분위기였지만 메타트론은 어리둥절해 할 뿐이었다.

“둘이 왜 그러느냐. 미카엘라 화내지 말고 떡 먹거라. 떡이 네 채신없는 가슴처럼 하얗고 말랑말랑하구나.”

역시 힘뿐만 아니라 분위기 파악 못하기로도 서열 1위인 대천사다웠다. 그나저나 내가 왜 메론이랑 데이트해야 한다는 거야?

"쿠니엘님. 이렇게 나오시면 스이엘도 생각을 바꿀 수밖에 없어요!"

"으응…?"

"스이엘도 균형을 위해 미카엘라님을 편들 수밖에 없다고요."

"괜찮아… 땅꼬마 로리 대천사 같은 건 안 무서우니까…."

그러나 순간 스이엘이 울컥하는 표정을 짓는다. 대천사가 된 후 스이엘은 작은 귀염둥이가 됐지만 원래 한 성깔 하는 여자다. 스이엘 건드려 봐야 좋은 건 없을 텐데.

"쿠니엘님. 이 스이엘은 데이트에서 연인이 대판 싸우고 헤어지게 만드는 법을 2,000가지 정도는 안다고요?"

"윽…!"

그제야 쿠니엘이 당황스러운 얼굴이 됐다. 하지만 포커페이스답게 금방 침착해진다.

"그러면… 나는 데이트를 방해하는 바보를… 격퇴하는 방법을 3,000가지 정도는 알아……."

이글이글.

갑자기 양측의 눈에서 불길이 일어나고 있었다. 옆에서 지켜보고 있는데도 뭐가 어떻게 되는 건지 모르겠다. 가뜩이나 여러 가지로 복잡한 나는 그냥 이 흐름을 바로 정리해버리기로 했다.

"다 시끄러워. 쿠니엘은 나를 경호해줘. 그러면 부탁을 들어줄 테니까."

메타트론과의 데이트라고 해봐야 별 거 아니다. 그냥 과자 좋아하는 꼬맹이랑 놀이동산 가는 정도의 느낌이다. 키스할 때는 잠깐 설레기도 했는데 아무래도 내 눈깔이 삐었던 것 같다. 저기서 떡을 열심히 먹고 있는 저 회색 머리칼의 생물에게 반할 일은 아마 없겠지.

"냠냠. 참 맛있구나~♬"

떡 때문에 흥겨워진 그녀를 보며 역시 무언가 얻으면 무언가를 잃는 거란 생각이 들었다. 천사 중 정점인 가공할 무력을 얻은 대신 정신 연령을 잃어버린 거겠지.

"쿠니엘. 오늘 일은 마음에 새겨두겠어."

미카엘라가 삐친 얼굴로 고개를 돌리자 쿠니엘이 킥킥거렸다.

"태양이는… 풍만한 가슴만큼 마음이 넓으면… 좋을 텐데…."

아무튼 메타트론과 데이트를 해주는 조건으로 쿠니엘은 경호를 승락했다. 당사자인 메타트론은 눈앞의 떡에 정신이 팔려 데이트 같은 건 아무래도 좋다는 태도였지만.

나흘 뒤. 쿠니엘과 나는 약속 장소로 출발했다. 반 카르페 파벌의 군주급 몬스터들을 만나기로 한 장소는 남산1호 터널이다. 남산 아래로 관통하는 이 터널은 몬스터 사태 이후 폐쇄된지 오래됐다. 즈굴에게 듣자니 몬스터들도 이용하지 않는 장소라고 했다.

"여기 특별히 오지 않는 이유라도 있는 거야?"

터널로 향하며 즈굴에게 물었다. 서울을 온통 헤집고 다니며 싸움질에 바쁜 몬스터들이 꺼리는 장소가 있다니 놀라웠다. 하이에나 시절에 이 정보를 알았다면 유용하게 써먹었을지도 모르겠다.

"그게 좀 미묘하단 말이지…."

미묘해? 호와 불호가 매사 확실한 몬스터치고 이상한 표현인데. 특히 즈굴 정도 되는 강자는 항상 태도가 확실하다. 저런 모습이 꽤 이채롭다고까지 할까.

"음? 미묘하고?"

"그래. 굳이 설명하자면 부정한 것이 뭉쳐있는 장소랄까?"

"귀신이라도 나온다는 말이야? 갈수록 황당한데."

"우리들 사이에 소문이 그렇다니까. 저 터널은 과거 전쟁에서 위대한 자가 쓰러져 죽은 이후 저주 받았다고 하지. 온갖 안 좋은 기운이 뭉친 장소로 변했다는 거야."

요컨대, 인간이 '몬스터 사태'라고 부르던 전쟁 때, 저쪽에서 유명한 몬스터 장군 하나가 죽은 곳이라고 한다. 그 뒤로 이상한 기운이 감돌아 몬스터들이 출입을 삼가 한다고.

"귀신 씨나락 까먹는 소리하고 앉아있네."

어이가 없어서 콧방귀를 끼자 나름 이유가 있다고 즈굴은 강변했다.

"실제로 이 주위를 기웃거리던 몬스터들이 실종된 사례가 많다. 조사를 위해 파견한 놈들도 사라지자 터널은 폐쇄됐지."

"그런가. 굳이 약속 장소를 잡아도 그런 곳을. 쯧."

"대신 보안은 확실하니까."

확실히 시선을 피해 작당모의하긴 좋은 장소였다. 즈굴의 안내를 받아 남산1호 터널 앞에 도착해보니 앞이 무너진 돌무더기와 토사로 완전히 막혀있었다.

"어디로 들어가라는 거야?"

"따라오라고."

즈굴은 입구를 냅두고 폐건물 더미가 있는 곳을 우회했다. 그리고는 커다란 바위들이 쌓여있는 곳으로 날 데리고 왔다.

"여기가 입구다."

"음?"

눈앞에 커다란 바위만 있을 뿐이라 무슨 소리냐는 듯 눈을 치켜떴다. 그러자 즈굴은 검지 손가락을 까딱까딱하더니 앞에다 대고 뭐라고 외쳤다. 설마 마법으로 가려진 길인가? 마력이 감지되진 않는데?

쿠르르릉.

그때 갑자기 집채만한 바위가 움직이기 시작했다.

"뭐, 뭐야?"

당황해서 물러나자니 눈앞에 흙먼지가 마치 커튼을 친 것처럼 우르르 흘러내렸다. 손바닥을 흔들며 앞을 본 나는 그제야 그 바위 덩어리가 몬스터라는 걸 알아챘다.

"바위형 몬스터인가! 이런 건 처음 보는데."

판타지에 나오는 골렘 같은 몬스터였다. 이쪽에선 소문만 들어본 희귀종이다. 설마 길을 막는 용도로 쓰고 있었다니.

"우리들도 다 속을 정도라고. 하하하."

바위 몬스터가 비켜서자 안으로 시커먼 동굴이 나타났다. 터널로 이어지는 길이라고 했다. 일종의 비밀통로군.

"즈굴, 앞장 서."

혹시 모르니까 즈굴을 방패 삼아야지. 덩치가 큰 놈이라 고기 방

패로 딱이다. 내 이런 속셈을 신경 쓰지 않는다는 듯 즈굴은 성큼성
큼 안으로 들어갔다. 내부의 공기는 탁했는데 단순히 환기가 잘 안
되서 그런 것 같지는 않았다. 음습한 기운이 점점 짙어지는 게 몬스
터들이 부정한 것이 뭉쳐있는 장소라 칭하는 것도 이해가 갔다. 뭔
가 신경을 긁는 듯한 느낌이랄까. 어디선가 똑똑 떨어지는 물방울
소리도 불쾌함을 더했다.

"다 왔다."

동굴은 폐쇄된 남산1호 터널로 연결되어 있었다. 터널 안으로
들어가자 버려진 차가 무척 많았다. 멀쩡한 건 거의 없고 거대한 전
투에 휘말려 엉망으로 터져나가 있었다. 주위에는 몬스터나 인간
의 해골도 흔하게 보였다.

"치열한 전투가 벌어진지 오래된 곳이군. 그래도 드문드문 누가
오간 흔적이 보이는데…."

"그런가? 이 몸은 잘 모르겠군."

내가 말한 흔적은 정말 사소한 것들이었다. 즈굴 같은 강자는 신
경도 안 쓸, 하이에나 시절 내가 갈고 닦은 감각이랄까. 하이에나란
존재는 워낙 약체라서 작은 흔적도 무시할 수 없기 때문이다. 그 작
은 흔적을 찾고, 못 찾고에 따라서 생사가 갈리니까.

"졸려……."

반면 쿠니엘은 아무래도 상관없는 모양이다.

"즈굴, 여기 이 터널 말이야. 의외로 거주자가 있는지도 모르겠어."

"그런가? 뭐 그 소문의 부정한 것들이 진짜 있는 건가?"

즈굴은 불길하다는 듯 혀를 찼지만 내 생각은 달랐다. 부정한 것

이라는 뭔가 막연한 존재가 아니라 좀 더 실체가 있는 거겠지. 뭐 오늘 회담을 방해하지만 않는다면 상관없지만.

"저기 있군."

즈굴이 터널 안쪽을 가리켰다. 보니까 몇몇 군주급 몬스터와 여러 고위 몬스터들이 어둠 속에서 흉흉하게 안광을 빛내고 있었다. 솔직히 굉장히 무서운 광경이었다. 야밤의 사바나를 걷다가 한 무리의 사자 떼를 만나도 느낌과 비슷하달까. 어둠 속에서 희미하게 보이는 그들의 실루엣은 참으로 기괴하고 무서웠으며 얼음처럼 서늘한 안광은 악의만 가득했다.

"두려운가?"

문뜩 즈굴이 그렇게 묻는다. 그 말에 나는 고개를 저었다.

"두려워할 필요는 없겠지. 내 위치는 높고 저들에게 그럴듯한 제안을 하러 온 거니까."

즈굴은 정답이라는 듯 고개를 끄덕이면서 한 가지를 생각해 보라고 했다.

"저들 입장에선 대장이 두려울 거다."

"그래?"

"그 유명한 메타트론의 화신이잖아. 게다가 쿠니엘에 이 즈굴님까지 있으시단 말씀. 분명히 부담스러운 상대겠지."

듣고 보니 또 그렇군. 한껏 흉흉한 기세를 드러내고 있지만, 저쪽도 저쪽 나름대로 날 부담스러워 하고 있다는 거다. 즈굴의 말을 듣고 나니 자신감이 생겼다.

"그런가."

"일단은 이 몸에게 맡겨둬. 협상력하면 이 즈굴님이시니까."

내가 아는 즈굴이라면 협상보다 상대의 뚝배기를 깨는 걸 더 좋아하는 거 같은데. 조금 불안했지만 몬스터의 상대는 몬스터에게 맡기는 현명하긴 하다. 나는 알겠다고 고개를 끄덕였다.

"반가워! 형제들! 모두 와주었군! 크하하하!"

즈굴은 흉흉한 분위기도 아랑곳 하지 않고 넉살 좋게 박수를 치며 그들에게 다가갔다.

"오늘 약속 장소가 기가 막히네! 우리 같은 패배자들이 시궁쥐처럼 모여들기 좋은 장소지. 이런 우울함만큼 낙오자들에게 어울리는 건 없지."

반역이 실패한 후 세력이 축소된 반 카르페 파벌을 조롱하는 즈굴의 말에 여기저기서 발끈하기 시작했다.

"내키는 대로 편을 바꾸는 교활한 놈! 감히 주둥이에서 나오는 대로 지껄여!"

"이제는 인간에게 굽신거리는 주제에!"

그래도 알아먹을 수 있는 말은 괜찮았다.

"#$%$^##^!#!@."

"&*^$%^%^#%#@#!"

대체 무슨 소린지 모르겠는 게 태반이었다.

"저놈들 뭐라는 거냐?"

"우리 둘의 머리를 떼서 상대방 몸에 바꿔 붙여주겠다는데? 크하하하! 아주 창의적이야."

"창의적은 지랄. 두 번 창의적이면 머리통이 남아나질 않을 거

같구먼."

잡담을 하며 다가가니 여기가 지옥도인가 싶다. 말 그대로 지옥에서 튀어나온 것 같은 끔찍한 몰골의 몬스터들이 악취를 풍기며 몰려있었다. 서늘한 터널 안이 여기만 놈들의 체온으로 이글이글 끓어 올랐다. 많은 몬스터들이 나를 쏘아보고 있었는데, 보통이라면 오줌을 지릴 듯한 그 눈빛도 내겐 아무 것도 아니었다.

"즈굴. 시작해."

내 말에 즈굴이 몬스터들과 협상을 개시했다. 여기 메타트론의 화신이 왔으니 동맹 관계를 약속대로 구축함에 문제없다는 얘기였다. 하지만 점점 여기저기서 고성이 터지는 게 협상 과정이 쉽지 않은 듯했다.

"인간과 천사들은 도대체 믿을 수가 없어!"

"옳다! 그들은 작고 비열하다. 쥐새끼와 같지!"

정말 못 들어주겠군. 주제 파악 못하는 건 인간이나 몬스터나 똑같군.

"하하하."

참지 못하고 실소하자 몬스터들의 시선이 내게로 쏠린다.

"지금 우리를 비웃은 건가? 메타트론의 화신."

군주급 몬스터 하나가 이를 갈며 위협적으로 묻기에 고개를 끄덕였다.

"그렇다. 기회도 잡을 줄 모르는 멍청함에 웃음이 나올 수밖에."

"시끄럽다! 이미 한 번 네놈들과 손을 잡았다 실패했어! 같은 실수를 반복할 순 없다! 크르르르! 너희는 자격이 없어!"

이전의 실패는 가브리엘의 지원을 받아 반역했던 걸 말하는 모양이다.

"인간의 말 중에 승패는 병가의 상사란 말이 있다. 그런데 네놈은 한 번 진 거 가지고 마치 어린애처럼 투덜거리는구나."

"뭐라!"

"가브리엘이 지원하고 부추긴 건 사실이지만 싸움에 패한 건 네놈들 때문이다. 카르페는커녕 삼건장조차 못 당하는 찌그래기들이 입만 살아서 나불거려! 어!"

내가 고성을 치며 앞으로 한 발자국 나아가자 다들 움찔하며 물러난다. 나는 그걸로 그치지 않고 즈굴을 가리켰다.

"나는 네놈들이 결코 쓰러뜨리지 못했던 즈굴을 친구로 만들었다. 이렇게 수완에 차이가 나는데 감히 자격을 운운해!"

화를 쏟아내자 감히 내게 말대꾸하는 놈이 없었다. 내친 김에 기선제압을 할 겸 계속 몰아붙였다.

"쓸모없는 네놈들을 설명하는 데는 긴 문장도 필요없다. 그저 짧은 단어 몇 개면 충분하지. 아둔함! 겁쟁이! 허세! 무능력! 어디 변명해 보라! 이 단어 중 패배자인 네놈들과 어울리지 않는 게 있는지!"

다들 크게 자존심 상한 얼굴이 됐다. 그러자 즈굴이 끼어들어 중재에 나섰다.

"하하하하, 그쯤하면 다 알아들었을 거야. 이제 건설적인 얘기를 나눠보자고."

즈굴은 다시 협상을 하려 했으나 쉽지 않았다. 이거 꽤 걸리겠는데. 마라톤 협상이 될 것 같다는 생각이 들어 근처에 풀썩 주저앉았다. 모인 몬스터들은 생긴 건 제각각이었지만 성향은 다 비슷비슷해 보였다. 하지만 자세히 관찰하자 유독 하나는 좀 다르다는 생각이 들었다. 시커먼 로브를 깊숙이 눌러쓴, 마치 어둠의 마법사 같은 모습이었는데 다른 자들과 분위기가 꽤 달랐다. 강한 기세가 느껴지지 않았지만 뭔가 비범해 보였다.

"흐음…."

아무래도 나중에 즈굴에게 저자가 누군지 물어봐야겠는걸. 그렇게 생각하고 있는데 갑자기 뭔가 다가오는 발자국 소리가 느껴졌다. 나뿐 아니라 여기 모인 이들이 모두 그런 듯 앞뒤를 쏘아보고 있었다. 어두운 터널은 길고 길어 저 끝에 뭐가 있는지 보이지도 않는다. 하지만 많은 무리가 이쪽을 향해 다가오는 게 느껴졌다.

"어떻게 된 거지? 추가로 오기로 한 자들이 있나?"

즈굴의 물음에 다들 부인했다. 여기 모인 게 전부라고 했다. 그렇다면 답은 하나다.

"이런… 카르페가 눈치챘었나 보군."

나는 즉각 <감시의 눈길>을 뿌렸다. 소형 드론을 흩뿌려 주변을 살펴보는 것과 같은 유용한 스킬이다.

"즈굴, 앞뒤로 완전히 포위됐다. 수가 많아."

오늘 이 회담에 모인 이들은 나름대로 한 가닥 하는 자들만 왔지만, 상대는 숫자가 훨씬 많았다. 게다가 앞뒤가 막히면 도망갈 곳도 없는 터널. 불리하기 짝이 없는 싸움이다.

"난처하군."

"그나저나 입구는 감춰져 있었잖아? 카르페의 부하들이 어떻게 들어온 거지?"

내 물음에 즈굴은 휘파람을 불며 모인 인물들을 훑어보았다.

"배신자가 있는 거지. 혼자 살겠다고 동료를 팔아넘긴 놈이 있었구먼."

당장 그 배신자가 누군지 알 도리가 없다. 위기 상황이라 알아볼 여력도 없었다. 터널 앞뒤에서 몬스터들의 포효하더니 우르르 몰려오기 시작했다. 앞뒤에서 고성이 끝없이 터지는 게 거대한 벽이 밀고 들어오는 듯한 압박감이 들었다. 이대로 있다가는 그대로 뭉개질 것만 같다.

"어떻게 좀 해봐!"

"왜 나한테 명령질이야!"

"모두 닥치라고!"

포위되자 다들 크게 당황해서는 서로에게 소리를 질러댔다.

"좋지 않은 상황인데…. 쯧."

합심해도 이 난국을 돌파하기 힘든데 저리 중구난방이어서야. 절로 혀가 차졌다. 처음부터 글러먹은 연합이었는지 모른다. 카르페에게 밀려난 비주류, 거기에 인간과 헌터의 동맹이라니. 오월동주의 가능성이야 있었지만 아무래도 기름과 물처럼 섞이기 어려웠던 건가.

"크게 기대는 안 했지만 말이야. 즈굴, 우리끼리라도 돌파할 방법을 찾자고."

"물론이다. 오늘 이 손에 피 좀 흠뻑 묻히겠군."

"쿠니엘, 부탁할게."

"걱정 마… 낫을 잘 갈고 왔으니까…."

그런데 포위망이 너무 두터워 돌파하기 쉽지 않아 보였다. 하필 터널에 들어오는 바람에 제대로 갇힌 탓이다. 즈굴, 쿠니엘 같이 대단한 경호원이 있는 나도 난처한 상황이니 다른 놈들은 말할 필요도 없다. 전투를 준비하기는커녕 놀란 오리 새끼들마냥 우왕좌왕하고 있었다.

"쓸모없군. 그래도 한 무리의 몬스터들을 이끄는 놈들이라고 들었는데."

체념한 듯한 내 말에 누가 입을 열어 대답했다.

"그래, 정말 쓸모없는 것들이지."

귀에 거슬리는 탁한 그 목소리는 즈굴의 것이 아니었다. 의외의 인물이 말을 받아서 쳐다보니 아까 비범해 보인다고 느꼈던 자였다. 바로 검은 로브를 입은 마법사 같은 자였다. 깊게 두건을 눌러써 얼굴은 잘 안 보이지만, 파충류 같은 긴 주둥이만 봐도 몬스터임을 잘 알 수 있었다.

"그러는 너는 뭔가 해결책이 있는 건가?"

"물론이지. 본인은 여기 있는 허접한 놈들과 꽤 다르거든."

음, 그리고 보니 이 녀석. 뭔가 낯이 익은데. 언젠가 한 번 본 거같단 말이지. 하지만 아무리 기억을 뒤져 보아도 이런 파충류 마법사 같은 놈은 만난 적이 없다.

"지금 그 해결책을 보여주지!"

그는 들고 있던 지팡이로 근처의 벽을 몇 번 두들기더니, 이윽고 땅바닥을 쿵쿵 찍기 시작했다. 그러자 놀랍게도 벽면에 금이 가기 시작하더니 와르르 무너졌다.

"뭐야? 비밀통로잖아?"

생각지도 못한 통로의 등장에 아연실색하고 있을 때, 그 마법사가 외쳤다.

"살고 싶으면 이리 들어오라고! 다들!"

저 안에는 뭐가 있을지 의심스러웠지만 거절할 이유가 없었다. 다들 우왕좌왕하던 중에 활로를 만나자 얼씨구나하고 뛰어들었다.

"대장, 우리도 가야한다!"

즈굴의 재촉에 별로 내키지 않았지만 고개를 끄덕였다. 어쩔 수 없이 몰려가는 몬스터들과 어깨를 부딪치며 안으로 들어갔다. 우리 뒤쪽에서는 카르페의 부하들이 당황한 듯 고성을 내지르고 있었다. 하지만 이쪽이 더 빨랐다. 추격자들이 닿기 전에 통로의 입구가 우르르 무너지며 닫혀버린 것이다.

"훌륭한 마법이로군."

순수하게 감탄하자 마법사가 만족스러운 목소리로 고개를 끄덕였다.

"파내려면 시간이 걸릴 거야. 앞장 설 테니까 따르도록."

그가 앞서나가자 다들 군말하지 않고 따라붙었다. 지하의 통로는 생각보다 복잡한 모습이었다. 여러 갈래의 길이 나타났고, 올라가기도 했고, 내려가기도 했다. 결국 금방 어디가 어딘지 알 수 없어졌다. 설마 땅 속에 이런 개미굴 같은 곳이 있었다니. 다른 몬스터들도 놀라고 당황한 기색이었다.

"대체 여기는 어디지? 우리를 어디로 데려가는 거야!"

곧 참을성 없는 군주급 몬스터 하나가 목소리를 높였다. 그러거나 말거나 마법사는 유들유들한 태도다.

"곧 알 수 있다. 자꾸 불평을 하면 버리고 갈 테니 맘대로 하라고."

다들 불만이 있는 듯했지만 여기가 대체 어딘지 알 수 없었기에 어쩌지 못할 따름이었다. 안으로 깊게 들어갈수록 목적지가 가깝다는 느낌이 들었다. 사이한 기운이 목덜미를 자극하고, 역겨운 냄새의 연기가 바닥에 짙게 깔리고 있었다. 안에 정말 마주하기 싫은 뭔가가 있는 것 같았다. 늘 떠들썩한 즈굴 역시 차분한 얼굴로 앞을 노려보고 있었다. 그렇다고 이제 와서 돌아갈 수도 없으니 그저 나아갈 수밖에.

"모두 들어오라고. 안전지대에 도착했으니까."

지하에는 거대한 공동이 있었다. 마법사는 먼저 의기양양하게 걸어 들어갔다. 하지만 우리는 모두 식겁한 기분이 됐다.

"뭐지? 여기는?"

"실로 끔찍한 장소로군."

"무덤인가?"

"부정한 것들이 모인다는 소문이 진짜였어."

다들 주위를 둘러보며 한 마디씩 했다. 그도 그럴게, 공동 안에는 무수히 많은 뼈가 쌓여있기 때문이었다. 뼈를 처리하는, 뼈의 쓰레기장이랄까. 온갖 크기의 몬스터부터 인간과 천사들까지, 강북에서 죽은 자들은 모조리 모아놓은 것만 같았다. 그 뼈무더기 가운데는 거대한 권좌가 있었다. 뼈를 이용해 만든 제법 장엄한 물건이었다. 마법사는 그 권좌에 올라서는 우리를 돌아보았다.

"이곳은 과거 전쟁에서 죽은 자들의 뼈가 모인 곳이지."

마법사의 설명에 누군가 신음성을 터뜨렸다.

"크르르… 설마 부정한 것들이 모이는 곳이 진짜였나."

"맞다!"

마법사는 그 혼잣말에 대답했다. 그리고 음산한 웃음을 흘렸다.

"크흐흐. 이곳에 온 이상 네놈들도 우리와 하나가 되는 거다."

불길하기 짝이 없는 말이었기에 곧장 반발이 터졌다.

"닥쳐라!"

"이런 곳에 데려왔다고 네놈 혼자 어쩌겠는가!"

"조잡한 함정이로군!"

이쪽은 여럿이었지만 목소리에 불안감이 묻어나고 있었다. 반면 저쪽은 혼자임에도 실로 여유만만하다.

"크흐흐… 원망하지 말도록. 네놈들을 좀 더 쓸모있게 만들어주려는 것이니."

그 말과 함께 마법사는 권좌에 앉아 지팡이를 내리쳤다. 그러자 우리는 그가 혼자가 아니라는 사실을 알게 되었다. 주변에 쌓인 뼈무더기 사이사이에서 불길한 그림자들이 하나둘 모습을 드러냈기 때문이었다.

"크르르르!"

스산한 소리를 내는 그것들은 죽은 자들이었다. 언데드화된 몬스터들로, 드물긴 하지만 나도 일전에 마주친 적이 있었다. 분명 죽음에서 돌아온 자라고 스스로를 칭했었지.

"수가 엄청난데."

드넓은 이 공동 안 모든 곳에 그들이 있었다. 어둠 속에서 언데드들의 시리도록 푸른 눈동자가 별처럼 가득했다. 그들은 산 자에 대한 증오를 가득 품고 우리를 노려보고 있었다.

"이거 참… 아까 거기서 정면 돌파하는 게 훨씬 나을 뻔했어."

"동감이다. 대장."

즈굴도 난처한 목소리였다. 땅밑 깊은 곳에서 수많은 언데드에게 둘러싸이는 건 결코 좋은 상황이 아니었다.

"이봐, 말로 풀자고. 원하는 게 뭐야?"

일단 시간이라도 끌자 싶어 앞으로 나섰다. 하지만 상대는 단호했다.

"말로 풀자고? 크흐흐. 그럴 필요 없지. 원하는 건 손짓 한 번으로도 얻을 수 있는데!"

그는 그대로 손을 앞으로 내밀었다. 그러자 수많은 언데드들이 일제히 우리에게 달려들기 시작했다.

"키에에에에에ㅡ!"

저 많은 숫자가 일제히 괴성을 지르자 듣는 입장에선 정신이 나가버릴 것만 같았다. 특히 지하라서 그런지 소리가 울리기까지 하니 정신이 하나도 없어 시작도 하기 전에 쓰러질 것만 같았다. 게다가 더 큰 문제는 전후사방 어디에서든 언데드 몬스터들이 튀어나오고 있단 점이었다.

"쿠아아아!"

한 덩치 큰 고위 몬스터가 발밑에서 튀어나온 언데드들의 손에 붙잡혀 벌목된 나무처럼 쓰러졌다. 그러자 주변에 있던 언데드 몬스터들이 개떼처럼 달려들어 놈을 찢어발겼다.

"지옥이야! 이건!"

어찌 뭘 해볼 틈도 없었다. 공동의 천장에서도 언데드들이 비처럼 쏟아져 내려 희생자들을 덮쳤다. 강대한 힘을 가진 군주급 몬스터라고 해도 뾰족한 대책이 없었다. 일거에 수십을 쓸어버려도 그 다음에는 수백이 달려든다.

"즈굴! 쿠니엘! 이쪽으로 붙어!"

다행이 내겐 이럴 때 특효약일 것 같은 스킬이 있다. 언데드 몬스터와 전투 경험이 거의 없어 검증은 안 됐지만.

"무슨 수라도 있나!"

"내 뒤를 지켜!"

즈굴이 후방을 맡자마자 나는 태양신격의 방패를 앞으로 내밀고 태양광 폭사를 사용했다.

번쩍!

순간 일대가 어두운 방에서 형광등을 킨 것처럼 밝아졌다. 그리고 앞에 있는 언데드 몬스터 백여 마리가 타올랐다. 잠깐이지만 앞으로 길이 뚫린 것이다. 하지만 나는 그럼에도 한 발자국도 앞으로 나서지 못했다.

"빌어먹을…."

잠깐 어둠이 걷힌 사이에 진실을 보고만 것이다. 이 지하의 공동은 내 생각보다 훨씬 크고, 훨씬 언데드 몬스터들이 많았다. 지금껏 아등바등 싸운 게 그들의 일부란 사실에 맥이 탁 풀리고 말았다. 거기에 악재가 겹쳤다.

콰아아앙! 쾅! 콰앙!

여기저기 설치돼 있던 함정이 연달아 폭발하기 시작한 것이다. 그야말로 설상가상이었다. 옥좌에서 우리를 지켜보던 마법사는 크게 웃어재꼈다.

"제법 버티고 있다만 이제 끝이다!"

그가 새로 신호를 하자 뼈 무더니 곳곳이 폭발하듯 터져나가기 시작했다. 그리고 뼈 속에서 지금껏 나타난 녀석들과 차원이 다른 거대한 몬스터들이 출현했다.

"이 녀석들은 생전에 군주급 몬스터였던 놈들이다! 자! 당해낼 수 있겠나!"

여태 버틴 것 우리 쪽에 군주급 몬스터가 여럿이기 때문이다. 하지만 상대가 동급의 카드를 꺼낸 이상 이 장점은 사라졌다. 아닌 게 아니라 여기저기서 애처로운 비명이 터지며 아군이 언데드의 홍수 속으로 사라지기 시작했다. 내가 아직도 버티는 건 오로지 즈굴과 쿠니엘의 막강함 덕분이었다.

"대장! 수가 있으면 아끼지 말라고! 오래는 못 버티니까!"

"상황이⋯ 좋지 않아⋯."

아무래도 나 역시 화신화할 수밖에 없을 것 같았다. 어느새 멀쩡히 두 다리로 서있는 건 오로지 즈굴과 쿠니엘, 그리고 나 이렇게 셋 밖에 없는 상황이 됐다. 마법사는 무척 흡족한 듯 파안대소했다.

"즈굴, 쿠니엘. 이번에 몰려오면 힘을 폭발시켜서 탈출한다!"

"좋아. 거기에 모두 걸어보지!"

"알았어⋯."

한 번에 모든 걸 쏟아내기로 했다. 하지만 그런 일은 일어나지 않았다. 우리만 남게 되자 어째서인지 마법사가 언데드 몬스터를 모두 물러나게 하고 권좌에 털썩 주저앉는 것이었다. 뭐야? 어떻게 된 거지?

"크흠?"

즈굴도 모르겠다는 표정이다. 우리는 경계를 풀지 않았지만 언데드 몬스터들은 슬금슬금 뒤로 물러나 거리를 뒀다. 누가 봐도 당장은 공격할 의사가 없어 보인다.

"대체 이게 무슨 짓이지?"

오늘 모임에 참가했던 많은 몬스터들이 모조리 죽어나자빠져 있었다. 우리만이 이 공동 안에서 유일하게 살아 숨 쉬는 생명체였다. 실로 기묘한 상황이다.

"쓸모없는 것들을 정리했을 뿐이다."

능글능글한 상대의 태도가 혼란스러웠다. 행동을 보니 동맹을 망가뜨리려는 적인 거 같은데 우리는 왜 살려둔단 말인가? 아무래도 뭔가 원하는 바가 있는 것 같다. 그렇다면 살아날 길 역시 있을지도 모른다.

"대체 원하는 게 뭐지?"

"재촉하지 않아도 말하겠다. 하지만 그전에 처리할 일이 있다."

마법사는 자리에서 일어나더니 갑자기 강대한 힘을 일으켰다. 그러자 불길한 녹색의 에너지 기둥이 치솟으며 이 지하 일대를 지진이 일어난 것마냥 흔들어댔다.

"키에에에에—!"

갑자기 귀를 울리는 귀곡성이 터지기에 보니 어디선가 나타난 수많은 혼령들이 그 녹색 원기둥에 빨려 들어가고 있었다. 분명히 방금 죽은 자들의 영혼이었다.

"즈굴, 저게 뭘 하려는 거지?"

"방금 죽은 놈들을 모조리 언데드로 되살리려는 것 같다."

정말 대단한 능력이군. 군주급 몬스터들까지 여럿이었는데 가능한 건가 미심쩍게 보고 있자, 정말 오늘 참변을 당한 자들이 하나둘 죽음에서 일어나기 시작했다.

"크아아!"

"구르르릉!"

저마다 괴상한 소리를 흘리며 몸을 일으켰는데 잘린 팔다리를 스스로 적당히 붙이고 있었다.

"좋지 않은데. 우리가 탈출하기엔."

"동감이다. 대장."

가뜩이나 수많은 언데드에게 둘러싸인 상황이다. 그런데 이제는 숫자가 늘어났다. 새롭게 탄생한 언데드들은 눈에서 흉흉한 안광을 흘리며 우리를 향해 죽일 듯한 시선을 보내고 있었다.

"즈굴, 혹시 돈 꾸고 안 갚은 거 있어? 시선이 장난 아닌데."

"대장, 원래 언데드는 산 자를 증오한다. 그들에게 없는 생기를 영원히 부러워하고 저주한다고."

"그래서? 결국 자기들처럼 동태 눈깔에 반쯤 썩어가는 처지가 되기 전엔 용서해 주지 않는다는 거야?"

"아주 정확한 이해다!"

돌아가는 상황을 보니 이런 시시껄렁한 농담을 할 시간도 얼마 남지 않은 것 같다. 극도로 궁지에 몰린 우리는 저 마법사 놈의 변덕에 따라 운명이 갈릴 처지였다.

"본인이 왜 이들을 언데드로 만들었다고 여기는가? 메타트론의 화신."

"글쎄?"

"좀 생각해 보라고. 본인은 무성의한 대답은 좋아하지 않으니까."

저 정도 권고도 옆에 수많은 언데드를 깔고 하니 다시없을 협박이구먼. 열심히 생각해 보는 수밖에.

"음… 말을 잘 듣게 하려고?"

"하하하. 단순하지만 정확한 대답이군."

그냥 생각나는 대로 얘기했는데 딱 맞은 건가.

"메타트론의 화신. 여기 이놈들의 면면을 보라."

마법사는 언데드로 변해 버린 오늘 모임의 참석자들을 가리켰다. 그리고 무슨 생각이 드냐고 물어왔다.

"자꾸 어려운 질문을 하네. 으음… 다양한 이해관계?"

"그렇다. 그대는 간단하면서도 상당히 본인의 마음에 드는 대답을 내놓는 재주가 있군."

"설명 좀 해보시지."

"좋다. 여기 이 죽은 군주급 몬스터는 칼타스라고 한다. 그리고 이쪽에 있는 건 오룩이지."

전혀 모르는 자들이다. 군주급이니 나름 자기들 세계에서 유명할지도 모르겠다. 그래서 어쩌라는 것이냐고 눈으로 물으니 그가 설명했다.

"오늘 이 둘은 어쩔 수 없이 한 자리에 모이긴 했지만 불구대천의 원수다. 서로 계보가 다르지. 칼타스는 죽은 대군주 르카의 라인이다. 르카의 사망 이후 실각한 처지지. 반면 여기 오룩은 현 강북의 패자인 카르페의 라인이다."

"카르페의 라인이 왜 이런 곳에?"

"큰 실수를 저질러 주인 눈 밖에 난 거지. 하지만 본인이 그렇게 되기 전에는 권력을 잃은 르카의 라인을 무척 비웃던 자다. 자기가 그럴 처지가 될 줄 몰랐겠지만."

아하. 대강 어떤 사정인지 알겠다. 카르페의 라인인 오룩은 평소에 르카가 죽고 끈 떨어진 연 신세가 된 칼타스를 무척 비웃었던 모양이다. 그런데 인생이란 게 알 수 없어서 본인도 같은 처지로 전락했던 것. 이대로는 안 되겠다 싶어 어쩔 수 없이 오늘 모임에 나오긴 했는데 둘의 갈등은 심각한 균열로 이어질 여지가 있었던 거다.

"즉, 이 동맹이 처음부터 글러먹었다는 걸 말하고 싶은 건가?"

"정확하다!"

"그러니까 너… 동맹이 잘 안 될 거 같으니까 다 죽여서 꼭두각시로 만들려고 했던 거냐?"

이런 무서운 놈이 있나. 순간 소름이 돋았다.

"크흐흐. 맞다. 애초에 이 동맹은 허황된 얘기였다. 잡음 끝에 성립된다고 해도 오래 가지 못하지. 겨우 그 정도의 결속력으로는 강북의 패자인 카르페에게 어떤 위협도 되지 못한다. 그래서 오늘 함정에 모두를 빠뜨려 죽인 것이다."

"세상에…."

"물론 카르페의 부하 놈들도 날 도와주긴 했지만."

"뭐!"

그제야 일이 어떻게 돌아간 건지 한 번에 파악됐다. 나는 손끝을 파르르 떨며 놈을 가리켰다.

"오늘 모임을 카르페에게 알린 놈이 네놈이구나! 배신자가 너였어! 처음부터 우리를 함정에 끌고 들어올 작정이었던 거지!"

세상에! 모두를 자연스럽게 속이기 위해서 적을 이용하다니. 보통 대담한 놈이 아니다.

"크하하하하! 그대는 정말 대화할 맛이 나는 존재로군. 메타트론의 화신. 실로 영민한 추리력을 가지고 있구나. 맞다. 이 몸은 얼마전 카르페에게 은밀히 연락을 했다. 이런 작당모의가 있을 것이다. 하지만 나는 강북의 패자와 싸우고 싶지 않다. 정보를 넘길 테니 사면해 달라는 식이었다. 멍청한 카르페 놈은 그걸 덥석 물었고."

"허…."

헛웃음이 절로 나왔다. 이런 교활하기 짝이 없는 놈 같으니라고. 그리고 보니 미카엘라의 예측이 반쯤 맞은 거구나. 그녀는 동맹을 원해 모여든 무리 속에 카르페의 첩자가 있을지도 모른다고 경계하라 했지. 그런데 자발적인 배신행위가 있었던 거다.

"메타트론의 화신. 그렇게 벌레 보듯 날 볼 필요는 없다. 오늘 일에 대해 대단히 감사하게 될 테니까."

"뭐라고?"

"불협화음을 일으키던 이들은 이제 한 몸처럼 한 목소리를 내게 될 테니까. 방금 언급한 칼타스와 오룩 같은 경우도 물과 물고기처럼 협력하게 될 것이다. 왜냐? 본인이 그리 명할 생각이니까."

"오늘 동맹을 위해 사령술은 썼다 그건가?"

"그렇다. 이제 저들은 자신들의 근거지로 돌아가 부하들을 내 뜻대로 움직이겠지."

거기까진 잘 알아들었는데 문제가 있었다. 누가 봐도 언데드로 변한 자기 주군을 어느 몬스터들이 따르겠나? 눈에서 흉흉한 안광을 뿜어내고 시체 냄새를 풍기는 게 어지간한 옹이눈이라도 모를 리가 없다. 이점을 지적하자 마법사는 아무 문제도 없다고 했다.

"언데드의 기운과 모습을 감춰 생전처럼 위장하는 것도 충분히 가능하다."

"뭐라?"

설마 그런 수가 있었다니. 그렇다면 혹시 내가 만났던 인물 중에 사실 언데드였는데 알아보지 못한 경우도 있는 걸까?

"그게 가능해?"

"가능하다. 본인 역시 언데드이다. 그런데 그대는 간파하지 못하고 있지. 아닌가?"

"허…."

뭐야? 저놈, 분위기가 음침하긴 했어도 설마 언데드인 줄은 생각도 못했다. 죽은 자는 특유의 분위기가 있어 처음 보는 자도 바로 알아볼 수 있다. 그런데 전혀 예측하지 못했다.

"선뜻 믿는 눈치가 아니로군?"

"네놈이라면 믿겠나?"

"하하핫! 좋다. 그러면 바로 본인의 정체를 드러내지."

높은 권좌에서 일어난 마법사는 아래로 내려온다. 그리고는 로브를 벗고 지팡이를 내던진다.

콰직!

뭔가 뼈가 부러지는 듯한 소리가 나더니 마법사의 몸은 살점이 터져나가며 갑자기 크게 부풀어 올랐다. 그러더니 엄청나게 덩치가 커지기 시작했다.

콰지직! 콰직!

뼈가 갑자기 기둥처럼 자라 몸을 이뤘다. 그는 살점이라고는 없이 뼈로 된 몬스터였다. 질긴 살가죽은 일부 남아있었지만, 불에 탄 듯 시커멓게 그을려 있었다. 그리고 몸의 반절은 불길이 살아있는 것처럼 일렁였다.

"세상에, 이럴 수가…."

하지만 내가 진정으로 놀란 건 그의 흉악한 모습 그 자체가 아니었다.

"왜 그러나? 대장?"

내가 눈에 띄게 동요했던 건지 즈굴이 괜찮냐고 물어왔다.

"아는 놈이다."

"뭐라? 저 거대한 뼈다귀 몬스터를 알고 있다고?"

끄덕.

고개를 주억거린 내 입에선 신음에 가까운 목소리가 흘러나왔다. 설마 여기서 다시 보게 될 줄이야.

"칼두두…."

과거 난지도 하늘공원에서 만났던 뼈다귀 군주급 몬스터다. 거기서 한 차례 나와 부딪친 그는 언젠가 다시 만날 것이라고 하고 사라졌다. 나는 그때 칼두두가 스스로를 칭했던 말이 잊혀지지 않았다.

"죽음에서 돌아온 자."

내 중얼거림에 정체를 드러낸 칼두두가 크게 웃어댔다.

"크르르르! 기억하고 있군!"

크게 벌린 그의 거대한 주둥이에서 수많은 구더기가 쏟아져 내렸다. 여전히 불쾌하기 짝이 없는 놈이었다.

"설마 남산1호 터널의 부정한 것들에 관한 소문이 네놈이었나!"

언데드라면 부정한 것이라고 불리기 적당하잖나.

"맞다. 이 터널은 과거 전쟁에서 위대한 대군주급 몬스터가 쓰러진 장소다. 나는 그분의 부하였다."

"죽음에서 다시 돌아왔다는 말은 뭐야?"

"말 그대로다. 나 역시 과거 전쟁에서 살해당해 그분과 함께 쓰러졌다. 하지만 그분의 힘으로 다시 죽음에서 돌아왔지."

"그분의 힘?"

"그래. 이곳에서 쓰러져 죽었던 대군주급 몬스터. 그분의 특기는 죽은 자를 다스리는 힘이었다."

스스로 부활 정도는 안 되어 자기 부하만 살린 건가? 자세한 사연을 물었지만 칼두두는 대답해주지 않았다.

"남의 밑천까지 다 털어먹으려고 하는 건가? 메타트론의 화신? 크르르르."

"대답을 강요하는 건 아니라고. 그래서, 죽음에서 되살아 난 이후에 줄곧 여기서 터를 잡고 지내온 건가?"

"그렇다! 몇 번의 위기도 있었지만 부정한 것들이 있는 장소라고 소문이 나서 도움이 됐지. 내 언데드를 본 멍청이들이 소문을 과장했거든."

그 뒤, 이곳을 조사하러 온 탐사대를 전멸시키자 더 관심을 갖는 이가 없었다고 했다.

"어차피 이 터널은 쓸모없는 장소다. 이상한 소문이 돌자 군주급 몬스터들은 이곳을 금지로 삼고 잊어버렸다. 그 사이 나는 재밌는 일을 할 수 있었지."

칼두두는 주변을 가리켰다.

"눈이 있다면 보라. 그간 이 몸이 이뤄낸 업적을."

확실히 대단하긴 하다. 이 지하에서 엄청난 대군을 몰래 만들어내다니. 그것도 피터지게 싸우는 천사와 몬스터 양진영을 속이고 말이야.

그의 언데드 군대는 단번에 판세를 바꿀 정도는 아니지만 저울이 한쪽으로 기울게 할 무게추 역할을 충분히 할 듯했다. 그렇다면 여기서 중요한 건 하나다.

"목적이 뭐지? 이렇게 힘을 모아서 뭘 하고 싶은 건가?"

목적을 알아야 적이 되던 아군이 되던 할 거 아닌가. 이렇게 은연자중하며 힘을 모으고 있었다면 분명 간절한 목표가 있을 터.

"간절히 처리하고 싶은 원수들이 있어서 그렇지. 하지만 그들이 워낙 강대해 그간 섣불리 나설 수가 없었다. 그런데 재밌게도 이 강북에 새로운 바람이 불어왔지. 바로 그대. 메타트론의 화신이다."

"전쟁이 새로운 기회를 줬나 보군."

"그렇다. 실로 겨울잠에 빠진 짐승을 깨우는 봄비와도 같았지."

"봄이라고 하기엔 사방에 피와 죽음이 몰아쳤는데…."

"원래 투쟁의 시대는 피와 죽음으로만 열 수 있다! 복수를 위한 괴물은 이 벌판에 쓰러진 죽음을 양분으로 태어날 것이다!"

열정적으로 외치는 그에게서 상당한 광기가 느껴졌다.

"복수? 대체 누구의 복수를 하고자 하는 것인데? 네 주인의 복수라도 하려는 거냐?"

"그렇다! 내가 죽음에서 돌아온 것도 그분의 억울함을 풀어드리기 위해서다. 내 주인의 죽음과 관계된 자들이 아직 살아 숨 쉰다는데 매일매일 비통함을 금할 길이 없다!"

칼두두의 감정은 정말인 듯 말에서 사무치는 원한이 느껴졌다. 나는 대체 누굴 처리하고 싶은 거냐고 단도직입적으로 물었다.

"네가 누굴 죽이고자 하냐에 따라 우리 관계가 결정될 거야."

이 정도 얘기하면 칼두두가 나와 연대를 원하는 건 확실했다. 그런 용건이 없었으면 진작 이쪽 목숨이 날아갔을 테니까.

"그러니 누군지 얘기해 봐."

"좋아. 알려주지 못할 것도 없지. 바로 하얀 거인이다."

"뭐?"

너무 뜻밖의 대답이 나와서 순간 나는 멍하니 굳어버리고 말았다. 칼두두는 내 동요를 알아채지 못했는지 자기 할 말만 해나갔다.

"너희 인간은 하얀 거인의 존재는 알아도 자세한 정체는 모를 것이다. 인간들이 몬스터 사태라고 부른 대전쟁에 한 번 모습을 드러낸 이후 영영 사라져버렸으니까. 압도적인 힘으로 모든 걸 쓸어 버리고 더는 나타나지 않았지. 마치 소멸해버린 태풍처럼 말이다."

"……."

"나의 주인은 그 하얀 거인과 경쟁 관계로 매사 대립하며 서로 치열한 다툼을 벌였다. 하지만 위에 몬스터의 왕이 있었기에 일선을 넘진 못했다."

갑자기 부모님의 원수 이야기가 나와서 머리가 핑핑 돌았다. 잊고 있던 감정과 기억이 저 깊은 곳에서 스멀스멀 기어 올라왔다. 이마에 송골송골 땀이 맺히고 숨 쉬는 게 힘들어졌다. 나는 태연한 척하기 위해 애를 써야했다. 입술을 깨물고는 전혀 내색하지 않았지만 속이 울렁거려서 토할 것만 같았다.

"…그런데? 놈이 비겁한 수라도 썼나?"

간신히 목소리를 떨지 않고 그렇게 물었다. 그러자 칼두두는 기다렸다는 듯 얘기를 풀어놓는다.

"그렇다. 그 비겁한 놈이 대전쟁의 혼란을 이용해 함정을 판 거지. 하얀 거인은 비겁하게 우리 주인을 배신했다. 결국 그분께서는 이곳에서 이 터널 안으로 도망쳤지만 죽음을 맞이하고 말았다."

좀 더 얘기 해달라고 했더니 그건 거절했다. 그날의 진상을 자세히 알려줄 생각은 없는 모양이다.

"그렇게 나오면 정보가 부족하다고. 우리는 그 하얀 거인에 대해 아는 바가 없어. 대전쟁에서 날뛰었다는 것 빼고는."

나는 평범한 인간이던 시절 놈을 직접 봤다. 그리고 눈앞에서 아버지가 벌레처럼 밟혀죽었다. 아직도 가끔 악몽을 꿀 정도다. 그런 사무치는 대상인데 정작 아는 건 거의 없다. 하이에나 시절부터 부단히 조사하려 해봤지만 전혀 알려진 바가 없는 놈이었다. 한데 생각지도 못한 타이밍에 하얀 거인에 대한 얘기가 나온 것이다.

"그러니까 놈에 대해 제대로 알려달라고. 뭘 알아야 손을 잡을 거 아냐."

나는 하얀 거인에 대한 확실한 정보를 요구했다. 하늘이 도와 찾아온 기회다. 이대로 어물쩍 넘길 순 없었다. 그때 옆에 있던 즈굴이 날 거들고 나섰다.

"이봐, 뼈다귀. 두들겨 팰 상대가 누군지도 모르고 덤비는 일은 말이 안 된다고. 안 그래? 과거사는 캐묻지 않겠다 그거야. 대신 하얀 거인에 대해서는 알려줄 수 있겠지?"

우리의 요구에 칼두두는 잠깐 고민하더니 뼈로 된 거대한 머리를 끄덕였다.

"좋다. 받아들이지. 그 하얀 거인은 왕의 심장이라고 불리는 존재다."

"왕의 심장?"

좀 이상한 표현이란 생각이 들었다. 나는 하얀 거인이 왕의 최측근일 거란 점에 근거해, 왕을 지키는 호위대장이나 평양의 수문장 같은 포지션이라고 여겨왔다. 그러니까 왕의 성문이나 왕의 방패 같은 별명이면 이해가 가는데, 왕의 심장이라니?

"의아해하는 것을 이해한다. 그놈의 덩치만 봐도 왕의 심장이란 표현이 이상하긴 하지. 하지만 그건 하얀 거인과 몬스터의 왕의 특별한 관계를 몰라서 하는 말이다."

"무슨 관계인데?"

"단도직입적으로 말하지. 왕을 죽이려면 먼저 하얀 거인을 죽여야만 한다."

"뭐? 정말이야?"

"그래, 과거 네 주인인 메타트론이 왕을 습격했던 일을 떠올려 보라고. 그녀의 기습은 완벽하고 예술적이었다고 한다. 하지만 실패했지. 메타트론은 왕을 부상 입히는 것에 만족하고 도망쳤다. 왜 그랬을까?"

"하얀 거인 때문이군."

그러고 보니 얼마 전에 메타트론이 이 일을 회상하며 투덜거린 적이 있었다. 자신의 기습이 먹혔는데 생각보다 성과를 거두지 못했다고는 얘기였다. 그때 나는 메타트론 특유의 덜렁거림 때문이라고 생각하고 말았는데, 다시 생각해 보니 전투에 있어서는 프로인 그녀가 그럴 리가 없었다. 원룸 사방에 과자 부스러기를 흘리고 다니는 덜렁이라도 전투에 있어서만큼은 진짜였다.

"맞다. 하얀 거인을 먼저 죽이지 못하면 왕도 죽일 수 없다. 이걸 사전에 알지 못한 메타트론은 습격에 실패한 것이다."

아주 중요한 정보를 얻었다.

"또한 그런 이유 때문에 하얀 거인은 왕의 곁을 좀처럼 떠나지 않는다. 과거 대전쟁 같이 중요한 사건이 아니라면 움직일 리가 없지."

"그래서 몬스터 사태 이후 한 번도 나타나지 않은 건가. 생각보다 귀하신 몸이군."

"결국 놈을 잡으려면 평양까지 진군해야 한다. 무언가 다른, 하얀 거인이 움직일 만한 이유가 생긴다면 모르겠지만 쉽게 떠오르지 않는군. 평양까지 가는 게 제일 빠르고 확실한 방법이다."

"그래서 우리 쪽과 손을 잡겠다는 건가?"

"그렇다. 공통의 적을 두고 있으니 함께하지 못할 이유는 없지. 긴밀한 협력 관계를 요구하는 건 아니다. 그저 필요에 의해 서로를 이용하는 정도면 좋겠지."

구미가 당기는 제안이다. 칼두두는 위험천만한 존재지만 도움이 될 터. 독도 때로는 약이 되는 법이다. 이놈이 그렇게 하얀 거인을 증오한다면, 카르페 사후에 강북의 패권을 잠시 넘기고 평양의 왕이 남하하는 걸 견제할 수 있겠지. 강원도의 독립군주들도 그렇고. 그 사이 나는 내부적인 문제를 완전히 정리할 작정이다.

이번에 바라카엘은 큰 추태를 부렸다. 실각시키기에 절호의 찬스니 놓칠 수 없다. 바라카엘을 처리하고 나면 그 다음은 사사건건 아니꼽게 나왔던 라파엘이다. 이 둘을 다 치워버리면 앞으로의 정국은 내 맘대로 될 터. 이 중요한 일을 해결할 시간을 칼두두가 벌어주게 되는 것이다.

"마음에 드는군."

나는 고개를 끄덕이면서도 칼두두에 대한 경각심을 잊지 않았다. 그는 강력한 언데드 군세를 이루고 있는 자니 후일 오히려 카르페보다 위협적인 적이 될지도 몰랐다. 혹 떼러 갔다 혹 붙여 온다는 말도 있지 않은가. 상황이 어이없이 흘러가지 않게 중간중간 잘 컨트롤할 필요가 있었다. 그래도 다행인 건 몬스터들도 언데드에 대해 혐오감을 갖고 있다는 사실이었다. 하니 카르페처럼 제왕적으로 군림하긴 어렵겠지.

"나쁘지 않군."

뭣보다 내 복수심 때문에 구미가 당겼다.

"칼두두, 하얀 거인을 잡는데 최선을 다해 협력했으면 좋겠군."

"개인적으로 관심이 있는 건가?"

내 과거사 같은 건 알려줄 필요는 없겠지. 내가 하얀 거인에게 집착한다는 점을 알면 상대는 그걸 이용하려 할 테니까.

"그럴 리가. 왕을 쓰러뜨릴 관문이니까. 내 주인이 하얀 거인 때문에 헛수고를 했기도 하고."

"서로 주인의 일 때문에 하얀 거인을 잡으려고 하는군. 좋다. 그 부분에 관해서 전면적인 협력을 약속하겠다."

또한 칼두두는 우리가 카르페를 공격할 때 협공을 약속해왔다. 안 그래도 전력이 부족하던 참에 잘 됐다. 카르페의 세력과 정면충돌해서는 승부를 장담하기 어렵다. 게다가 그는 현재 경복궁에 틀어박혀 농성을 하고 있는 상황.

경복궁은 몬스터들이 자리잡은 뒤로 기괴한 거성으로 변한지 오래됐다. 독이 흐르는 해자와 살아있는 성벽까지, 누구도 공격하기 싫은 장소가 됐기에 힘든 전투가 예견되고 있었다. 이런 상황에서 두려움이라고는 모르는 언데드가 도와준다면 상당히 일이 편해지겠지.

"좋군. 다만 좀 걸리는 게…."

"크크큭. 무슨 소리를 할지 알고 있다."

"음?"

"이 동맹에 대해 비밀을 유지해 달라는 게 아닌가?"

눈치가 대단한데. 아무리 실리적인 판단이라고 해도 언데드와 손을 잡는 건 받아들이기 어려운 자들이 많을 거다. 괜히 또 정치적인 문제로 발전할 여지가 컸기에 대외적으로는 입 다물고 있는 게 최고다.

"맞다. 어디까지나 몬스터들 간의 내부알력으로 처리하고 싶군."

"공식적으로는 우리의 협력관계를 부인하겠다 그거군?"

"물론이다. 혹시 그걸로 협박할 생각은 하지 말도록. 인간과 천사에겐 네놈 말보다 내 말이 훨씬 먹힐 테니까."

저놈이 사실을 폭로하겠다고 나와도 그런 적 없다고 잡아떼면 그만이다. 적의 모략이라고 하고 어물쩍 넘어갈 수 있겠지. 왜냐? 내게 권력이 있으니까. 권력이란 목표를 향해 나아가는 동안 만나는 방해물을 포탄처럼 부술 수 있는 힘 그 자체다. 그래서 우리는 권력에 집착한다. 대천사들과 내가 대외적인 분쟁보다 내부적으로 치열하게 다투는 게 그런 이유다. 얄궂게도 메타트론의 화신이 된 후에는 몬스터보다 대천사들과 더 많이 싸웠다.

"우리가 약속대로 함께 노를 저어 목표로 나아간다면 그럴 일은 없겠지. 걱정하지 않아도 좋다."

"좋다."

나는 이 동맹을 받아들이기로 했다. 물론 저 언데드와 신의있는 관계를 구축할 생각 따위는 없다. 그저 필요한만큼 써먹을 먹을 뿐이다. 저 자 역시 속으로 그런 꿍꿍이겠지. 나를 얼마나, 어디까지 이용하려 할지 궁금했다.

"아, 그런데 말이야. 남몰래 연락할 방법이 필요하겠는데."

"걱정하지 마라. 이 수정구를 통하면 언제든 연락할 수 있다. 언데드는 잠들지 않지. 필요할 때마다 수정구를 쓰도록,"

그걸로 이 뜻하지 않은 괴상한 만남은 끝이 났다. 칼두두는 언데드 부하를 시켜 몰래 지상으로 나갈 수 있는 길을 안내하게 했다. 남산1호 터널 쪽은 현재 카르페의 부하들이 드글드글했기 때문이다. 밖으로 나오자 폐허가 된 이태원이었다. 칠흑 같은 밤중이라 음산하고 적막했다. 불야성을 이루던 이태원 시가지도 몬스터 사태 이후 온데간데없다. 그 어둠 속을 말없이 걷던 중 즈굴이 말을 걸어왔다.

"대장."

"왜?"

"대장이 저 녀석을 믿는다고 생각하진 않는데 말이야. 그래도 칼두두란 놈에 대해 조사해 보는 게 좋겠어. 근본 없는 녀석이잖아. 게다가 산 자와 죽은 자는 친구가 될 수 없어."

나 역시 즈굴의 의견에 동감이었다.

"네가 한 번 조사해봐."

"맡겨주면 하겠지만 내 의견은 믿지 않는 것 아닌가? 지배됐음에도 불구하고."

즈굴의 말대로 나는 그를 믿지 않는다. 지배력은 강력하지만 완벽하지 않다. 교활한 자는 지배력의 틈을 이용할 줄 아니까.

"괜찮아. 나도 따로 조사해 볼 거야. 네 결과랑 대조해 보면 되지."

"크하하하. 역시 대장이야. 안 믿는다는 말도 가차 없군. 그럼 이 몸은 이런저런 일을 처리하러 가 봐도 될까?"

"그래."

내가 허락하자 즈굴은 밤의 어둠 속으로 사라졌다. 저 덩치 큰 녀석이 발소리도 내지 않고 떠나는 걸 보니까 새삼 소름이 돋는다.

"흐…."

손을 잡은 자들 중에 믿지 못할 이가 한둘이 아니구나. 이래서는 밤잠도 제대로 못 자겠다. 다들 언제 내 뒤통수를 때릴지 알 수가 없으니 말이다. 하지만 큰일을 하기 위해서는 늘 이런 위험이 따라다니는 법이었다.

나흘 뒤에 재밌는 소식이 들렸다. 강북에 주둔 중인 방어선 아래 신성지 사이에서 버티고 있던 강원도의 독립군주들이 철수했다는 얘기였다. 중요한 안건이었기에 바로 군사회의가 열렸다. 나는 주요 지휘관들이 모이자 바로 얘기를 시작했다.

"어제 새벽에 강남 지역에서 몬스터 군대가 대규모 이동을 시작했다는 첩보가 있었습니다. 놈들답지 않게 최대한 조용히 움직였습니다만, 워낙 덩치 큰 것들이 많아서 우리 첩보망에 걸렸죠."

집채만한 것부터 크면 건물 정도 되는 놈들도 있다. 아무리 조심한다고 해도 그런 녀석이 움직이면 티가 날 수밖에 없다.

"오늘 아침에 충분한 인원을 보내 조사해 본 바 독립군주들이 일제히 빠져나갔음을 확인했습니다."

"오오오!"

모두 반색하며 감탄을 터뜨렸다. 그도 그럴 게, 그간 독립군주들은 우리에게 목에 걸린 가시와도 같았다. 하필 신성지의 방어선과 우리가 주둔한 강북 사이에 치고 들어와서 돌아갈 길을 막아버렸기 때문이다. 도망친 바라카엘처럼 소수가 지나가는 건 상관없겠지만, 군대는 전쟁을 치르지 않고 통과할 방법이 없었다. 그 틈에 카르페가 뒤를 치면 큰일이 나서 여간 곤란한 게 아니었다. 다들 앞뒤로 적 사이에 꼈다는 점에 상당히 스트레스를 받고 있었는데, 그 문제가 해결되자 표정이 밝아졌다.

"다행입니다. 이제 언제든지 철군할 수 있습니다. 군을 빼자는 건 아닙니다만, 마음이 편해지는군요."

"저도 동의합니다. 경복궁을 공격하기 전에 크게 부담을 덜었습니다."

모두 얼굴에 미소가 서린 채 이런저런 얘기를 했다. 한데 이때 이 훈훈한 분위기에 찬물을 끼얹는 듯한 발언이 터졌다.

"그런데 말이야…."

특유의 단조롭고 나른한 목소리. 이 목소리의 주인공은 최근 무척이나 유명세를 얻고 있었다. 실종 후 수 년만에 갑자기 혜성처럼 나타나 모두를 구원한 대천사. 바로 철심장 쿠니엘이었다.

"네, 쿠니엘님. 말씀하시죠."

공적인 자리라서 나는 그녀에게 깍듯하게 존대했다.

"독립군주들이 사라졌다는 거… 말이지. 이제 신성지를 치우고 본체가… 나올 수도 있다는 거 아니야…?

그 말에 모두 헉, 소리를 냈다. 사실 당연하다면 당연한 얘기인데 다들 그 가능성을 생각지도 못했다는 얼굴이다. 아니, 알고는 있겠지. 하지만 전혀 고려하지 않은 옵션인 거겠지.

"왜… 모두 말이 없어진 거야…? 대천사의 본체가… 나오면 이 전쟁은… 생각보다 쉽게… 승리할 수 있어…"

쿠니엘의 지적에 다들 헛기침을 했다. 대천사들은 인간들이 뭐라 발언하는지 흥미로운 표정을 짓고 있었다. 곧 미카엘라 클랜의 위원인 백이륜이 입을 열었다. 11인회 소속인 그는 나를 제외하고는 인간 중에선 가장 입김이 센 자 중 하나였다.

"쿠니엘님의 의견은 잘 알겠습니다. 하지만 신성지를 없애는 건 지나치게 위험합니다."

보수적인 그가 받아들이기엔 너무 급진적인 의견이겠지. 아니, 보수적인 성향이 아니라도 수용하기 버거운 내용이다. 인간은 모두 신성지가 제공하는 안위에 익숙해져 있다. 아무리 대천사의 본체가 직접 참전할 수 있다지만 신성지를 무너뜨리는데 찬동할 이는 많지 않았다. 리스크가 너무 크다고 여기겠지. 아마 여기 모인 이중에 설령 카르페를 처리하지 못하고 이런 대치 상태가 계속된다고 해도 신성지를 포기하지 않을 이가 여럿일 거다. 무엇이든 새로운 단계로 나아가기 위해선 희생과 고통을 감수해야 하니까.

"위험…? 나는 잘 이해가 안 돼…. 이번에 카르페를… 끝장내지 못하는 게… 훨씬 위험한 거 아니야? 그가… 위기를 넘기고 나면… 얼마나 복수심을 불태울지… 모르지 않을 텐데…?"

쿠니엘의 의견은 합리적이었다. 확실히 대천사의 본체 몇이 출동하면 판세가 달라질 터. 하지만 여기 모여있는 인간들은 난색을 표했다.

"하지만 만약 신성지를 무너뜨려서까지 나서신 대천사님이 사망한다면……."

"그대는… 최악의 상황…을 얘기하는구나….."

"지휘관은 항상 최악의 상황을 고려해야 합니다."

미카엘라의 헌터를 대표하는 백이륜은 자기 주인의 뜻을 따라 이번 전쟁에 가장 적극적인 자 가운데 하나였다. 한데 그런 그조차 신성지를 무너뜨리고 공세를 취하는 일은 반대가 명백했다.

나 역시 이해가 가지 않는 건 아니다. 인간은 너무 오래 신성지에 익숙해져 버렸다. 그건 이제 삶의 기반이 됐다. 만약 없어진다면 그건 결코 작은 일이 아니다. 도시의 시설과 거주민, 행정 등 모든 게 문제가 될 터. 그간 쌓아올린 건 다시 시작해야 될지도 모른다. 아니, 최악의 경우는 신성지가 사라진 도시는 도시의 기능을 잃어버릴 수도 있다.

"유제아 의장님은 어떻게 생각하십니까?"

"고견을 듣고 싶습니다."

결국 공이 나에게로 왔다. 다들 최고 실권자가 어떤 의견인지 궁금하다는 듯 시선이 쏟아진다. 천사들은 흥미를, 인간들은 간절함을 담고 있었다.

"흐음….."

속으로 이것 참 재미있군. 뭐, 사실 이미 답을 내리고 있었지만. 본래라면 쿠니엘의 의견처럼 신성지를 무너뜨리는 쪽을 택할 것이다. 전쟁에 있어서는 나는 꽤 급진적인 성향이니까. 당연히 모든 신성지를 무너뜨리는 건 아니고 상대적으로 후방에 있어 비교적 안전한 신성지 위주로 처리하겠지.

그런데 지금은 사정이 달라졌다. 바로 칼두두와의 동맹관계를 맺었기 때문에 전력상 문제가 없다고 보기 때문이다. 물론 그가 배신할 위험도 존재한다. 허나 그럼에도 불구하고 이번 건은 꽤 시도해 볼만하다고 믿고 있다. 그리고 신성지가 사라지면 큰 혼란이 일어날 것도 고려해야 한다.

바라카엘과 라파엘을 연달아 숙청해야 하는 입장에서 인기가 떨어질 결정을 내려선 안 된다. 쉽게 말하자면 어른의 사정인 거다. 정치란 이렇게 귀찮은 일이 많았다.

"저는 신성지를 무너뜨리는데 반대합니다."

내가 확언하는 순간 인간들은 안도의 한숨을 내쉬었다. 천사들은 각양각색의 반응이었다. 다행이란 표정도 있었고 노골적으로 인상을 찌푸리며 실망한 기색도 있었다. 메타트론과 미카엘라, 스이엘은 그럴 줄 알았다는 얼굴이다.

나답지 않은 결정에도 불구하고 그녀들이 저런 반응인 건 사전에 칼두두와 있었던 일을 얘기했기 때문이다. 위험한 짓을 했다고 꽤 혼이 났는데, 우리는 머리를 맞대고 만약 칼두두가 배신하면 어떻게 할지에 대해서도 논의했다. 정말 든든한 여자들이었다.

"현재의 전력만으로도 카르페를 끝장내기 충분하다는 게 제 의견입니다. 준비가 되는 대로 바로 경복궁을 공격하고 이번 전역을 종결하겠습니다."

그대로 회의가 끝나자 메타트론은 인간을 한심하다고 했다.

"순 겁쟁이들뿐이구나. 이번이야말로 카르페 놈을 끝장내기 위한 절호조인 것을. 마치 치과가 가기 싫어 떼쓰는 애들 같구나."

틀린 말은 아니지만 메타트론은 사람의 심리를 모른다. 동정심과 자비심을 갖고 있지만 이쪽 처지를 공감하지 못한다고 할까. 위대한 존재에게 흔히 보이는 문제점이다.

"신성지란 건 우리 대천사가 인간에게 호의로 제공하는 것이다. 애초에 그들이 가진 게 아니란 말이다. 이제 그것을 거둬내고 승리를 향해 나아가자는데 왜 저렇게 반대하는 것이냐? 유제아."

"네가 인간을 몰라서 그래. 대천사니까 모르겠지."

"그럼 설명해 보거라."

"인간에겐 손실회피성향이란 게 있다."

내 말에 메타트론은 무슨 뚱딴지 같은 소리냐는 듯 고개를 갸웃거렸다.

"이득보다 손해에 민감하다는 소리야. 만약 어떤 사람이 나타나 1만 원을 준다고 해보자고. 그리고 게임을 하나 제안하는 거야. 동전을 던져서 앞면이면 지금 준 1만 원을 반환하고, 뒷면이 나오면 당신에게 2만 원을 더 주겠다고. 메론아. 너라면 어떻게 할 거야? 아니, 보통 인간이라면 어떻게 할까?"

내 질문에 메타트론은 더 생각할 것도 없다는 듯, 콧김을 내뿜으며 씩씩하게 대답한다.

"당연히 게임에 참가해야지. 1만 원은 처음부터 본녀에게 없던 돈이다. 잃어도 별 상관없는 것이니라. 반면 게임에 이기면 본녀는

3만 원을 얻을 수 있다. 너무 뻔한 물음이지 않으냐? 유제아."

자신의 답을 확신하는 듯 메타트론은 거들먹거렸다. 하지만 나는 땡! 이라고 외쳤다.

"에엑?"

내가 설마 틀렸다고 할 줄은 몰랐는지 메타트론이 놀란 얼굴이 된다. 그리고 사기라고 항의하기 시작했다.

"유제아! 이놈! 또 본녀를 속이려고!"

"속이려는 게 아냐. 보통 사람들은 너랑 다른 선택을 해. 자기가 공짜로 얻은 1만 원을 지키기 위해서 게임의 참가를 거절하지. 이게 바로 손실회피성향이란 거야."

이쯤되니까 메타트론도 내가 무슨 말을 하고 싶어 하는지 알아먹은 모양이었다.

"요컨대, 신성지가 그렇다는 것이냐?"

"맞아. 인간들의 심리는 그래. 너 같이 강력한 대천사는 쉽게 이해하지 못하겠지. 결코 인간들은 손실을 감수하며 카르페를 처단하려 하지 않을 거야. 그럴 바에는 오히려 지금까지의 대치 상황이 지속되길 바라겠지."

"끄응… 인간은 어렵구나."

"그래도 칼두가 합류하기로 했으니 전투는 희망이 있어."

"유제아, 조심해야 한다. 그 괴상한 몬스터는 힘을 얻으면 카르페보다 위험해질지도 모른다."

그 말에 나는 고개를 끄덕이면서도 자신했다.

"걱정 마. 지금 네 눈앞에 있는 사람도 꽤 위험한 남자니까."

5. 경복궁 전투

결전의 날은 점점 다가왔고 내 고민은 깊어져갔다. 도대체 그 무식하게 강한 카르페를 어떻게 처리해야 효과적일지 걱정이다. 먼저 전투에서 승리한 뒤에 숫자로 밀어붙이는 게 제일 현실적인 방법이다. 하지만 그래가지고는 희생이 너무 크지 않을까.

"흐음."

나는 혼자 군영을 돌아다니며 생각에 잠겨있었다. 그래봐야 답이 나오지 않았지만. 답답해서 머리를 긁고 있는데 맑은 목소리가 말을 걸어왔다.

"저…."

누군가 해서 보니까 처음 보는 묘령의 여성이 날 쳐다보고 있다. 맑고 깨끗한 인상의 미녀였다. 누구지? 헌터인 거 같긴 한데, 아는 얼굴은 아니다.

"무슨 일이십니까?"

"유제아 의장님, 잠시 얘기 좀 할 수 있을까요? 긴히 드릴 말씀이 있어요."

"물론입니다."

"여기서는 좀 그렇고… 저쪽으로 가죠."

여자는 사람들이 없는 한적한 곳을 가리켰다. 알았다고 하자 그녀는 따라오라는 듯 앞서갔다. 조금 이상한 느낌이 들었다. 특히 나는 요즘 암살 시도 이후에 조심성이 많아졌다.

가만. 혹시 이번에도 변신 몬스터가 아닐까? 지난번에 암습을 당하고 얼마나 고생했는지 모른다. 다행히 이번에는 미카엘라가 변신 몬스터의 수장인 다르쿠다조차 판별할 수 있는 마법 물품을 만들어줬다.

조심해서 나쁠 건 없지. 마침 상대가 앞서 걷고 있기도 하고. 나는 슬그머니 에메랄드를 꺼내 눈에 대고 앞을 비춰봤다.

"윽."

깜짝 놀라 신음을 삼켜야했다. 에메랄드로 통해 보이는 건 평범한 인간이 아니었다. 마치 금속 같은 느낌의 매끄러운 비늘을 지닌 몬스터였다. 게다가 에메랄드는 상대가 상당한 고위급 존재라는 것도 느끼게 해줬다. 설마 다르쿠다 본인인가? 만약 그렇다면 생각보다 빠르게 복수할 기회가 찾아왔다. 변신 몬스터는 일단 정체를 파악하고 나면 무서울 게 없으니까. 제 아무리 다르쿠다가 군주급 몬스터라고 해도 현현한 내게 상대는 안 된다.

"너무 동요하지 마세요. 오늘은 당신을 찌르러 온 게 아니니까."

뭐야? 뒤에도 눈이 달린 건가? 내가 무언가를 써서 자기 정체를 파악한 걸 알아챈 모양이다.

"오늘은 찌르러 온 게 아니라고? 네놈… 다르쿠다인가?"

나와 구면이라면 다르쿠다 밖에 없으니까. 음, 역시 이상하군.

대번에 정체를 밝히는 걸 보니 정말 전투 의사가 없는 것 같은데.

"우선 이쪽으로."

다르쿠다는 대답 대신 나를 으슥한 곳으로 이끌었다. 혹시 함정이라도 파뒀나 싶었는데 별다른 낌새는 없었다.

"이제 얘기해 보시지? 그리고 네놈. 다르쿠다가 맞나?"

"맞아요."

그녀는 확인이라도 시켜주겠다는 듯 돌아서더니 자기 얼굴을 수십 가지로 바꿔보였다. 짧은 순간 무수히 얼굴이 변하는 모습은 경악 그 자체였다. 내 지식으로는 이렇게 빨리 얼굴을 다양하게 바꿀수 있는 존재는 없었다. 과연 변신 몬스터 중 정점이라 그건가.

"그 정도면 됐어. 충분히 증명했으니. 대체 무슨 일로 나타난 거지? 괜찮은 이유가 있어야 할 거야. 네년에게 당한 배가 아직도 쑤시니까."

"어머, 그때 당신에게 해독제를 보낸 것도 나예요."

지금 생각해 봐도 참으로 이해할 수 없는 행동이었다. 병 주고 약 준다고 할까. 왜 독을 써서 사람 반송장으로 만들고 나중에 해독제를 보낼까.

"왜 그랬던 거지? 오늘 온 것과 관계가 있나?"

"그렇다고 할 수 있어요. 솔직히 말씀드리죠. 저는 당신에게 기대를 걸고 있답니다. 유제아 의장님."

"기대?"

"네. 그래서 당신이 죽으면 곤란했답니다."

"하면 애초에 왜 찌르냐고?"

"명령이라 어쩔 수 없었어요."

"지배력과 관련된 문제인가?"

"네."

이거 생각지도 못한 전개로세.

"명령을 내린 건 카르페고?"

"맞아요."

"카르페의 강제적인 명령 때문에 어쩔 수 없이 날 찔렀다. 하지만 내가 죽는 걸 원하지 않았기 때문에 몰래 해독제를 보냈다. 내가 이해한 게 맞아?"

"네. 훌륭하시네요."

망할. 이런 황당한 일이 있나. 어이가 없어서 혀를 차고 있자 다르쿠다가 자기 처지에 대해 좀 더 확실히 설명했다.

"저는 카르페에게 보통의 경우보다 강한 지배를 받고 있어요. 일반적으로 상위 몬스터가 하위 몬스터를 지배하는 그 힘보다 더 더욱요. 마치 대천사 메타트론의 지배처럼요."

혼란스러운 몬스터 무리를 하나로 묶기 위한 넓게 퍼지는 지배력과 메타트론의 훨씬 집중되고 강력한 지배력의 차이를 말하는 것 같았다. 군주급 몬스터의 지배력은 대단히 많은 수에 영향을 미치지만, 지배력의 강함 자체는 메타트론의 것이 최고다. 완전히 달라진 오만의 군주 즈굴만 봐도 알 수 있다. 다르쿠다는 자신이 그런 지배에 걸렸다고 한 것이다.

"카르페가 그런 힘을 갖고 있었어?"

"원래 카르페에게 없었죠."

"하면?"

"제 힘을 빼앗고 그런 힘을 갖게 된 거랍니다."

"그 힘으로 지배하기까지 한 거고."

내 물음에 다르쿠다는 고개를 끄덕였다. 저 말이 사실이라면 원한이 상당하겠다. 자기 힘을 빼앗기기까지 했는데, 그 힘으로 꼭두각시처럼 부려지고 있으니.

"이제 제 사정을 알았나요? 카르페는 당신과 내 공통의 적이란 것이죠."

"뭔가 제안할 게 있어서 왔나 보군."

"네."

"하지만 널 쉽게 믿을 순 없어. 설령 방금 했던 말이 한 점의 거짓 없는 사실이라고 해도."

다르쿠다는 그 점에 대해 이해한다는 듯 고개를 끄덕인다. 애초에 이 몬스터의 무엇을 믿을 수 있을까. 지금 눈앞에 있는 미녀의 모습도 꾸며낸 것에 불과하잖나.

"이해해요. 그러니 당신에게 호의를 얻을 만한 얘기를 해보겠어요."

"좋아. 듣지."

어차피 상대도 내가 쉽게 안 믿을 거라는 걸 알고 왔을 터. 어떻게 이쪽을 설득하려 할 작정일까.

"일단 라파엘을 경계하라고 말씀드리고 싶네요."

"라파엘? 그 녀석이 음흉한 건 누구나 알고 있다고."

"좀 더 구체적인 이야기예요. 라파엘이 벌써 수년 째 군주급 몬스터의 마정석을 수집하고 있는 걸 아세요?"

"음? 좀 특이하긴 하지만 문제될 건 없는데."

마정석은 재산이니까. 하지만 좀 걸리긴 하는군.

"정말 그렇게 생각하세요? 라파엘이 그 충동적인 성격에도 불구하고 무언가를 꽁꽁 감춰두고 있다면 뭔가 목적이 있다고 생각하지 않으시나요?"

"……흐음."

확실히 그럴 듯하다. 몇 개인지도 아냐고 물으니 자기가 파악한 것만 십여 개가 넘는다고 했다.

"이상하군."

클랜을 운영하는 데는 재화가 많이 든다. 마정석도 끊임없이 소모된다. 군주급 몬스터의 마정석이라면 마력을 뽑아내거나, 이런저런 방향으로 사용돼야 정상이다.

"군주급 몬스터의 마정석을 십여 개 이상 갖고 있는 건 역시 꿍꿍이가 있다는 소리인가. 대체 뭐에 쓰려는 건지 모르겠군."

그걸로 뭘 할 수 있을까? 군주급 몬스터의 마정석은 사악한 기운이 가득해서 마력을 뽑아 쓰려면 복잡한 정화를 거쳐야 한다. 유용한 용도를 찾으려면 가공해야 하는데 그 속이 시커먼 놈은 뭘 원하는 걸까.

"재밌는 정보긴 했지만 그걸로 날 설득할 순 없을 걸. 게다가 네 말이 사실인지도 모르겠고."

"이 얘기를 어떻게 받아들일지는 당신 마음이에요. 당신을 위해 호의로 알려준 거니. 이제 본론으로 들어가죠."

다르쿠다는 짙은 미소를 지으며 근처의 부서진 콘크리트 위에 사뿐히 앉는다. 그리고 내가 자신에게 빚이 있다고 주장했다.

"무슨 황당한 소리지? 배에 난 칼자국 말고는 생각나는 빚은 없는데. 그건 조만간 제대로 갚아줄 테니까 기대하는 게 좋을 거야."

"유감스럽게도 당신 기억에는 그게 제일 남은 모양이네요. 하지만 분명히 내게 큰 빚을 졌어요."

대체 무슨 소리일까. 일부러 헛소리를 하는 것 같지는 않은데. 어서 설명해 보라는 듯 지긋이 노려보자 다르쿠다는 생각지도 못한 소리를 내뱉었다.

"카르페와 싸울 때 위기에 몰렸었지요? 그때 당신이 봤던 메타트론이 바로 저랍니다."

"뭐?"

카르페와 싸울 때 나는 나나엘과 함께 죽을 위기에 처했었다. 하지만 폐건물 위에 갑자기 나타난 메타트론 때문에 카르페가 몸을 뺐었다. 올 리가 없는 타이밍에 메타트론이 나타나자 깜짝 놀랐는데 후에 물어보자 자기가 아니라고 했다.

"어느 정도 의심은 했지만 설마 네놈일 줄이야⋯. 정말인가?"

메타트론 본인이 아니라면 변신 몬스터가 아닐까 싶었지만 아무리 생각해도 그럴 이유가 없어 보였다. 그래서 결론을 내리지 못했는데 이렇게 본인이 토설하다니.

"물론이지요."

다르쿠다는 다리를 꼬고 앉은 채로 긴 머리칼을 뒤로 쓸어 넘겼다. 그리고 그 찰나의 순간 그녀는 메타트론으로 변해있었다.

"⋯직접 보니까 소름이 돋는군."

나는 메타트론에 대해 잘 안다고 자부한다. 그도 그럴 게 동거인이기 때문이다. 한데 그런 내 안목으로도 외형만 놓고 보면 전혀 구분해 내지 못할 정도였다. 나는 충동을 참지 못하고 다가가 무심코 손을 뻗었다. 그러다 황급히 손을 거둬들였다.

"어머? 만져보셔도 된답니다? 그래도 다른 점은 찾기 어려울 테지만."

"…자신만만하군. 더러운 재주를 갖고."

빈정대긴 했지만 다르쿠다의 실력을 인정할 수밖에 없었다.

"그럴 수밖에요. 아무리 변신 몬스터라도 이 정도로 완벽하게 대상을 따라할 수 있는 건 오직 저밖에 없어요. 메타트론의 화신인 당신조차 구별하기 어려울 정도로 말이에요."

"정말 자기 주인을 배신할 생각이군."

다르쿠다의 행동은 그날 카르페가 커다란 판단 착오를 하게 만들었다. 원군이 오고 있었기에 그에게 주어진 시간은 아슬아슬했지만 충분히 나나엘과 날 끝장내기 충분했다. 하지만 가짜 메타트론이 모습을 드러낸 탓에 그는 협공을 받기 전에 군을 물리고 빠져나갔다. 확실히 다르쿠다는 자신의 힘을 빼앗기고 꼭두각시가 된 처지를 복수하려는 것 같았다. 하지만 의문은 여전히 남았다.

"한 가지 의아한 점이 있어. 너는 일반적인 몬스터들의 지배력과 다르게 강하게 지배된 상태라고 했다. 그런데 어떻게 지난번에 메타트론인 척했지? 주인의 이득에 반할 텐데?"

지배된 존재는 보통 지배자의 이득에 반하는 행동을 하지 못하게 된다.

"날 찌른 뒤에도 해독제를 보냈지. 그때의 암살은 카르페가 명한 거잖아?"

"맞아요."

"그렇다면 해독제를 보내는 행위는 주인의 뜻에 반한다. 어떻게 가능한 거지?"

"어렵게 생각할 거 없어요. 그가 절 꼭두각시처럼 부리고 있긴 하지만 완벽하지 못해요. 작은 틈이 있죠. 본래 그 힘은 제 것이었 던지라 저는 그걸 이용할 줄 알아요. 꼼짝없이 당한 와중에도 몰래 저항할 수단이 남아있다 그거죠."

이어진 설명을 들어보니 그런 반항에는 한계가 명확히 있다고 한다. 일단 주어진 명령을 거부할 수 없으니 먼저 수행하고 나서 다 른 짓을 해야 한다고.

"당신을 암습하고 해독제를 보내는 번거로운 짓을 한 건 정말 어쩔 수 없었어요. 그게 제가 카르페에게 할 수 있는 반항의 최대니 까요. 아마 그자는 상상도 못 할 테지만."

다만 이런 식의 반항도 자주 할 수 있는 건 아니라고.

"올무에 묶인 짐승이 날뛸수록 올무는 강하게 발을 조여 옵니 다. 제가 하는 행동도 그런 거예요. 지금껏 수년째 카르페 몰래 반 항하고 있지만 그것도 명백히 한계에 다다른 상황이에요."

"그런 짓을 할수록 다르쿠다 네가 손해를 보고, 카르페의 지배 력이 공고해진다 그건가?"

"맞아요. 이해력이 훌륭하네요."

얘기가 잘 통한 게 기쁜지 다르쿠다는 화사하게 웃는다. 미녀의 외형이라 그런지도 모르겠지만, 사이함은 전혀 느껴지지 않는 맑은 미소였다. 그래서 그녀에 대한 판단이 약간 흔들림을 느꼈다. 생각만큼 악한 존재는 아니란 말인가?

"유제아님. 저는 이제 시간이 없어요. 올무가 목을 바짝 조여, 저 자신이 완전히 사라지기 직전입니다. 조금만 더 있으면 카르페의 지배력에 굴복해 본래의 저는 흔적도 없어질 거예요. 오직 카르페의 충실한 종인 다르쿠다만이 남겠죠. 그게 제가 했던 반항에 대한 대가랍니다."

다르쿠다도 그간 나름대로 위험을 감수해 왔다는 거군. 그렇다면 본래 그녀는 어떤 존재였나? 그걸 묻자 다르쿠다는 고개를 저었다.

"죄송하지만 말씀드릴 수 없어요. 그건 제 개인적인 영역이고 우리 거래와는 관련이 없답니다."

"흐음……."

"그저 한 가지. 지난 번 당신과 당신의 무리를 구하기 위해 제가 남은 여력을 거의 다 짜냈다는 것만 알아주세요. 그래서 당신이 제게 빚이 있다고 한 거예요."

이 정도 얘기를 들으니 많이 고민이 됐다. 다르쿠다는 한 가지 비밀을 더 알려주겠다고 했다.

"이건 중대한 이야기예요. 이걸로 당신이 지난 원한에도 불구하고 저와 손잡는 일을 진지하게 생각해 주셨으면 해요. 바로 카르페의 정체와 그를 공략할 방법에 관한 거랍니다."

"뭐!"

생각 이상으로 중요한 얘기가 나왔다. 아니, 이런 정보 자체가 있을 거라고는 생각도 못했다. 그 태산처럼 압도적인 존재에게도 공략법이 있는 건가.

"정말인가!"

"허튼 소리가 아니랍니다."

"만족할 만한 얘기가 나오면 너와 손을 잡는 것도 고려해 보지."

상대가 충분히 성의 있는 태도를 보여주는 것 같으니까.

"감사합니다. 유제아님. 그럼 카르페에 대해서 알려드리죠. 본래 카르페의 이름은 세르두락. 지금처럼 강대한 존재는 아니었답니다. 고위 몬스터조차 안 되는 비천한 혈통이었다고 해요."

뭐야, 그럼 밑바닥에서 올라와 대군주가 된 건가. 굉장한데.

"하지만 특유의 탐욕과 이기심으로 많은 동료들의 뒤통수를 치고 군주급 몬스터의 말석까지 올라왔습니다. 그 뒤로도 그는 자신이 성공할 걸 의심하지 않았습니다만, 이미 그때쯤 그의 배신의 역사는 사방에 널리 알려졌어요."

"모두들 멀리하게 된 거군."

"맞아요. 당시 세르두락이라 불렸던 그와 함께한 자는 모두 비참한 최후를 맞이했으니까요. 그래서 그는 오랜 시간 군주급 몬스터의 말석에서 벗어나지 못했답니다. 가망이 없는 시간이었죠."

그러다 변화를 맞이한 게 지금 다르쿠다의 힘을 흡수한 이후라 했다.

"어떤 과정으로 제가 힘을 빼앗긴지는 말씀드리지 못함을 용서해 주세요. 하지만 당시 저는 죽어가고 있었습니다. 소망을 이루지 못한 채, 소명을 잃어버리고, 그렇게 피 웅덩이에 잠겨 있었지요. 그때 세르두락을 만났답니다."

"무방비 상태라 힘을 빼앗긴 건가?"

당연히 그런 흐름일 거라고 생각했는데 다르쿠다는 고개를 저었다.

"당시 세르두락과 제 격의 차이는 컸답니다. 이미 죽어가고 있었지만 그 말석의 군주급 몬스터가 감히 다가오지 못하고 머뭇거릴 정도였죠. 지금도 기억하고 있어요. 탐욕에 젖은 그의 얼굴을. 하지만 그 이상의 두려움 때문에 갈피를 못 잡는 모습까지."

지금으로서는 상상도 안 된다. 실로 경천동지인 그 괴물이 그리 찌질한 모습이었다니.

"아마 제가 완전히 죽을 때까지 지키고 있으려는 것 같았어요. 하지만 언제 다른 이가 끼어들지 몰라 전전긍긍해 하더군요. 저 역시 거리를 두고 있던 그를 보며 고민에 빠져있었어요."

"무슨 고민?"

"이대로 죽을 것인가…?"

그 말의 무게에 나는 쉽게 입을 열 수 없었다. 과거 나는 하이에나 시절 수도 없이 죽을 뻔했다. 그래서 저런 생사의 기로에서의 고민이 얼마나 많은 고뇌를 담고 있는지 잘 안다.

"저는 고민했어요. 죽는 게 가장 깔끔했겠죠. 그때 그런 결정을 했으면 지금 같이 구질구질하진 않았을 테니까요. 하지만 미련이 남아있었답니다. 남겨두고 갈 수 없는 게 있었던 거죠. 걱정되고 또 걱정되서 말이에요."

나는 그게 뭔지 알고 싶었지만 물어도 답해주지 않을 테니 입을 열지 않았다.

"상황은 알겠어. 그런데 그때 어떻게 살아난 거야?"

"딱 하나 방법이 있었어요. 영 마음에 들지 않아 근처에서 들짐 승처럼 기웃거리는 세르두락을 보며 고민했지만."

그 방법은 간단하면서도 파격적이었다. 바로 자신의 힘을 세르 두락에게 넘기는 것이다. 그리고 강해진 그에게 지배되어 노예로 새 삶을 얻는다. 어지간한 각오로는 할 수 없는 일이었다.

"그가 거래를 받아들였군."

"네, 뛸 듯 기뻐했지요. 제 힘을 얻는 데다가 절 노예로 부릴 수 있게 됐으니까요."

"그가 힘만 받고 살려주지 않을 위험은 없었나?"

"제가 죽으면 그 힘의 태반은 영구히 사라지니까요."

대체 이 다르쿠다란 존재의 원래 정체는 뭐였을까?

"그래서 세르두락은 제 힘을 받아들이고 대군주급 존재로 재탄 생합니다. 이름도 카르페라고 개명하지요. 카르페는 몬스터의 언 어로 패왕(霸王)이란 뜻이랍니다."

"몬스터의 왕조차 쓰러뜨리고 싶어 하는 본인의 소망을 잘 나타 냈군. 너와의 기묘한 거래 때문에 힘도 얻었고. 자신이 무슨 짓을 한 지 알아? 그런 위험한 녀석이 태어나게 만들다니…."

내 말에 다르쿠다는 살짝 슬픈 얼굴이 됐다.

"그래서 때때로 제가 남은 이들에게 실수한 게 아닐까 싶어요. 그냥 그대로 허무함에 몸을 맡겨 사라졌다면 더 낫지 않았을까…."

그녀는 후회했지만 아직은 기회가 남았다고 했다.

"저는 때를 엿보고 있었어요. 카르페는 제가 완전히 굴종했다고 여겼지만 마지막 비수만큼은 눈치채지 못했죠."

"그게 뭔데?"

"일시적으로 제 힘을 일부나마 되찾아 오는 능력이에요. 그렇게 된다면 카르페는 약해지겠죠."

빼앗긴 힘을 되찾을 수 있다고? 그럼 왜 진작 하지 않았냐고 물으니까 조건이 있단다.

"하지만 힘을 되찾아오기 위해서는 변수가 발생해야 합니다. 틈이 나야 한다고 해두죠. 평상시에는 할 수 없어요."

"그걸 나보고 하라는 건가? 본인은 할 수 없으니."

"이해가 빨라서 좋네요. 이건 정당한 거래예요. 틈을 만들어 주세요. 그렇게 해주시면 제가 카르페의 힘을 일부 되찾겠어요. 그렇게 함으로써 당신은 약화된 카르페를 쓰러뜨릴 기회를 갖게 됩니다."

답이 없던 카르페 공략에 새로운 길이 보였다. 이대로 정면으로 공격하면 엄청난 피해를 감수하고 쓰러뜨리는 것밖에 없다. 하지만 다르쿠다와 연계하면 약화시킨 뒤에 잡을 수 있게 되는 것이다.

"당신이 카르페를 쓰러뜨리면 저는 자유롭게 풀려납니다."

"힘을 되찾게 되면 네가 더 위험한 거 아니야?"

오히려 더 거물이 출현하면 곤란하다.

"당신을 적대하지 않겠다고 약속하겠어요."

"내가 그걸 믿을 거라고 생각해?"

"뭘 해도 지금 처지보다는 훨씬 낫겠죠. 카르페와 정면으로 충돌하고 싶으면 맘대로 하세요."

그건 역시 피하고 싶다. 나는 고민하다가 마음속으로 결심을 한 뒤 물었다.

"그런데 그 틈이란 건 어떻게 만드는데?"

"간단합니다. 지금 이 모든 문제는 지배력에 의해 벌어졌어요. 그러니 지배력으로 해결해야 합니다. 마침 당신 지배의 대천사의 화신이잖아요?"

다르쿠다는 내가 지배력을 발휘해서 카르페의 지배력을 방해할 수 있다고 했다.

"그가 절 지배하는 힘을 방해하면 돼요."

"어느 정도의 힘이 필요한데?"

"최소 군주급 몬스터를 지배할 수 있는 힘이에요. 일단 제가 군주급 몬스터니까요."

생각지도 못한 난관에 봉착했다. 다르쿠다는 내가 당연히 그 정도 힘은 갖고 있을 줄 아는 모양인데, 이쪽은 그 정도 여유가 없다. 즈굴을 지배하기 위해서 우리엘을 풀어줬을 정도니까.

필요한 만큼 여력을 만들기 위해서는 미카엘라나 나나엘, 즈굴을 지배에서 풀어야 하는데, 셋 다 고려하기 어려운 선택지였다.

"어떻게 해도 지배력의 여유를 확보하기 힘들어."

내가 고개를 흔들자 다르쿠다는 생각지도 못한 상황인 듯 당황한 기색이었다. 아무래도 그녀야 내가 지배력을 어떻게 분배하고 있는지 알 길이 없으니, 이런 문제를 고려하지 못했겠지.

"정말 어렵나요?"

"괜히 싫는 소리하는 거 아니야. 정말로 방법이 없어. 즈굴의 지배를 푸는 게 유일한 방법인데, 현재 지배가 풀린 즈굴을 안정적으로 처리할 전력이 없어."

나나엘과 쿠니엘의 도움을 받으면 어찌저찌 될 것 같은데, 둘 중에 하나라도 크게 다치면 곤란하다. 아니, 분명히 중상이겠지. 그 정도 괴물 같은 놈을 간편하게 처리할 수는 없다. 게다가 지배됐다고 해도 자살하라는 명령 같은 건 먹히지 않을 테니 풀고 전투를 벌이는 수밖에. 자살하라는 터무니없는 명을 내리면 오히려 지배력이 풀려버릴 확률이 높다.

"지배를 풀어줄 테니까 적대하지 않으란 맹세를 요구할 순 없나요?"

다르쿠다의 말은 얼핏 그럴 듯해보였지만 나는 고개를 저었다.

"강제된 정신 상태 속에선 이름을 걸고 맹세를 해도 소용없어. 맹세는 자유 의지를 가지고 있을 때 행할 수 있는 거야."

내 말에 다르쿠다는 다시 고민해 빠진다.

"으음… 그러면 지배력에 관련된 물건이 필요한데…."

잠시 뒤 그녀는 생각났다는 듯 손뼉을 짝 쳤다.

"맞아요! 메타트론의 검! 그걸로 가능할지도 몰라요!"

"그 검이 왜?"

순간 고개를 갸웃거릴 수밖에 없었다. 메타트론의 검은 훌륭한 물건이긴 하지만 지배력에 관련된 부분은 없었다. 내가 기억하는 검의 스펙은 이렇다.

메타트론의 롱소드 (S+등급)

공격력+255

힘+255

매력+255

특수능력: 불타는 칼날, ?????, ????

그러고 보니까 내가 파악하지 못해 스탯창에 ?????로 표시된 특수능력이 두 개 있긴 했구나. 설마 그게 지배력에 관계된 건가? 그건 그렇고 이상한데.

"메타트론의 검에는 지배력과 관련된 힘이 깃들어 있어요."

"나도 모르는 걸 대체 어떻게 아는 거야?"

"당신이 화신이 된지 얼마 안 되서 그래요. 오래 이 대립 속에 있던 저는 다양한 소문을 들어왔답니다. 자세한 건 메타트론에게 가서 물어보면 될 거예요."

"그렇군."

나는 일단 납득했다는 듯한 태도를 취했다. 하지만 내심으로는 다르쿠다의 진짜 정체에 대한 의문이 더더욱 피어올랐다.

"분명 메타트론의 검을 사용하면 일시적이나마 카르페가 절 지배하는 힘에 문제를 일으킬 수 있어요. 즉, 우리가 서로를 도울 수 있다는 거지요."

"솔깃하다는 점을 부인하긴 어렵겠는데."

"그리고 검을 쓰리고 했으니 한 가지 정보를 더 알려드릴게요. 현재 카르페에겐 약점이 있어요."

"뭔데?"

들어보니까 지난번 나나엘의 회심의 일격에 당해 떨어졌던 단단한 가슴 비늘을 재생하지 못했다고 한다.

"마정석을 감싸는 중요한 위치에 있는 비늘이에요. 보통 공격으로 건드릴 수도 없이 단단한 건데, 확실히 그 대천사의 필살기가 대단했지요."

"단단하고 중요한 만큼 재생도 어렵다는 건가?"

"네, 검으로 그곳을 노려보세요."

아주 중요한 정보로군. 다르쿠다의 정체에 대한 의구심이야 의구심이고, 이번 일이 그럴 듯하다는 건 사실이야. 가뜩이나 카르페를 어떻게 처리해야할지 골치 아팠다. 커다란 희생만이 불가피해 보여 마음이 무거웠다. 그런데 그럴 듯한 방법이 나온 것이다.

"한 번 이 이야기는 고민해 보도록 하지."

"미안하지만 다시 만나서 얘기할 겨를이 없어요. 말했잖아요. 여유가 없다고. 카르페가 당신을 암살하라는 명령을 다시 한 번 내려도 이상하지 않다고요."

"음…."

"갑자기 찾아와서 확약을 달라는 건 어렵겠죠. 그러면 당일 날 사정이 맞으면 연계하기로 약속하는 게 어떨까요?"

그 정도라면 괜찮을 것 같았다. 봐서 아니다 싶으면 오늘 거래는 없었던 얘기로 하면 된다. 어차피 메타트론은 전투력을 상실해서 검이 필요한 것도 아니니 내가 빌리기도 용이하고.

"좋아. 그렇게 하자고. 뒤통수 칠 생각은 하지 마. 더는 예전처럼 널 알아보지 못해서 당할 일은 없으니까."

"걱정하지 마세요. 저도 이번 일이 실패하면 심각해지니까요."

다르쿠다는 일이 성사되면 우리를 적대하지 않는다는 약속한 뒤에 사라졌다. 그렇게 그녀가 떠나자 나는 메타트론에게 가서 이 일을 털어놓았다.

"뭐얏! 널 찌른 그 괘씸한 놈이 찾아왔다고! 어디냐! 유제아! 본녀가 가서 족발 자르듯 썰어버려야겠다!"

"갔어, 이미."

"왜 이제야 얘기하는 거냐! 이놈!"

그럼 말하는 도중에 와서 얘기하냐. 나는 메타트론을 달래면서 다르쿠다의 제안에 대해 어떻게 생각하냐고 물었다.

"나쁘지 않다. 적의 적의 친구가 아니더냐. 그런데 그놈이 본녀의 검의 기능을 알고 있었다?"

"어. 좀 의외더라고."

"흐음…"

메타트론은 눈매가 가늘어졌다. 무슨 생각을 하냐고 물었지만 가타부타 말이 없었다. 그저 혼자 구석에 앉아 골똘히 생각에 잠겨 있었다.

매사 머리가 해맑은 그녀기에 저런 모습은 드물었다.

대체 무슨 일인지 알 수 없었다.

일주일 뒤에 우리군은 출정했다. 흑익군이니 백익군이니 하는 대립을 없애고 처음으로 하나의 군이 되어 의미가 컸다.

"가브리엘님, 그럼 뒤를 부탁드리겠습니다."

"맡겨주십시오."

가브리엘은 자기 군단을 이끌고 방어선 아래로 물러나기로 했다. 표면적으로는 원정 도중 방어선이 취약해질 것 우려해서였지만, 실상 자기 성소 속에 틀어박힌 바라카엘을 견제하기 위해서였다.

"음흉하기 짝이 없는 놈입니다. 게다가 정치적으로 실각하고 극단적으로 몰려있죠. 무슨 짓을 벌일지 모릅니다."

내 말에 가브리엘은 고개를 끄덕였다.

"걱정 마십시오. 제 마음 속에 그를 향한 앙금이 적지 않습니다. 철저히 견제할 테니 마음 놓고 카르페를 쓰러뜨리십시오."

"감사합니다."

"그런데 그자가 실로 괴물 같거늘 상대할 수 있겠습니까?"

"가능합니다."

본체 상태인 쿠니엘, 탐욕의 군주였던 즈굴, 메타트론의 화신인 나, 그리고 여러 대천사들의 분신체들이 함께 공격할 테니까. 마치 게임 속 레이드와 같군.

"카르페는 여전히 강력합니다만, 휘하에 군주급 몬스터들은 지난 싸움으로 많이 잃어버렸거든요."

나와 메타트론이 노량진에 신성지를 건설한 것을 시작으로 무수한 싸움이 있었다. 그리고 카르페 밑에 있던 여러 유능한 군주급 몬스터들이 연달아 사망했다. 그는 여전히 압도적이지만, 전쟁은 혼자 하는 게 아니다.

"그렇군요."

"특히 가브리엘님이 과거 반란을 유도했던 게 지금 크게 도움이 되고 있습니다."

가브리엘은 나나엘과 모의해서 군주급 몬스터들의 반역을 지원한 적이 있다. 비록 반역은 실패했지만 그때 군주급 몬스터가 여럿 숙청당했다.

"카르페는 반란을 진압하고 자기 권력을 공고히 했다고 여겼겠지만, 실상 강북 전체의 전력을 갉아먹은 셈이지요. 유능한 군주라면 반란이 일어나기 전에 그들을 미리 껴안았어야 합니다."

"힘을 숭상하는 몬스터들의 한계가 아닌가 싶습니다."

가브리엘은 조금 즐거운 얼굴이었다. 실패로 끝난 자신의 작전이 뜻밖에 빛을 보고 있기 때문이겠지. 아마 이래저래 공을 많이 들이고도 망해서 한동안 속 좀 썩였던 모양이다.

"그럼 다녀오겠습니다."

가브리엘과 인사를 한 뒤 바로 군을 출발시켰다. 용산에서 경복궁까지는 얼마 안 걸린다. 도로를 따라 걸으면 7킬로미터가 약간 넘을 뿐이다. 거리는 정막하기 그지없는 게 몬스터란 몬스터는 모두 사라진 것 같았다.

"폭풍 전야로군."

마침 그때 정찰대를 이끌고 나갔던 스이엘이 돌아왔다. 유치원생만한 작은 대천사가 날개를 파닥거리며 내 앞에 떠서 열심히 보고 온 걸 알려준다.

"유제아, 유제아!"

"매번 그렇게 이름을 두 번씩 부르지 않아도 되는데."

"시끄럽고 어서 들어봐!"

스이엘의 보고로는 경복궁 밖에는 몬스터가 하나도 보이지 않는다고 했다. 모두 안쪽에서 전투를 준비 중인 것 같다고.

"일부는 땅속에 숨어있는 거 같아. 수가 좀 모자란 느낌이랄까?"

"그런가."

무슨 속셈인지 대강 예상이 됐다. 만약 우리가 궁궐 내로 진입하게 되면 땅 밑에서 튀어나와 기습하려는 거겠지. 뭔가 호탕한 결전을 생각했던 나는 전투가 생각대로 흘러가지 않을 것 같았다.

"그리고 말이야. 도로마다 건물을 무너뜨려서 행군하기 어렵게 만들어뒀어."

"귀찮게 해놨네."

최근에야 대군주 카르페란 존재에 대해 감이 잡혔는데, 내가 내린 결론은 생각보다 치졸한 놈이란 거다. 겉으로는 뭔가 호탕하고 대범한 척하지만 실상을 보면 지난번에 내게 암살자를 보냈던 것처럼 치사한 짓거리에 매우 열심인 자다.

"좋아, 그렇게 나온다면 이쪽도 생각이 있지."

우리군은 꽤 고생한 뒤에야 경복궁 앞에 도착했다. 광화문 광장의 북측부터 광화문시민열린마당까지의 넓은 공간에 자리 잡았다.

"궁궐 꼴이 말이 아니네."

나는 몬스터들이 기괴하게 바꿔버린 경복궁을 보며 혀를 찼다. 어릴 때 아버지와 경복궁에 놀러왔을 때는 이렇지 않았는데. 머릿속에 한복을 입은 예쁜 누나들, 외국인 관광객, 깨끗한 궁궐 등이 떠올랐다.

"기괴하군."

딱 그런 감상이 먼저 들었다. 궁궐의 담벼락은 부서진 건물 잔해와 거대 몬스터의 뼈로 보강한 모습이었다. 그야말로 쓰레기의 산이다. 그 위에는 여러 몬스터들이 줄지어 서서 이쪽을 내려다보고 있었다. 만약 접근하면 굴리려는 듯, 묵직한 콘크리트 덩어리들을 곁에 잔뜩 구해놓은 모습이다. 날아갈 수 있는 천사가 아니면 꽤 고생할 것 같다.

"유제아."

"아, 미카엘라."

미카엘라가 나와 함께 언제 공격할지 상의하러 왔다. 그런데 그녀도 경복궁을 보며 꽤 감회가 새로운 것 같았다.

"내 주인님이 두각을 나타낸 지 얼마 되지 않은 것 같은데 벌써 여기까지 왔구나."

"과찬이야. 네가 도와줘서 그렇지."

"겸손할 필요 없단다. 몬스터 사태 이후 군대를 이끌고 여기까지 온 건 네가 처음이니까."

듣고 보니 그 말이 맞았다. 하지만 그건 이 아름다운 태양의 대천사가 날 전폭적으로 지지해줬기 때문이다. 솔직히 말해서 메타트론과 둘이서 했다면 여태 사고만 치고 다니고 있을 거다.

"정말 네가 없었다면 엄청 고생했겠지."

"그렇게 고맙다면 소녀의 소원 하나 들어주지 그러니?"

"소원?"

미카엘라가 원하는 게 있다면 기꺼이 들어주고 싶다. 뭐든 말해보라고 하자 뜻밖의 대답이 돌아왔다.

"이번 전역이 끝나면 데이트를 해줬으면 좋겠구나. 단 둘이."

그녀는 나긋나긋하게 단둘이란 말을 특히 강조했다.

"데이트?"

"그래, 데이트."

평소라면 가슴이 두근거렸겠지만 선뜻 그러자고 대답할 수가 없었다. 얼마 전에 메타트론이랑 데이트하기로 했기 때문이다. 비록 쿠니엘 때문이지만 또 데이트 약속을 잡기 그래서 머뭇거리자 미카엘라가 미소가 짙어진다. 그런데 어째서인지 눈은 전혀 웃고 있지 않아서 살짝 무서워졌다.

"왜 문제라도 있니?"

"아, 아니. 그게….'

"둘이 사귀는 거니?"

역시 이 여자는 언제나 직구야. 단도직입적으로 물어보는구나.

"그건 아니야."

메타트론과 말랑말랑한 분위기는 잠시 뿐이었다. 언제 그랬냐는 듯 도로 평상시 분위기다. 그래서 그날 했던 키스가 착각이 아닌가 싶을 정도다.

"다행이구나. 그녀가 셋이서 한 약속을 어기지 않아서."

"약속?"

"그런 게 있단다. 아무튼 데이트를 해줄 수 있을까? 나의 주인님. 너무 부담스럽게 생각할 건 없단다. 그냥 하루 같이 놀자는 거니까. 쇼핑할 때 짐꾼이 필요했거든."

그렇게 얘기하니까 내가 너무 진지했던 거 같단 생각이 들었다. 여자의 쇼핑을 따라가는 거라, 그건 분명 전쟁만큼 힘든 일이지만 미카엘라를 위해서라면 기꺼이 할 수 있었다.

"좋아. 그렇게 하자."

내가 고개를 끄덕이자 미카엘라는 환하게 웃으며 좋아했다. 그건 그렇고 얼굴이 이상하게 붉은 거 같다.

"열이 있는 거야? 좀 아픈 거 같은데."

내 지적에 그녀는 살짝 놀라더니 아니라고 고개를 저었다.

"그런 것은 아니야. 데이트를 신청하려니 좀 부끄러워서 그런 거란다."

잘못 봤나? 아픈 게 아니라면 다행이지만. 하긴, 미카엘라가 갑자기 아플 리가 없고.

"자, 잡담은 이 정도로 하고 오늘 전쟁에 집중하자. 유제아,"

"그래. 힘든 싸움이 될 거 같으니까."

"생각해 둔 거라도 있니?"

"일단 즈굴을 써서 도발하려고."

"뭐?"

생각지도 못한 얘기를 들은 듯 미카엘라의 눈이 휘둥그레졌다. 설마 그 악명 높은 즈굴을 써서 도발한다는 발상은 그녀도 하지 못했던 모양이다.

"말 그대로야. 오늘 즈굴이 내 유세객이 된다."

"대체 무슨 속셈인 거니?"

"일단 보고 있어봐. 저쪽에서 치사하게 나왔으니까, 우리도 치사하게 나가야지. 선동과 날조. 그것만큼 전쟁에서 잘 먹히는 건 없지."

양측이 대치한 채 전투의 분위기가 한창 달아오른 상황이다. 나는 태양이 떠오른 정도를 보며 중얼거렸다.

"올 때가 됐는데…."

오늘 공격은 우리군 혼자선 불가능하다. 즈굴이 몬스터 증원군을 이끌고 와야 하고, 칼두두도 언데드를 이끌고 합류해야 한다. 다만 칼두두는 인간과 천사들이 감정상 받아들일 수 없기에 경복궁 북쪽에서 따로 공격에 들어갈 것이다.

"음…."

즈굴과는 피를 통해 연락할 수 있다. 흥건하게 고인 피에 서로에게 메시지를 보낼 수 있는 거다. 녀석은 오늘 이맘때쯤 도착하겠다고 알려왔었다.

"아, 왔다."

군대가 크게 소란스러워져 보니까 무너진 건물 사이로 난 길에서 일단의 몬스터 무리가 모습을 드러내고 있었다. 가장 앞에는 익숙한 즈굴이 보였다.

"침착해! 아군이다!"

내 외침에 다들 경계하면서도 공격하지 않았다. 이미 즈굴이 한 무리의 몬스터를 끌고 증원을 올 것이란 얘기를 들었기 때문이다. 그런데 생각보다 그 수가 훨씬 많았다.

"뭐야? 어떻게 된 거야? 수백 정도 데려올 줄 알았는데."

즈굴은 내게 지배를 당한 뒤 자기 지위를 잃어버렸다. 몇 백만 데려와도 성공이라 여겼는데, 얼핏 봐도 천 단위다. 개털이 된 거 아니었나.

"크하하하! 이 몸의 인망이 이 정도라네. 여기저기 돌아다녀보니 절로 호응해 오는 이들이 여럿이었어."

도저히 믿을 수 없는 얘기라 즈굴을 무시하고 몬스터들을 살펴 봤다. 군주급 몬스터가 둘이 있었는데 어째서인지 얻어터진 듯 상태가 안 좋았다. 한 녀석은 머리에 훌륭한 뿔이 있었던 거 같은데 완전히 부러져있었다. 절단면을 보니 최근에 잘려나간 것 같아…. 다른 녀석은 인간형의 상체에 민달팽이 같은 하체를 가진 기괴한 놈이었는데, 상체의 양팔이 모두 없었다. 딱 봐도 물어뜯긴 듯한 상처였다.

"저게 무슨?"

두 군주급 몬스터를 가리키며 묻자 즈굴은 쾌활하게 답했다.

"인망이라네."

아무래도 인망이란 단어의 몬스터와 인간의 사전적 의미가 퍽 다른 것 같았다. 딱 봐도 동네를 한 바퀴 돌며 만만한 애들 쥐어 팬 것 같았다. 카르페의 힘이 막강해도 영향력이 덜 미치는 무리들이 있겠지. 즈굴은 그런 놈들을 타겟으로 삼아 자기 부하로 만든 모양이다.

"쟤들 믿을 수 있겠어?"

등용의 과정이 참으로 야만적이었던 터라 묻지 않을 수 없었는데 즈굴은 여유만만이었다.

"이 몸이 반죽음 상태가 아니면 배신하지 않을 거야."

"그렇다면 다행이지만."

"물론 아군이 패배하면 얼마든지 배신할 수 있겠지."

"그럼 안 좋은 거 아냐?"

내가 눈살을 찌푸리자 즈굴은 쾌활하게 대꾸한다.

"우리가 패배한다면 더없이 모든 게 안 좋을 거야. 거기에 안 좋은 일이 조금 더 생긴다고 무슨 문제겠어?"

"네 사고 방식이 부럽다."

그래도 마냥 구박하기도 뭐한 게 지금은 즈굴이 맞다고 생각했기 때문이다. 일어나지도 않은 일을 걱정해 손을 못 쓰는 것보다 하나라도 더 하는 게 낫다. 지금은 내게 지배되어 영락했지만 그래도 한때 높은 위치에 올라간 놈답다는 생각이 들었다.

"그럼 전에 논의한 대로 하면 될까?"

"그래. 부탁하지."

"기꺼이 봉사하지. 분란을 일으키고 피가 강처럼 흐르는 것만큼 내가 좋아하는 건 없거든."

즐겁게 그런 소리를 하는 즈굴을 보며 역시 이놈은 위험하단 생각이 들었다. 아닌 게 아니라, 곁에서 보던 메타트론이 걸어가는 즈굴의 등을 쳐다보며 속삭인다.

"저 놈 말이니라."

"응."

"지배로 붙들고 있기에는 너무 거물이다."

"하긴 당시 상황이 여러 가지로 운이 좋았었지. 또 하라면 못할 거 같네."

"실제로도 그럴 것이다."

"응?"

단순히 일의 어려움 정도를 말하는 게 아닌 것 같았다. 눈으로 무슨 얘기냐고 묻자 메타트론이 설명했다.

"드문 경우긴 하지만 고위 몬스터들은 지배에 내성이 생기기도 한다."

"정말?"

"실제로 여러 차례 지배를 해보면서 깨달은 거니 확실할 거다. 저 즈굴 정도 되는 녀석은 한 번 지배에서 풀려난다면 다시 지배할 수 없을 게 틀림없다."

"흐음…… 생각보다 더 위험한데. 그렇다고 손 하나가 귀한 이때 이용하지 않을 수도 없고."

"경계만 철저히 하면 된다. 아무리 위험해도 그 죽음에서 돌아왔다는 칼두두만 하겠느냐?"

"그건 그렇지."

"즈굴을 잘 지켜보다가 위험하다 싶으면 바로 처리해 버려야 한다. 유제아."

메타트론의 조언에 나는 꼭 그러겠다고 약속했다.

"시작한다."

"근데 유제아. 저놈에게 뭘 시키려는 것이냐?"

"보면 알아."

즈굴은 혼자 위풍당당하게 경복궁의 방어벽 앞으로 나아갔다. 그러자 지켜보던 몬스터들이 일제히 야유를 퍼붓는다. 그들 입장에서 보면 인간에게 붙어먹은 즈굴은 경멸의 대상이겠지.

"쓰레기 같은 놈! 카르페님을 배신해!"

"저 인간이 더한 권력을 줄 거라 여겼느냐!"

"수치를 알아야 한다!"

간간히 들리는 몬스터들의 말을 들어보니 설마 즈굴이 내게 지배됐다고 여기는 이는 하나도 없는 듯했다. 그저 교활한 즈굴이 편을 바꾼 정도로 여기는 모양이었다. 하긴 저 위험천만한 놈을 지배할 수 있다고 누가 믿을까. 내겐 다시없는 행운이었다. 물론 그 때문에 대천사 우리엘을 향한 지배가 풀려버렸지만. 요즘 우리엘이 원한을 갚으러 올까 싶어 밤잠 설치고 있다.

"닥쳐라! 모두 닥치고 이 몸의 말을 듣도록!"

앞으로 나선 즈굴이 일갈하자 야유하던 몬스터들이 입을 닫았다. 과연 굉장한 박력이다. 거대한 몸에서 터져 나오는 목소리가 이 일대를 쩌렁쩌렁 울리고 있었다. 순간 귀가 지잉-했을 정도다.

"이 몸이 진영을 배신했다고? 그게 대체 무슨 상관이지?"

즈굴의 외침에 다시 몬스터들에게 폭언이 터졌다.

"이런 염치를 모르는 놈! 크르르르!"

"부끄러움도 모른다! 당장 배를 갈라 사죄하라!"

"만사 네놈 뜻대로만 사는 것이냐!"

그들 모두의 반발에 즈굴은 이해할 수 없다는 듯 반문했다.

"그게 다 무슨 소용인가? 인간에게 몬스터라고 불리는 우리에게 중요한 건 무엇인가? 그걸 스스로 자문해 보라! 적의 머리통을 깨 버리고 팔 다리를 뽑아내는 게 최고의 기쁨이자 삶의 보람이 아니 냔 말이다! 사실 우리 모두 그런 원초적인 피비린내 나는 삶을 살고 싶지 않은가!"

몬스터는 혼돈이 구체화된 생명체다. 그들은 어지럽히고 싶어 한다. 반듯한 것들, 질서가 잡힌 것들을 부수고 흩어버리고자 하는 천성을 타고났다.

하지만 천사 진영과 싸운다는 끝나지 않은 대의를 짊어지고 있 기도 하다. 그들은 수백 년째 그 업의 굴레를 벗어나지 못하고 있 다. 천사 진영에서도 그런 일에 진력하고 자기 길을 가고자 하는 우 리엘 같은 작자들이 나왔다. 몬스터라고 다를 리가 없다. 아니나 다 를까, 마음에 동요가 있는지 놈들이 웅성거리기 시작했다.

"닥쳐라! 지금은 천사라 불리는 저 가증스러운 대적을 쳐부수는 것이야 말로 우리의 성전이다! 여기 무슨 이론이 있겠는가!"

당연히 반발하는 이들도 있었다. 하지만 매우 재밌게도, 성벽 위 에 늘어선 몬스터 모두가 그에 동조하는 것 같진 않았다. 즈굴은 그 걸 다시 한 번 후벼 팠다.

"대의? 크크흐흐흐하핫! 아직도 그런 선동에 놀아나는 놈들이 있나! 들으라! 네놈들이 주인인 카르페조차 그딴 대의는 발로 차 버린지 오래다! 그 자를 가까이서 섬겼던 이 몸은 잘 안단 말이다. 카르페가 대의란 것 위에 오래 전에 큰 똥을 질펀하게 싸지른 것을!"

"뭐라! 말이면 다인가!"

"자신 있으면 내 말에 반박해 보라! 사실 카르페가 천사를 토벌하는데 전혀 관심이 없다는 것을!"

그 지적은 뼈아픈 것이었다. 크게 반발하던 무리조차 일순간 입을 다문다. 다들 어느 정도 느끼고 있었을 거다. 카르페가 인간&천사 진영과 소모전만을 반복하고 있으며, 특히 서울을 다스리던 다른 대군주 둘이 죽고 나서는 더욱 노골적으로 변했다는 사실을. 즈굴은 그걸 거론하며 능수능란하게 몬스터들을 흔들었다.

"카르페의 시야는 남쪽을 보고 있지 않고 북쪽을 보고 있다! 모르는가! 그가 처리하고자 하는 진정한 목표는 인간과 천사가 아니다! 바로 왕이다! 그는 왕을 처리하고 자신이 권좌에 앉고자 한다!"

정곡을 지적한 즈굴의 연설은 파란을 일으켰다.

"언변도 대단한데. 마치 삼국지에 나온 유세객 같아."

"그, 그렇구나. 본녀가 10년을 더 살아도 저 정도로 혀가 매끄러워지지는 않을 것 같다."

지켜보는 메타트론과 나는 즈굴의 솜씨에 혀를 내둘렀다.

"너희가 서있는 장소 어디에 대의가 있는가! 사실 모두 알고 있을 것이다! 자신의 삶이 그저 카르페의 공명심에 이용당할 뿐이라는 걸! 인간들의 고사에 이런 말이 있다. 일장공성만골고(一將功成萬骨枯)라고! 한 장수의 공명은 수많은 병졸의 희생으로 이뤄진다는 얘기다! 그래, 딱 네놈들의 삶을 말해주고 있지 않느냐! 크하하하하!"

깜짝 놀랐다. 즈굴 녀석, 엄청나게 유식하잖아. 일장공…? 뭐시기? 무슨 뜻인지도 몰랐다. 놀라서 메타트론을 보니, 그녀는 당황한 얼굴을 감추고 애써 표정관리를 하고 있었다. 혹시나 내가 무슨 뜻인지 물어볼까봐 전전긍긍해 하는 기색이다. 체면을 중시하는 성격이라 서열1위 대천사인 자신이 모른다는 사실을 인정하기 싫은 것이다.

"몬스터가 책도 읽나?"

"보, 본녀도 안 읽는데…."

"넌 종이라고는 마트에서 준 할인상품 카탈로그만 보잖아."

"시, 시끄럽다!"

우리가 쑥덕거리는 사이 즈굴의 연설은 끝나가고 있었다.

"어차피 대의가 그딴 거라면 개인의 욕망을 추구하는 게 무엇이 나쁜가! 타인의 욕망을 위한 도구인 네놈들이 스스로의 욕망을 추구하는 이 몸을 비난할 것이냔 말이다!"

이제 몬스터 중에서 제대로 대꾸하는 이가 없었다. 군주급 몬스터가 몇 보였는데 그들도 꿀 먹은 벙어리다. 즈굴은 검지 손가락을 치켜 올리며 연설 중 가장 큰 목소리로 외쳤다.

"내 카르페에게 직접 한 마디 하겠다! 네놈이 앉아 있는 근정전까지 이 목소리가 충분히 들리겠지!"

그는 숨을 들이키더니 크게 외쳤다.

"함께해서 좆같았고! 다시는 보지 말자! 카아악! 퉤!"

실로 저렴하고도 멋진 연설이었다. 나도 모르게 살짝 박수를 치고 있는데 즈굴이 이쪽을 돌아보며 눈을 씰룩거린다. 그러자 메타트론이 기가 막혀했다.

"어필하고 있구나?"

"잘했다고 칭찬해 달라는 거 같은데…."

"어째 갈수록 처리하기 어려워지는 것 같지 않느냐…?"

"게다가 상당히 유능하고."

지배하기엔 너무 버거운 즈굴이었다. 그는 크게 웃음을 터뜨리고는 다시 이쪽으로 돌아왔다. 실로 전투의 초입에 역할을 제대로 해줬다. 몬스터들은 사기가 꺾인 듯 분위기가 다운돼 있었기 때문이다. 반면 우리는 크게 소리를 지르며 기세를 올렸다. 그러자 덩치좋은 몬스터들이 놀란 듯 몸을 움츠렸다.

"와아아아아!"

즈굴이 돌아오자 아군의 진영에서 박수가 쏟아졌다. 지금까지그를 두려워하고 혐오하던 인간과 천사들이 모두 환호하고 있는것이다.

"즈굴! 즈굴! 즈굴!"

"즈굴! 즈굴! 즈굴!"

"즈굴! 즈굴! 즈굴!"

심지어 즈굴은 친근하게 손을 들어 올리며 화답했다. 개선장군이 따로 없었는데, 즈굴이 다가오는 인파에 밀려 넘어진 여자 헌터를 몸소 일으켜 주는 장면에는 입이 쩍 벌어질 수밖에 없었다.

"세상에? 봤어?"

메타트론도 한때 그 두려웠던 적이 가식적인 상냥함을 한껏 발휘해 신망을 휘어잡는 걸 보고 어이가 없는 듯했다.

"이거 이제는 처리해 버릴 수 없는 것 아니더냐?"

"두, 두렵군. 놈이 스스로 자기 자리를 만들고 있어."

그렇다. 즈굴은 나도 모르는 사이에 인기인이 돼가고 있었다.

"끄응….."

앓는 소리가 절로 나왔다. 극히 위험한 놈이기에 적당히 쓰다가 처분한다는 계획이었던지라, 저렇게 인기를 얻어대면 곤란하단 말이지. 스스로 입지를 만들어가다니 정말 대단하군. 하지만 지금은 즈굴을 신경 쓰고 있을 때가 아니었다.

"미카엘라, 전군의 지휘를 부탁할게."

나는 계책이라면 꽤 낼 수 있지만 대규모 군대의 운용에 있어서는 아직 경험이 부족하다. 게다가 여러 천사부대가 무슨 특기를 가졌는지 파악해 적재적소에 투입하는 것도 대천사인 그녀가 훨씬 나으니까. 그래서 전군의 지휘는 미카엘라에게 맡기고 나는 와일드카드 역할을 할 작정이다.

"쿠니엘까지 데리고 갈게. 그걸 감안해서 작전을 세워줘. 쿠니엘을 빼가서 부담은 없겠어?"

현재 아군의 최강자는 쿠니엘이다. 서열2위인 미카엘라라고 해도 본체가 아닌 이상 쿠니엘에게 못 미친다.

"괜찮아. 이번에 유제아 네가 나나엘을 각성시켰잖니. 게다가 계속된 싸움으로 군주급 몬스터의 수가 상당히 줄어들었지."

미카엘라는 걱정말라는 듯 말하다 바람결에 흩날리는 머리카락을 손가락으로 쓸어 올렸다.

"좋은 바람…. 길고 긴 시간을 웅크리고 때를 기다렸더니 이런 바람이 불어오는구나."

그녀의 중얼거림에서 많은 아픔이 느껴졌다. 여러 동료를 잃고 방어선에 안쪽에서 버티는 심경이 어땠을까? 사실 미카엘라는 메타트론보다도 더 호전적인 성격이다. 과거 잠시 그녀의 본성이 드러났을 때만 봐도 알 수 있다. 하지만 그녀는 현실을 무시하지 않았다. 정치란 이름으로 마음에도 없는 미소를 지으며 협상을 하고 방어선 안쪽에 얽매인 삶들을 지킨다. 쉽지 않은 시간이었겠지.

"아직 좋은 바람이라고 할 수 없어."

"그러니?"

"언젠가 네 본체가 멍에를 벗고 밖으로 나설 때, 내 날개를 타고 흐를 바람이 좋은 바람이겠지."

"호호호, 그러려면 왕이라도 나타나야 할 텐데?"

"그때 그 왕을 죽이겠어. 좋은 바람과 함께 모든 게 끝날 거야."

"…유제아 너는 정말 항상 설렘을 주는구나."

나는 미카엘라에게 공성전을 시작해달라고 부탁했다. 그녀는 고개를 끄덕였고 앞으로 나섰다. 태양빛을 전신에서 뿜어내는 것 같은 찬란한 그녀의 등장에 아군이 열광했다. 미카엘라는 모두에게 용기를 주기 위해 외쳤다.

"오늘 싸움에 앞서 여러분에게 한 가지 사실을 알리겠습니다. 연속된 우리의 승리로 적의 군주급 몬스터는 30% 밖에 넘지 않았습니다. 이것이 의미하는 것은 간단합니다. 몬스터를 강한 무리로 만드는 지배력이란 사슬이 약해졌음을 말합니다. 이제 한창 엷어진 지배력이 저들의 무리를 간신히 유지하고 있습니다. 우리가 한 번에 치면 구멍 난 둑처럼 단번에 무너질 정도로 아슬아슬합니다! 자, 전우들이여! 오늘 우리는 강북을 평정하게 될 것입니다! 이날의 결과는 오로지 승리 외에는 존재하지 않습니다!"

그 말과 함께 미카엘라는 공격 명령을 내렸다.

"와아아아아아!"

"돌격! 돌격하라!"

헌터와 천사들이 경복궁을 향해 쇄도해 들어간다. 드디어 전투가 개시됐다.

양 진영의 전투는 치열하게 전개됐다.

"입이 바짝바짝 마르는군."

"예상하던 바야…."

초조함에 불평을 하자 쿠니엘이 차분한 목소리로 말린다. 아무래도 이런 건곤일척의 승부에 쿠니엘과 나 같은 중요 전력이 빠졌으니 초조할 수밖에. 하지만 카르페 역시 근정전에 자리 잡고 복지부동이란 걸 생각하면 섣불리 움직일 수도 없다.

"그렇긴 한데. 으… 망할 놈의 칼두두 녀석 언제 오는 거야?"

칼두두가 와서 변곡점을 일으켜주면 그때 나설 작정이다. 그가 안 온다는 가정 하에 플랜B가 있긴 하지만, 역시 제3자가 끼어드는 시나리오가 좋다.

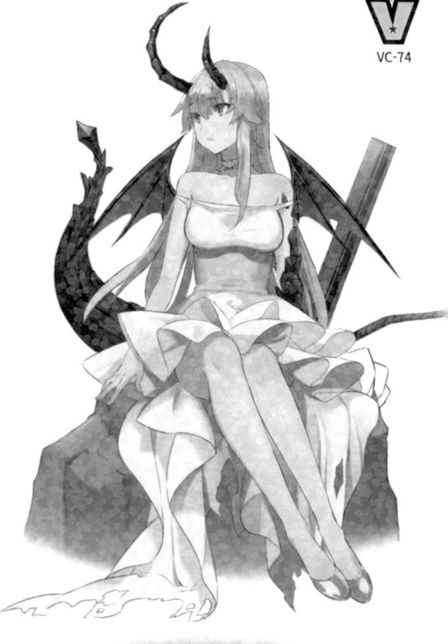

VC-74

산달폰

나나엘 (대천사)

"참아……."

"우리 애들이 실시간으로 녹아내리는데 진정하게 생겼어?"

개전 세 시간이 경과하자 경복궁의 담벼락에는 무시무시하게 시체가 쌓였다. 그리고 사방에 닭털 날리듯 피에 젖은 천사들의 깃털이 어지러웠다. 바닥에는 이미 피가 강물처럼 흐르고 있어, 마법이라도 한 번 터지면 사방에 그 피가 튀어 비처럼 쏟아져 내렸다. 이미 각종 악취와 혈향 때문에 코가 마비될 지경이었다.

"원래… 전쟁이란 그래…."

쿠니엘은 이 상황에서도 담담했다. 속으로는 어떤지 모르겠지만 겉으로는 표정 변화도 없다. 그녀는 나보다 훨씬 경험이 많은 지휘관이니 그런 모양이다. 만주의 몬스터들이 대탈주 사건을 일으키자, 쿠니엘은 군단을 이끌고 중국, 러시아 전역에서 무수한 전투를 치렀으니까.

잘근잘근.

그렇게 입술을 얼마나 씹었을까? 마침내 특이사항이 발생했다.

쿠우우우우웅!

묵직한 폭음이 울리며 지진이 일어난 것처럼 땅이 흔들린 것이다.

"경복궁 뒤쪽이야!"

나는 공중에 띄워놓은 감시의 눈길 스킬로 살펴보며 외쳤다.

"칼두두… 언데드 친구들… 맞아?"

"지금 확인해 볼게. 연기가 자욱해서 안 보여."

한동안 아무 것도 확인할 수 없었는데 곧 몬스터들의 시체가 행진하는 게 관측됐다. 경복궁의 북쪽 방어선이 순식간에 혼란에 빠지고 있었다.

"드디어 움직일 때야."

나는 자리에서 일어나 미리 대기시켜놨던 예비대로 달려갔다. 대략 2천여 명으로 모두 정예병이었다. 쿠니엘과 나는 이들을 이끌고 경복궁의 측면을 공격해 근정전까지 돌파할 계획이다. 앞뒤로 이어진 공격에 적이 혼란스러워 하는 틈을 노린 거다.

"이동한다!"

미리 작전을 알려줬기에 모두 일사분란하게 따라온다. 목숨을 건 임무를 맡았음에도 다들 침착한 모습이었다. 특히 메타트론 휘하의 티르리온 100인대 중 90여 명이 참여했다. 나머지는 지금 모두가 보이는 곳에 동상처럼 서있는 메타트론을 호위 중이다.

"메타트론님께서 손을 들어주셨다!"

그때 누군가 나직이 감탄하며 외쳤다. 보니까 건물 폐허의 높은 곳에 당당히 서있는 메타트론이 이쪽을 바라보고 있었다. 힘을 다 잃은 상태인 그녀는, 저렇게 모두가 볼 수 있게 서서 사기를 진작시키는 중이다. 메타트론이 약해진 걸 모르는 적에게도 상당한 압박이다. 서서 노려보고 있으니 언제 메타트론이 움직일까 신경이 곤두서 있을 수밖에.

"환호성을 지르고 싶은 기분은 알겠다만 모두 자제하도록."

적에게 우리 움직임이 관측될 테지만 일부러 소란을 피우며 움직일 필요는 없다.

"저것 봐… 태양이가 수를 썼어…."

옆에 있던 쿠니엘이 가리키는 걸 보니 미카엘라가 남은 예비대를 전부 투입하고 있었다. 우리의 측면 돌파를 도울 작정이 틀림없다.

"저렇게 열심히 도와주는데 실패하면 안 되지. 반드시 카르페놈을 처리하자고."

"그 칼… 통할까…?"

쿠니엘의 물음에 고개를 끄덕였다. 지금 내 허리춤에는 S+등급 아이템인 메타트론의 롱소드가 있었다.

"이 검은 상대가 왕이라도 해도 찌를 수 있어. 왕에 못 미치는 카르페니 더 말할 것도 없지. 카르페가 무리하게 지배력을 유지하려고 할 때 이 검을 박아 넣는다면, 상황이 유리하게 돌아갈 거야."

다르쿠다와 연계를 떠나서 이 검은 전투에 유리하다. 게다가 그녀가 가르쳐준 정보가 맞다면 검은 반드시 통할 거다.

"일단 어서 가자고. 미카엘라가 시간을 벌어줄 때."

"그래…."

앞에서 미카엘라가 뒤에선 칼두두가 공격에 나선 상황이다. 이런 기회를 놓쳐서는 곤란하다. 우리는 곧장 상대적으로 방비가 소홀한 경복궁의 측면을 뚫고 들어갔다.

"쳐라! 단번에 돌파한다!"

한꺼번에 몰려가자 몬스터들은 놀라서 허둥댔다. 특히 대천사인 쿠니엘의 파상공세에 수비를 담당한 우두머리 몇의 목이 날아가자 다들 겁을 집어먹고 달아나기 시작했다.

"밀어버려!"

그야말로 파죽지세였다. 상황은 오히려 수비하는 몬스터들이 쫓기는 신세가 됐다. 방어벽을 넘어 달려가니 경회루까지 놈들을 몰아붙일 수 있었다. 과거 아름다운 누각이 있던 이곳은 더럽고 악취나는 오물 구덩이로 변한 상태였다. 우리는 그곳까지 몬스터들을 몰아붙인 상태에서 마법을 난사했고, 놈들은 피를 뿌리며 더러운 오물 구덩이 속으로 떨어졌다.

"크에에엑!"

마지막 몬스터의 숨이 끊어지자, 악취 나는 물 위로 수많은 몬스터들의 시체가 둥둥 떠다녔다. 다른 몬스터 무리가 나타났지만, 이 참상을 보더니 주춤주춤 물러났다. 기가 잔뜩 산 아군은 놈들을 도륙내기 위해 우르르 몰려갔고 다시 일방적인 전투가 벌어졌다. 하지만 그것도 잠시, 갑자기 아군이 하나둘 쓰러지며 밀려나기 시작했다.

"무슨 일이야!"

"카르페의 친위대입니다!"

"뭐!"

말로만 듣던 카르페의 친위대가 나타났단 얘기에 나는 이를 악물었다. 첩보에 의하면 전원 고위 몬스터로 이뤄져있다는 친위대는 카르페의 비장의 카드기도 했다. 오죽하면 지난 번 전투에서도 친위대란 이름이 무색하게 대동하지 않았을 정도다.

"으아아악!"

"살려줘!

퍼억!

둔중한 소리와 함께 헌터 하나가 피를 뿌리며 허공으로 떠올랐다. 그는 땅바닥에 뒹굴며 절명했는데 얼굴을 보니까 익히 아는 고위 헌터다. 세상에.

쿵! 쿵! 쿵!

경복궁 안쪽에서 점점 더 육중한 발소리와 함께 코끼리처럼 덩치가 좋은 고위 몬스터들이 몰려나왔다. 생김새는 가지각색이지만 하나 같이 위험천만한 존재들이었다.

"쿠아아아아!"

"꾸에에에!"

괴성을 내지른 그들은 아군의 정예들을 마치 제초기처럼 밀어버리기 시작했다. 안 된다. 이거 너무 압도적이야. 고위 몬스터가 이렇게 많다니. 옆에 쿠니엘이 있으니까 어떻게 뚫고 가긴 하겠지만 손해가 막심할 거 같다.

"유제아… 아무래도 카르페가 우리 힘을 좀… 빼려는 거 같아."

"잘못하면 현현해야 할지도 모르겠는데."

벌써부터 용쓰며 나가긴 싫은데. 골치 아프게 됐구먼. 나는 머릿속이 복잡했다. 아군의 희생을 감수하고 쿠니엘과 내 힘을 아낄 것인가? 아니면 아군을 구하기 위해 여기서 부터 전력을 발휘할 것인가?

아무리 생각해도 전자의 경우가 합리적이긴 하다. 하지만 함께 싸워온 전우들이 떼로 죽게 내버려 둘 수도 없다.

"쿠니엘, 여기는 내가 맡을게."

"아니… 힘을 아껴야 해… 유제아."

"현현한다고 딱히 너보다 강한 건 아니니까…."

"네 힘은 중요해. 메타트론의 검을… 다룰 수 있는 건 너뿐이야…."

그렇게 말한 쿠니엘이 멋지게 튀어나가려고 할 때 갑자기 두 개의 빛이 혜성처럼 고위 몬스터들 사이에 꽂힌다.

콰아앙!

폭발과 함께 기세 좋던 고위 몬스터들이 우르르 무너졌다. 그리고 그 빛 속에서 미소녀 둘이 등장했다. 설마 여기 나타날 줄은 생각도 못했던 존재인 미카엘라와 스이엘이었다.

"아니!"

놀라서 부르려고 하는데 둘이 갑자기 합을 맞춰 동작을 하더니 대사를 치기 시작했다.

"이 세계의 파괴를 막기 위해!"

"이 세계의 평화를 지키기 위해!"

"사랑과 진실, 어둠을 뿌리고 다니는!"

"대북방전쟁의 감초, 귀염둥이 대천사!"

"나, 미카엘라!"

"나, 스이엘!"

"강북을 날아다니는 우리 군단에겐!"

"아름다운 미래, 밝은 내일이 기다리고 있다!"

잠깐, 그거 로켓 뭐시기 패러디 아니냐. 평소에 좋아했구나. 그건 그렇고 대사는 웃겼지만 박력은 대단했다. 특히 고위 몬스터들은 움찔해서 뒤로 물러났다. 고위 몬스터들이야 한국어를 이해 못하니까 미카엘라와 스이엘의 말뜻은 모르겠는데, 갑자기 기습해서는 뭐라뭐라 소리를 질러 대니까 놀란 기색이 역력했다. 무명소졸도 아니고 딱 봐도 휘황찬란한 대천사 둘이 나타났으니까.

"미카엘라!"

나는 그녀를 보자마자 태양의 펜던트를 던져줬다. 이 강력한 마법 물품은 본래 주인의 손에서 더욱 위력을 발휘한다. 현재 미카엘라는 분신체라 힘을 더해주기 위해 건넨 것이다.

번쩍!

태양광이 사방을 채우는 것 같더니 전열(前列)의 고위 몬스터들이 불타오르기 시작했다. 그들은 온몸에 불이 붙어서는 비명을 지르고 피와 오물로 가득한 경회루 연못에 몸을 내던졌다.

"모두 용기를 내! 스이엘이 함께 하니까!"

대천사 스이엘의 외침과 함께 쓰러져 있던 아군이 부상을 회복하고 일어났다.

"뭐, 뭐지? 엄청난 힘이 느껴진다."

"와아아아아! 가자!"

힐에 이어서 버프까지 건 듯했다.

"모두 이 스이엘을 위해 힘내줄 거지?"

"우워어어어! 마이 러블리 엔젤 스이엘님을 위해!"

다시 치열한 전투가 시작됐다. 그런데 대천사 둘이 합류한 탓에 싸움의 양상이 완전히 달라졌다. 나는 방패로 고위 몬스터 하나의 이마를 찍어버리며 물었다.

"지휘는 어떻게 하고 온 거야! 누가 맡고 있어!"

"걱정할 거 없단다! 나나엘에게 맡겼으니까! 지금은 소녀보다 나나엘이 더 쎄잖니!"

나나엘은 마검 덕에 본체의 힘을 끌어올 수 있으니 분신체로 악전고투하는 미카엘라보다 강하다. 악착 같이 방어전을 벌이는 여러 군주급 몬스터들의 저항을 격파하기에는 오히려 낫다는 게 미카엘라의 설명이었다.

"소녀는 분신체라 군주급 몬스터 하나 상대하는 게 고작이잖니. 그러니 정공(正攻)은 나나엘에게 맡기고 나의 주인님을 돕는 게 낫겠지!"

그녀는 자신이 본체가 아니란 점을 무척 아쉬워했다.

"소녀가 본체였다면 거머리처럼 질긴 이 고위 몬스터들을 한 번 휘둘러 모두 날려버릴 텐데!"

"무슨 소리야! 본체였으면 나 대신 카르페를 상대하러 가야지!"

"듣고 보니 그렇구나!"

콰아아앙! 쾅! 쾅!

폭음이 계속 터지며 몬스터고 헌터고 허공으로 육편이 되어 날아가기 바쁘다. 사방에 잘린 팔다리가 어지러워 도저히 주인을 찾아줄 수 없을 것만 같았다.

"유제아!"

전투 중 스이엘이 작은 날개를 팔락이며 내 앞으로 날아왔다. 어찌나 치열하게 싸웠는지 스이엘의 전투복이 엉망이었다. 갑옷은 일부 깨지고 피얼룩이 묻어 번들번들했다.

"아군이 유리해!"

"그래! 조금 더 밀어붙이면 될 거 같아!"

"아니! 시간을 아껴야 해! 너는 쿠니엘님과 일부를 이끌고 카르페에게 향해! 그 동안 여기는 우리가 막을게!"

괜찮은 제안이었다. 미카엘라와 스이엘을 두고 가야 하는 게 마음에 걸렸지만 이대로 시간 낭비를 하는 것보다 낫다. 결국 오늘 전투는 카르페를 쓰러뜨리냐, 못 쓰러뜨리냐에 달렸으니까.

"알았어! 뒤를 부탁할게!"

빠르게 결정하자 스이엘은 잘했다는 듯 어깨를 두들기고는 도로 날아가버렸다. 나는 쿠니엘에게 말하고는 티르리온 100인대 중에 30인을 선발해 따라 빠져나갔다.

"쿠워어어어! 지나갈 수 없다!"

카르페의 친위대가 앞을 막아섰지만 우리는 쿠니엘을 앞세워 그대로 돌파했다.

"근정전까지 직행한다!"

달려가며 크게 외치던 나는 문득 뒤를 한 번 돌아봤다. 그러자 싸움터 한 가운데 있는 미카엘라와 스이엘이 눈에 띄었다. 둘은 나와 눈이 마주치자 동시에 팔짱을 끼며 자신만만하게 씩 웃는 것이었다. 아주 그냥 둘 다 애니 주인공처럼 포즈 잡는데 맛 들렸구나. 나는 한 번 웃어주고는 그대로 앞으로 뛰며 외쳤다.

"적은 근정전에 있다!"

미카엘라와 스이엘의 도움으로 근정전까지 가는데 성공했다. 나와 쿠니엘, 그리고 티르리온 백인대 소속의 천사 수십 명이었다. 기세 좋게 도착했지만 눈앞에 버티고 선 존재를 보자 멈춰 설 수밖에 없었다. 마치 기다렸다는 듯 우리를 맞이하는 대군주 카르페의 위엄에 압도된 까닭이다.

"메타트론의 화신. 칼두두를 움직인 건 아주 제법이었다."

"나는 모르는 일이다."

언데드 몬스터와의 연계는 공식적일 수 없는 일. 일단 잡아뗐다.

"인정하면 곤란하다 그것인가? 크크크. 아무래도 상관없다. 하지만 한 가지 이해가 안 되는군. 어째서 군대를 이끌고 오지 않은 거지? 이 몸이 만만하게 보이는가?"

카르페는 많은 인원을 투입해 자신의 힘을 뺀 뒤에 덤비지 않는 게 이상한 모양이다. 현재 전세는 아군이 유리하다. 그렇다면 결국 몬스터들을 완전히 몰아내고 근정전을 포위할 수 있을 터. 그 뒤에 헌터와 천사를 잔뜩 밀어 넣으면 카르페도 싸우다 지칠 수밖에 없다. 왜 그리고 나서 달려들지 않고, 자신이 생생하고 강할 때 왔냐는 말이다.

"그럴 리가."

"하면 전사의 명예, 그런 것이냐?"

"그건 더더욱 아니지."

카르페와 정정당당히 겨룰 생각 따위는 전혀 없으니까.

"대체 무엇인가? 설마 그 낫 든 천사와 그대 둘이서 이 몸을 상대로 승리할 수 있다고 보는 것인가?"

그는 우리 뒤에 있는 수십 명의 다른 천사들은 신경도 쓰지 않고 있었다. 나 역시 그들이 전력 외라는 점은 동의했다. 그래서 전투에 끼어들지 말고 누가 이 싸움을 방해하지 못하게 도와달라고 얘기해 둔 상태다.

"글쎄, 솔직히 잘 모르겠군. 하지만 카르페. 보잘 것 없는 힘으로 싸움을 걸어온 우리를 힐난하기 전에 스스로를 돌아보는 게 어떤가?"

"뭐라?"

"이런 말이 있다. 태산명동서일필(泰山鳴動鼠一匹)."

"호오? 그건 무슨 뜻이더냐?"

"태산이 떠나갈 듯 요동치더니 뛰어나온 건 쥐 한 마리뿐이었다는 뜻으로, 난리를 부려놓고 보니 그 결과가 보잘 것 없다는 뜻이다."

"……."

카르페는 대번 내가 무슨 말을 하려는지 알아채고 입을 다물었다. 그의 얼굴에 노기가 어렸다. 그럴수록 나는 기분이 좋아져 두 팔을 벌리며 앞으로 다가갔다.

"강북을 울리게 난리를 치더니 결국 네놈 앞에 있는 건 평소 쥐새끼 같이 무시하던 인간 하나가 아닌가?"

"스스로 쥐새끼라 칭하는가?"

"그래, 하수도를 헤매며 네놈들의 시체를 찾아다니던 과거를 생각하면 시궁쥐지. 하지만 카르페, 알아둬라. 네놈은 그 시궁쥐에게 물려 죽을 운명이란 걸. 보잘 것 없는 결과가 또 보잘 것 없는 결과

를 낳는군. 카르페, 결국 네 삶이란 그런 것이다. 천지를 진동하게
하더니 끝자락에는 별 볼 일 없는 최후만 남게 되는 거다."

나는 크게 웃음을 터뜨렸다.

"왕? 왕을 쓰러뜨리겠다고? 크하하하핫! 왕은커녕 여기서 죽을
목숨인 것을! 현현하라!"

망설일 것도 없이 바로 화신의 능력을 개방하고 앞으로 뛰어나
갔다. 쿠니엘 역시 기다렸다는 듯 튀어나왔다. 우리 둘은 처음부터
전력으로 부딪칠 작정이었다.

번쩍!

곧장 태양광 폭사로 카르페의 눈을 어지럽힌 다음에 외쳤다.

"쿠니엘!"

그러자 쿠니엘은 자신만의 특기인, 시간을 조종하는 공간을 만
들어냈다. 일정한 공간 안에서 그녀를 제외하고는 모두 느리게 해
버리는 가공할 능력이다.

구우우웅!

파란 반구 형태가 부풀어 오르며 일대를 집어삼키기 시작했다.
저 안에서는 아무리 카르페라고 해도 방법이 없을 터. 쿠니엘은 기
술이 성공한 걸 알고는 곧장 낫을 휘두르며 달려들었다. 하지만 채
일격을 성공시키기도 전에 요란한 소리와 함께 반구가 깨져나갔다.

와장창창!

유리창이 깨지는 것 같은 소음과 함께 마법이 부서져 사방에 반
짝이는 마력의 파편을 흩날렸다. 마치 날카로운 유리처럼 깨진 그
것들은 근처에 있던 내 뺨을 유탄의 파편처럼 긁고 지나갔다. 사방

에 깨진 유리 같은 게 가득했는데 곧 눈 녹 듯 사라졌다.

"유제아…."

쿠니엘은 서둘러 뒤로 훌쩍 뛰듯 날아서 되돌아왔는데 입가에 피를 흘리고 있었다.

"괜찮아?"

"마법이 부서져서… 충격을 좀 받았어… 괜찮아…."

쿠니엘마저 이 정도니 저 카르페란 괴물과 어떻게 싸워야 하는지 아찔하다.

"겨우 그 정도인가! 쥐새끼가 하나든 둘이든 무슨 상관이겠나! 한꺼번에 덤벼보라! 이 몸이 과연 왕을 죽일 자질이 없는지 직접 보여주겠다!"

역시 옹졸한 건 어디 안 가는구나. 방금 한 말에 무척 기분이 상했던 모양이다.

"좋다! 어차피 이판사판이야! 쿠니엘! 가자!"

일단은 전력으로 치고받는 수밖에. 카르페가 기세를 올리고 있지만 한 가지 맹점이 있으니, 그가 가진 강력한 능력들이 내겐 안 먹힌다는 거다. 그 이유는 모르지만, 지난 번 나나엘과 함께 싸울 때 몇 번이고 확인했다.

화르르르륵!

예전의 그 검은 연기가 덮쳐온다. 하지만 내가 앞으로 나서 방패를 휘저어 받아내자 아무런 효과도 없이 사라져버렸다.

"정말 짜증스럽군!"

카르페는 혹시나 다시 한 번 써본 모양인데, 조금도 효과가 없자 미간을 구겼다.

"정말 귀찮군!"

카르페의 태도를 보니 힘이 통하지 않는 이유에 대해 뭔가 알고 있는 것 같았다. 중요한 부분인 것 같은데 전투 중이라 경황이 없어 깊게 생각할 수 없었다.

"우리 차례다!"

쿠니엘과 나는 주저 없이 뛰어들었고, 검은 연기를 쏘아내느라 틈을 내준 카르페는 몇 번 공격을 허용하더니 재빨리 방어에 들어 갔다.

스걱! 스거억!

쿠니엘의 대낫이 번쩍이는 빛을 뿌리자 허공에 카르페의 시커먼 피가 뿌려졌다.

"크아아아아!"

살이 썰리자 대노한 카르페가 바위 같은 두 주먹을 마구 내리찍 어댔다. 덩치에 어울리지 않는 엄청난 속도였다.

쿵! 콰아앙! 쿠웅!

쿠니엘은 그 모든 일격을 귀신처럼 피해냈는데 휙휙 움직이는 모습이 제대로 보이지도 않을 정도였다. 하지만 카르페는 기어코 그런 그녀를 걷어차 버렸다.

퍼어억!

그녀의 강철 날개에서 불꽃이 튀며 쇠로 된 깃털들이 사방으로 튀어 올랐다. 나는 몸을 던져 쿠니엘을 받아냈다.

콰아아아앙!

함께 날아간 우리는 근처의 폐자재 더미에 그대로 처박혔다.

"유제아… 괜찮아…?"

나는 머리의 먼지를 털어내며 고개를 끄덕였다. 충돌의 순간 방패를 사용했기 때문이다.

"크윽! 아직은 괜찮아. 콜록! 콜록!"

"좀 열 받았어…."

쿠니엘은 몸을 털고 일어나면서 차가운 목소리로 중얼거렸다.

위이이잉!

그리고 그녀의 기계 심장이 맹렬히 돌아가는 소리가 났다. 쿠니엘은 딱 한 마디만 남기고 다시 돌진했다.

"카르페를 제대로 벨 틈… 만들어줘."

미처 대답할 틈도 없었다. 다시 쿠니엘이 전력으로 맞붙기 시작했으므로 어떻게든 해내야 한다. 더군다나 카르페가 검은 연기로 쿠니엘은 압축해 버리려는 시도를 계속 방해하면서 말이다.

"네년의 낫으로는 이 몸을 더 해할 수 없을 것이다!"

계속 베이는 게 짜증났던지 카르페가 갑자기 어떤 강력한 힘을 일으켰다.

차르르르륵!

그러자 팔뚝 부분의 비늘이 빛을 머금으며 강화돼 쿠니엘의 대낫이 전혀 통하지 않게 됐다.

캉! 카아앙!

대낫은 요란하게 불꽃만 일으킬 뿐이었다. 지금이야 말로 내가 나설 때였다. 앞으로 튀어나간 나는 그대로 뛰어올라 방패로 카르페의 팔을 강타했다.

퍼억!

내 힘 수치는 군주급 몬스터보다도 강하다. 그러니 카르페에게도 충분히 통할 터. 아니나 다를까 기습을 당한 카르페는 두 팔이 벌어지며 휘청였고 그 틈으로 쿠니엘이 파고들었다. 그리고는 칼날처럼 날카로운 강철날개를 세우고는 제자리에서 팽이처럼 회전했다. 마치 수많은 칼날이 회전하며 상대를 써는 격이었다. 쿠니엘은 그걸로 그치지 않고 대낫을 크게 베어 올리며 수직으로 날아올랐다. 단번에 카르페의 가슴팍을 갈라버릴 기세였다.

촤아아아아!

카르페의 흉부가 갈라지며 쿠니엘이 날아오른 그 순간, 커다란 손이 그녀의 다리를 붙잡았다. 카르페가 중간에 그녀를 잡아챈 것이다.

"건방을 떠는 것도 거기까지다!"

카르페는 붙잡은 쿠니엘을 몇 번이고 땅에 내리찍었다.

쾅! 쾅! 콰왕!

그때마다 그녀의 기계 부품이 부서져 사방으로 튀어 올랐다.

"그만둬!"

막으려고 재빨리 끼어들었으나 카르페가 즉각 삼나무 같은 꼬리를 채찍처럼 휘둘러왔다. 현현한 힘으로 막아내려 방패를 내밀었으나, 순식간에 힘에 눌려버렸다. 방패 안쪽이 내 뺨까지 닿는다 싶더니 세상이 빙글빙글 돌면서 땅바닥에 처박히고 말았다.

"크윽!"

입안이 온통 터졌는지 피가 줄줄 흘러나왔다. 하지만 붙들린 쿠니엘을 보니 넘어져 있을 수도 없었다. 나는 카르페의 약점을 찌르기 위한 메타트론의 검을 이제는 꺼내야겠다고 생각했다. 더는 지체할 시간이 없었다. 하지만 그 순간 나와 눈이 마주친 쿠니엘은 고개를 저어보였다.

"쿠니엘!"

대체 언제 검을 뽑으란 말인가. 아직 카르페가 방심하기에는 이르다는 건가. 그녀에게 달려가려는데 카르페가 거대한 힘의 압력을 일으켜 날 밀어냈다. 마치 강풍이 부는 것 같은 위력에 간신히 버틸 따름이었다. 그 틈에 카르페는 한쪽 발로 쿠니엘을 밟더니 그녀의 강철 날개를 잡아 뜯기 시작했다.

끼이이익. 키익.

쇠가 찢어지는 괴상한 소리와 함께 기어코 한쪽 날개가 뜯어졌다. 카르페는 만족해서 크게 웃으며 다른 쪽 날개도 붙잡았다. 하지만 그 순간 쿠니엘의 칼날 같은 강철의 깃털들이 폭발하듯 발사됐다.

"크릉!"

안면에 강철 깃털이 여러 개 꽂힌 카르페가 주춤한 틈에 쿠니엘은 재빨리 몸을 빼내 탈출했다. 날 밀어내던 바람 같은 압력도 사라졌기에 있는 힘껏 앞으로 뛰어나갔다. 그리고 기합성과 함께 힘껏 로켓처럼 위로 튀어 올라 방패로 카르페의 얼굴을 강타했다.

파직!

묵직한 소리와 함께 방패에 찍힌 카르페의 커다란 이빨 몇 개가 부러져 튀어 올랐다. 카르페는 뒤로 요란한 소리를 내며 넘어졌고 그 틈에 쿠니엘을 부축해서 물러났다.

"괜찮아?"

억지로 강철 날개가 뜯겨진 그녀의 등은 엉망이었다. 피와 체액이 잔뜩 흘러 내리는 데다가 안쪽의 수많은 금속 부품들이 그대로 드러나있었다.

"아직… 싸울 수 있어…."

쿠니엘은 하나 남은 날개를 스스로 떼어버렸다. 덜렁거리는 데다가 깃털을 모두 쏘아내서 골격만 남은 상태라 쓸모가 없었기 때문이다.

"유제아, 슬슬 준비해. 카르페… 머리꼭대기까지… 화가 났을 거야. 드디어 역린을 찌르는 거야…."

쿠니엘은 우리가 노리는 순간이 왔다고 속삭였다. 아닌 게 아니라 카르페는 굴욕으로 자제심을 잃고 있었다. 생각보다 우리가 잘 싸우고 있는 까닭이다.

"그의 힘… 대부분 유제아… 네게 통하지 않아…. 점점 화를 내고 있어…."

쿠니엘은 자신이 카르페를 도발해 유인할 테니 단번에 검을 찔러넣으라고 했다.

"한 번의 기회밖에 없을 거야…."

그 말과 함께 쿠니엘은 다시 치고 나가서 치열한 전투를 벌였다. 나는 이전과 같이 전면에 나선 그녀를 보조했다.

"이런 날파리 같은 것들!"

카르페는 크게 분노하며 꼬리를 휘둘러 쿠니엘을 강타했다.

"꺄윽!"

짧은 비명과 함께 쿠니엘을 흙먼지를 일으키며 바닥에 뒹굴었다. 비틀거리는 꼴이 다음 공격을 피하기 어려울 것 같았다.

"끝이다!"

카르페는 두 손을 깍지 끼고는 있는 힘껏 쿠니엘을 내리찍었다. 찬스가 나자 귀찮은 그녀를 단번에 가루로 만들어 버리려는 속셈인 것 같았다. 나는 급하게 기어 들려다가 그게 쿠니엘의 함정임을 깨달았다. 스스로를 희생해 내가 약점을 찌를 수 있게 해주려는 게 틀림없었다.

쿠와아아앙!

어찌나 세게 내리찍었던지 폭탄이라도 터진 줄 알았다. 땅은 지진이 난 것처럼 흔들렸고 주변에 있던 경복궁 건물 일부가 폭삭 주저앉기까지 했다.

"쿠니엘!"

이래서야 쿠니엘의 살아나 있는지 의문이었다.

휘이잉!

갑자기 돌개바람이 불어 먼지가 가시자 상황이 보였는데, 쿠니엘은 그 와중에 용케 피한 모양이었다. 하지만 기계 다리가 엉망이 되어 박살나 있었다.

"이 빌어먹을 고철 덩어리가!"

그 와중에 쿠니엘은 자기 몫을 충실히 해줬다. 대낫을 써서 카르페의 손 하나를 땅에 고정 시켜놨던 것이다. 길쭉한 칼날이 카르페의 손등을 뚫고 바닥까지 단단히 박혔다.

"크아아아아!"

카르페는 바로 손을 빼내지 못하고 괴성을 질러댔다. 멀쩡한 다른 손으로 대낫을 잡아 뽑으려고 했으나, 대낫에서 스파크가 튀어 실패했다. 쿠니엘이 자신의 모든 걸 걸고 틈을 만들어준 것이다.

드디어 감춰놨던 메타트론의 검을 아공간에서 꺼냈다.

화르르륵!

선명한 불길이 넓은 검신 위에서 매섭게 타올랐다. 카르페의 파충류 같은 눈도 이 순간만큼은 놀란 기색이 역력했다.

"그 검은!"

더 말할 것도 없이 카르페의 품 안에 뛰어들었다. 이 괴물의 심장이 있는 부위에 마정석 또한 위치해 있다. 그의 넓은 가슴팍 전체에서 일부분에 불과한, 그곳에 난 비늘은 정말로 단단했다. 쿠니엘이 길게 수직으로 베어올렸던 흉부의 왼쪽 부위다. 하지만 그곳의 비늘 중 하나가 지난 번 나나엘의 혼을 담은 일격에 떨어져 나갔다. 나는 단번에 그 작은 틈으로 메타트론의 검을 찔렀다.

"하아압!"

충분히 훌륭한 찌르기였다.

카앙!

하지만 검끝이 살을 파고드는 소리 대신 날카로운 쇳소리가 울렸다. 무언가 끼어들어 검을 막아냈다.

"다르쿠다…."

입에서 신음이 흘러나왔다. 온몸이 매끈한 은빛 비늘로 덮힌 변신 몬스터가 끼어든 것이다. 그녀는 칼을 막다 심한 피해를 입어 한쪽 팔이 거의 떨어질 정도로 덜렁거렸다.

"크크하하하핫!"

카르페는 크게 웃으며 바닥에 뒹굴고 있는 쿠니엘을 손등으로 쳐버리더니 날 내려다보며 입을 벌린다.

"네놈의 형편없는 계획은 이미 파악하고 있었다! 크크크! 비늘이 떨어진 틈새를 노려 이 몸의 마정석을 직접 부수려 했었나?"

쿠우웅!

단번에 카르페가 날 짓밟았다.

"크아아악!"

비명을 지른 나는 검을 놓친 채 방패와 함께 압도적인 무게에 깔렸다.

"나쁘지 않은 작전이었다. 사실 다르쿠다가 아니었다면 큰일 날 뻔했지."

다르쿠다! 네년이 미리 말해준 건가! 배신한 것이냐! 마구 소리치고 싶었지만 워낙 세게 눌려 있어 입에서 그으윽, 하는 신음을 내는 게 전부였다. 심지어 다르쿠다 녀석은 내가 검을 찔러넣으려는 순간 방해까지 했다.

"크으윽…."

협력하자고 하더니 이렇게 뒤통수를 때리다니. 그렇지만 다르쿠다가 진심으로 나를 속이려 했는지는 의문이었다. 그녀의 처지상 카르페가 명령하면 따를 수밖에 없으니까. 지금 모든 상황도 그녀 자신의 의지가 아닐 수도 있다. 실제로 다르쿠다는 사전에 모의할 때 카르페의 명령 때문에 계획이 어긋날 수도 있다고 경고하기도 했고.

그때 다르쿠다는 자신에게 이제 시간이 얼마 남지 않았고 반항할 여력도 없다고 했다. 특히 지난번에 내게 해독제를 보낸 일과 메타트론으로 변신해 자기 주인을 속인 게 결정적이었다는 것. 그런 행동은 그녀의 자유를 더욱 멀게 한다고 했다.

사냥을 위한 올무처럼 반항하면 할수록 지배력이 조여오기 때문이다. 그렇다면 다르쿠다는 강제된 상황이지만 약간이라도 여력이 생기면 여전히 내게 협조하고자 할 확률이 높다. 느낌뿐이지만 지금은 그것만이 유일한 희망이었다. 나는 다르쿠다를 쳐다보았지만 얼굴의 윤곽만 있고 눈, 코, 입이 없는 그녀의 모습에선 아무 것도 읽을 수 없었다.

"이 얼마나 비천한 꼴인가! 크르르르르!"

카르페는 크게 날 비웃으며 근처에 떨어져 있던 메타트론의 검을 쥐려고 했다. 그러다 검에서 불길이 일어나 황급히 손을 치웠다.

"제 주인을 닮아 짜증나는 검이군. 자, 메타트론의 화신이여. 비장의 무기가 사라졌으니 어쩔 생각인가? 네 조력자는 저기 고장 난 기계 꼴인데?"

한쪽 구석에 처박힌 쿠니엘은 죽었는지 미동도 없었다. 마치 가동을 멈춘 기계 같다. 최악의 상황이구나. 비장의 한 수가 실패하고 완전히 궁지에 몰렸다. 아직 경복궁의 앞과 뒤에선 전투가 한창이라 조력을 기대하기 어렵다. 나나엘 정도가 와야 충분한 전투력을 기대할 수 있는데, 그녀는 지금 전군을 책임지고 있다.

"으윽…."

빠져나갈 구석이라곤 없는 건가. 게다가 너무 세게 눌러서 그런지 숨 쉬는 것조차 힘들어 시야가 점점 희미해져갔다. 뭔가 그웨엑거리는 괴상한 소리가 나는데 내 입에서 흘러나오는 것 같았다.

"크아아아!"

이대론 안 된다 싶어 억지로 발을 들어 올리며 몸을 일으켰다. 간신히 한쪽 무릎을 꿇은 나는 양팔과 어깨로 카르페의 발바닥을 받쳤다.

"크르르? 작은 인간 주제에 대단한 힘이군?"

카르페는 감탄했지만 거기까지였다. 그가 다시 힘을 주자 일어나던 나는 도로 짓밟혔다. 이번에는 등이 눌린 엎드린 자세가 됐다. 틀렸다. 답이 없어.

이미 이쪽의 작전이 드러난 순간 끝이 난 거다. 포기하고 싶었지만 한쪽 구석에 쓰러져 있는 쿠니엘의 비참한 몰골을 보니 도저히 그럴 수가 없었다. 생각해라. 생각해, 유제아. 뭔가 방법이 있을 거다.

"아."

그 순간 생각의 전환이 일어났다. 그래, 꼭 검을 찔러넣을 필요가 있을까? 검으로 역린을 찌르는 데만 집중하다보니 포커스를 놓쳤다. 중요한 건 카르페의 지배력에 문제를 일으켜 다르쿠다가 배신하도록 돕는 것이다. 다르쿠다가 이쪽을 완전히 버리지 않았다는 가정 하에 아직 길이 있었다.

"크윽…."

신음을 겨우 참으며 머리를 굴리는 내 위에서 카르페가 승리감에 젖어 온갖 모욕적인 언사를 내뱉고 있었다. 아마 그도 이번 전쟁에 꽤나 압박감을 느꼈던 모양이다. 엉망이 된 나와 쿠니엘을 보며 저리 좋아하는 것을 보니까.

하지만 아직 이쪽은 희망을 포기하지 않았다. 언젠가 미카엘라와 싸울 때 했던 말이 있다. 희망이란 건 어디에도 있는 법이다. 얻어맞고 쓰러져 마주하게 된 땅바닥에조차 말이다. 나는 바닥에 흥건하게 고인 피를 보며 한 가지 아주 위험한 거래를 할 결심을 했다.

"즈으…구울…."

나는 작은 목소리로 오만의 군주인 즈굴을 불렀다. 지배된 존재와는 저마다의 방법으로 교신할 수 있는데, 가령 우리엘과는 항상 그의 까마귀를 통해 얘기했다. 즈굴의 경우는 특이하게 피로 교신할 수 있었다. 나는 카르페가 승리를 만끽하는 사이 내가 흘린 피가 고인 곳을 쳐다보았다. 곧 그곳에 나만 보이는 글씨가 떠올랐다.

-대장? 무슨 일인가? 한창 싸우고 있는데. 적의 척추를 부러뜨리는 맛이 아주 훌륭해!

마음으로 말하면 피 웅덩이에 저절로 글씨로 써지는 식이었다.

-지배에서 풀어줄게.

-뭐? 진심으로 하는 소리인가? 이 몸은 꽤 잘하고 있지 않았나? 아직 충분히 봉사할 수 있다고.

교활한 놈 같으니라고. 혹시나 자신을 시험해 보는 게 아닐까 싶어 속마음을 감추고 있네. 하여간 처세술은 최고라니까.

-마음에 없는 소리 하지 마시지. 날 찢어죽이고 싶잖아?

-하하하! 대장도 참. 사회생활을 위해서는 입에 꺼내면 곤란한 부분도 있잖아. 알 만한 사람이 그러는군?

-부정은 안 하네.

-너무 걱정 말라고. 지금은 대장 대신 적의 몸을 길게 죽죽 찢으면서 스트레스 해소중이니까.

이런 놈을 풀어줘야 한다니 정말 간 떨리네. 그렇지만 지금은 이게 유일한 길이다. 게다가 즈굴이 풀려나면 카르페의 죽음 이후에 칼두두가 독주하는 상황도 막을 수 있겠지.

-농담하는 거 아니야. 정말 풀어줄게.

-……진짜?

글자를 보는 거라 정확히 알 수 없지만 상대의 분위기가 심각해진 것 같았다.

-진짜야. 어쩔 수 없이 널 지배하는 걸 포기해야 하는 상황이다.

-그거 참 개인적으로 반가운 일이로군.

-조건이 하나 있으니 들어주겠다고 약속해. 그렇다면 풀어줄게.

-말해봐.

-오늘 전쟁에선 빠져. 내가 카르페 놈을 마무리 짓는 동안 끼어들지 말란 얘기야. 날 향해 복수심을 실컷 불태워도 좋아. 네 정당한 복수를 해도 좋아. 하지만 오늘은 하지 말란 말이다.

잠시 아무런 글씨도 피 웅덩이에 떠오르지 않았다. 시간 없는데 이 자식아, 빨리 결정해. 카르페가 언제 날 파리처럼 뭉개버릴지 모른다고.

-그 조건 받아들이지. 이 즈굴의 이름을 걸고 약속한다.

지배 상태라 자유 의지가 없어 맹세를 받을 수 없는 게 아쉽다. 하지만 자기 이름을 걸고 약속했으니 지키겠지.

-좋아. 그러면 계약 성립이야. 앞으로 편하게 잠드는 날은 다 끝났군.

-너무 걱정하지 마. 크흐흐흐. 대장과 함께한 시간은 꽤 재밌었다고?

-맘에 없는 소리 하지 마시지.

-그럼 진심을 들려줄까? 다음에 보면 대장 말대로 대장을 찢어 죽일 거야. 근육 한 결, 한 결 모두 찢어주지. 그리고 대장이 얼마나 멋진 비명을 지르는지 들어주겠어.

심각한 상황에, 심각한 협박이지만 어쩐지 살짝 웃음이 나왔다.

-그거 근사한 각오로군. 이후에 만남을 기대하지.

-대장.

-왜?

-카르페를 쓰러뜨려.

-뭐야? 응원해 주는 거야?

내 말에 상대의 비웃음이 느껴졌다.

-아니, 최악의 선택을 했는데 카르페 놈도 못 잡으면 억울해서 죽어도 눈을 못 감을 거 아냐. 키키키킥.

역시 즈굴이란 생각이 들었다. 나는 이를 갈며 경고했다.

-눈에 띄지 마라. 다시 만난다면 너 같은 놈은 살려둘 생각이 없으니까.

-대장! 우리는 늘 뜻이 통했지! 마지막에는 더더욱 그렇군! 이 몸 역시 대장의 목숨에 관심이 많으니까. 그럼 또 보자고!

그 후 즈굴은 즉각 오늘 전장에서 이탈하겠다고 했다. 나는 약속 대로 지배력을 풀었고 그는 자유를 얻었다. 이제 맹수를 우리 밖으로 꺼내 맘대로 돌아다니게 해둔 셈이었다. 하지만 그건 내일의 문제. 지금 당장은 카르페에게 깔려있는 게 제일 중요한 걱정이었으니까.

"카르페에!"

나는 다시 한 번 몸을 일으키며 힘을 쥐어짜내 외쳤다. 곧장 위쪽에서 비웃음이 들려왔다. 그는 내가 무슨 소리를 하려는지 궁금한 듯 발을 치우고는 고개를 숙여 이쪽을 내려다본다.

"아직도 비루한 발버둥을 치고자 하는 것인가? 메타트론의 화신이여? 네놈이 믿던 훌륭한 검도 저기 바닥에 뒹굴고 있는데 말이야."

"검이 없어도 네놈을 쓰러뜨리는데 아무런 지장은 없다."

그는 다시 웃어댔다. 그리고는 정색하고는 눈을 치켜떴다.

"가끔 네놈 같은 적이 있었다. 마지막까지 허세를 부리는. 하지만 그들은 모두 예외 없이 이 몸을 위한 승리의 재물이 되었단 말이다! 더는 말할 필요도 없다! 이제 끝내주지!"

카르페는 거대한 주먹이 날 단번에 가루로 만들겠다는 듯 떨어졌다. 하지만 이미 상대를 도발한 때부터 이런 공격을 예상하고 있었다. 나는 재빨리 몸을 굴려 피했다.

콰아앙!

예상하고 움직였는데도 아슬아슬했다. 조금이라도 늦었으면 즉사할 뻔했다. 이런 무식한 놈이 있다니.

"카르페!"

이제 반격에 나설 시간이었다. 나는 전신의 지배력을 최대한 끌어 모아 일으켰다.

구우우우웅!

내 주위로 돌개바람이 일어나며 먼지가 흩날렸다. 강력한 힘이 주변에 영향을 주기 시작한 것이다. 즈굴을 해방하고 나니 막대한 지배력의 여유가 생겼다. 위험천만한 짓을 했지만 결과만큼은 확실하구나. 이 지배력을 모조리 사용해 카르페가 가진 지배력을 훼방 놓기 시작했다.

"무슨 짓을!"

내가 이렇게 나갈 줄은 생각도 못했는지 카르페는 당황한 기색을 감추지 못했다. 물리적인 공격을 해오리라 여겼겠지. 그런데 설마 지배력을 방해해 올 줄은 몰랐을 거다. 하지만 그는 곧 평정을 되찾았다.

"어차피 이 몸의 부하는 많다! 휘하의 군주급 몬스터 몇 정도 통제 못하게 해도 상관없어! 아니, 설령 모든 부하를 잃어버려도 이 몸에겐 네놈들 모두를 쳐 죽일 힘이 있단 말이다!"

광오한 말이지만 틀린 소리도 아니었다. 어차피 전세가 기울었다. 군주급 몬스터 하나, 둘 없어진다고 그에겐 별 상관없겠지. 아마 그는 자기 부하들은 이제 시간 끌기용 정도로만 여길 거다. 오늘 싸움의 결정적인 승리는 스스로 이루려고 하겠지. 그런데 카르페가 깨닫지 못하고 있는 게 있었지. 지금 내가 방해해서 해방시키려는 군주급 몬스터는 그냥 그런 존재가 아니니까.

바로 다르쿠다. 카르페의 몰락의 열쇠를 쥐고 있는 인물이었다. 나는 지배력을 최대로 일으키며 그녀를 쳐다보았다. 과연 호응해 줄 것인가? 그날 나눴던 밀담이 다 거짓이라면 나는 여기서 실패한다. 게다가 그녀의 진심은 오리무중이다.

푹!

그런데 나와 내통했던 존재는 생각보다 훨씬 빠르게 반응해줬다. 다르쿠다는 카르페의 지배력이 흔들리자마자 약속한 대로 즉각 배신에 나서, 그의 비늘조각이 떨어진 곳을 찔러버린 것이다. 날카로운 금속성의 검처럼 변한 그녀의 팔이 정확히 카르페의 약점을 뚫고 들어갔다.

"크아아아아!"

천지가 흔들릴 것 같은 비명과 함께 카르페가 다르쿠다를 잡아서 내던지고는 뒤로 주춤주춤 물러났다. 구멍 난 그의 심장 부위에서 피가 뿜어져 나왔다.

"다르쿠다! 네 이놈! 설마 지배가 완전하지 못했나!"

"이제 오만의 대가를 치를 차례다! 카르페!"

"아니다! 믿을 수 없어! 아무리 지배력을 방해받아도 네년의 지배가 풀릴 리가 없어! 특별히 신경 써 왔건만! 이 몸에게 비늘이 떨어진 사실도 알리지 않았느냐!"

"네놈의 지배가 완벽하다고 착각하게 만들려면 희생해야 할 부분도 있었지."

다르쿠다 입장에선 지배가 온전하지 못하다는 사실을 숨기기 위해 도박을 했던 모양이다. 그녀는 나를 보며 감사를 표했다.

"어쩔 수 없었다지만 배신자란 소리를 들어도 할 말이 없는 행동을 했습니다. 그럼에도 거래를 지켜준 것에 감사해요."

의심이 많은 카르페를 속이기 위해 마지막까지 충실한 수족인 척했던 거로군.

"이쪽에선 충분히 했어. 그러니까 다르쿠다, 네가 할 일을 하라고."

"물론이지요."

우리 둘의 대화에 불안감을 느꼈는지 카르페가 노호성을 터뜨렸다.

"다르쿠다! 네년 맘대로 될 것 같은가! 어떻게 지배가 풀린 건지 모르겠지만 실로 교활하구나! 좋다! 그렇다면 다시 지배하면 될 것이다!"

대군주급의 몬스터니 지배력만큼은 누구보다 자신 있겠지. 하지만 오늘은 그에게 날이 좋지 않다. 하필 지배의 대천사의 힘을 가진 내가 방해에 나설 테니까.

"누구 맘대로!"

카르페가 지배력을 행사해 일시적으로 자유를 얻은 다르쿠다를 다시 얽매려고 하자, 즉각 훼방을 놓았다. 그물처럼 다르쿠다를 덮치는 지배력을 내 지배력으로 밀어냈다. 그제야 카르페는 상황이 어떻게 돌아간 건지 알아채고는 분을 참지 못해 방방 뛰어댔다.

"이놈들! 처음부터 모의했구나! 감히 이 몸을 기만해!"

카르페의 목소리에 분노뿐만이 아니라 공포가 묻어났다. 그건 과거 다르쿠다와 맺은 약속 때문이다.

"카르페! 과거 우리의 거래를 기억할 것이다! 내 목숨을 살려주는 대가로 힘을 넘기고 봉사하기로! 하지만 네놈이 지배를 풀어주는 날 힘을 되돌려 주기로 했다!"

애초에 지배를 풀어줄 생각이 없으니 했던 약속이겠지. 영원히 지배를 풀어주지 않고 다르쿠다의 힘을 이용하려 했던 것이다. 아마 오늘 같은 날이 오지 않았다면 그 노예계약은 계속 됐을 터. 하지만 모든 건 끝이 나는 법이다.

"안 돼! 인정할 수 없다! 이 힘은 이제 나의 것이야! 네년은 망령이야! 망령이라고! 진작 죽어 사라졌어야 할 존재다! 이 몸의 자비에 빌붙어 연명해 온 주제에 이제와 배신하려고 해!"

"빌붙어 연명했던 대가는 이미 충분히 치렀다! 카르페! 그러니 이제 자신의 본 모습으로 돌아가라!"

본래의 카르페는 다르쿠다의 말에 의하면 보잘 것 없는 존재다. 대단한 야심으로 군주급 몬스터의 자리에 올랐지만 태생적 한계로 그 힘은 군주급 중의 말석. 게다가 과도한 배신으로 몬스터들 사이에서조차 경멸의 대상이었다고 한다. 그렇기에 그에게 있어 과거로의 회귀는 다시없는 고통일 것이다. 강력한 대군주의 위치 역시 흔적도 없이 사라지겠지.

"거부한다! 모든 걸 파괴해주마!"

카르페는 포효하며 있는 힘껏 이쪽을 공격해 왔다.

쾅! 콰앙! 쾅! 쾅!

거대한 주먹을 내리찍고 꼬리를 채찍처럼 휘두른다. 일격, 일격이 건물도 무너뜨릴 정도로 대단한 것이었지만 투명한 빛에 막혀 아무 소용없었다. 은은한 빛이 다르쿠다를 보호하고 있었는데 나는 그게 계약의 법칙임을 깨달았다. 그리고 카르페가 어리석은 짓을 하고 있다는 점도 알 수 있었다. 불가능하다고 생각해 수락했던 조건이 이뤄졌기에 저리 날뛰는 모양인데, 저러면 계약의 역풍만 맞는다.

다르쿠다가 생명을 보존해주는 대가로 굴욕을 감수하고 그에게 힘을 바치고 종으로 부려졌듯, 카르페도 자신이 누리던 모든 해택이 끝났음을 인정해야 한다. 거부할수록 다르쿠다쪽이 더더욱 유리해질 뿐이다. 본래 다르쿠다는 자신이 약해져 있었기 때문에 카르페에게 힘을 전부 되찾지 못할 거라고 했다. 나머지는 아마 카르페가 죽은 이후에 회수하려 했던 것 같다. 그런데 지금 카르페가 정당한 계약의 집행을 거부하고 나서자 다르쿠다는 생각 이상의 성과를 올릴 수 있게 됐다.

"카르페! 네놈의 어리석음에 진심으로 감사한다! 이제 내가 바쳤던 모든 힘을 회수해가겠다!"

"안 돼! 그럴 순 없어!"

다르쿠다가 손을 뻗자 카르페의 몸에서 선명한 빛 무리가 뽑아져 나오기 시작했다. 도저히 저런 흉악한 괴물의 몸에서 나왔다고 믿기 어려운 성스러운 빛이었다. 그 빛은 다르쿠다의 손 안으로 모이더니 둥글게 뭉치기 시작했다. 그리고 잠시 뒤에 그건 특별해 보이는 오브의 형태가 됐다.

마치 안에 무지개를 머금고 있는 듯 여러 가지 색깔로 찬란하게 반짝거리는 오브였다. 저 오브는 대체 뭐지? 어디선가 들어본 적이 있는 것 같은데. 하지만 생각은 더 이어지지 못했다.

　다르쿠다가 메타트론의 검을 쥐더니 내게 던져줬기 때문이다.

　"약속은 지켰어요. 이제 모든 일의 마무리를 할 차례예요. 메타트론의 화신."

　다르쿠다는 그 말과 함께 그대로 사라졌다.

　휘이잉!

　일진광풍과 함께 그녀가 몸을 감춘 순간 금빛 깃털이 사방에 흩날렸다. 나는 그게 신경 쓰였지만 일단 눈앞의 카르페가 먼저였다.

　"안 돼! 크아아아아!"

　그 괴물은 포효하며 절망하고 있었다. 마치 원자력 에너지처럼 광대하게 타오르던 내면의 힘이 사라지자, 엄청난 상실감을 느끼는 듯했다. 대천사도 한 손에 쥐어 패대기치던 그의 거대한 덩치도 줄어들어갔다. 물론 여전히 덩치가 컸지만 무너지지 않는 거탑처럼 압도적인 느낌은 온데간데없어졌다.

　"이게 본래 네 모습인가…?"

　"아니다! 인정할 수 없다! 이 몸의 힘은 도둑맞은 거야!"

　현실을 인정하지 못한 추한 모습이었다. 지금의 그는 그저 평범한 군주급 몬스터, 아니 평범함에도 못 미치는 군주급 몬스터다.

　"크아아아아! 빌어먹을! 내가! 이 내가!"

　더는 들어줄 수 없었다. 나는 뛰어올라 그의 무릎을 밟고 다시 위로 쏘아지듯 튀어 올랐다.

퍼억!

수직으로 솟아올랐기에 방패가 카르페의 턱을 강타했다. 입에서 튀어나온 피와 침이 위로 길게 늘어진다. 나는 그걸로 그치지 않고 다시 떨어지면서 방패를 놓고는, 공중에서 양손으로 메타트론의 검을 쥐었다. 그리고 단번에 내려쳤다.

빠각!

요란한 소리와 함께 용의 것을 빼닮은 카르페의 커다란 뿔이 부러지듯 잘려나갔다. 본래 힘이 온전했다면 상상도 못할 일이다. 뿔은 군주급 몬스터에게 권위의 상징과도 같다. 힘이 있는 동안은 쉽게 꺾이거나 부러지지 않는다.

"크아아아아!"

뿔이 부러져 나가자 카르페는 손으로 머리를 감싸고는 고통에 몸부림을 쳐댔다. 그는 발악하듯 손을 휘둘러왔으나 나는 한손으로 그걸 막아냈다.

콰앙!

요란한 소리와 함께 흙먼지가 일었다. 하지만 나는 한 발자국도 밀리지 않았다.

"이런 말도 안 되는….."

카르페는 믿을 수 없다는 표정이었다. 자신보다 훨씬 작은 내가 전력으로 휘두른 일격을 이렇게 태연히 막았다는 게 놀라운 것 같다.

"말이 안 되지는 않지. 솔직히 본래 네놈 정도가 아니라면 내 힘으로 어디 가서 꿀리진 않거든. 하물며 지금 너는 군주급 중에서도 하위. 당연히 내 상대도 되지 않는다!"

그 말과 함께 뛰어올라 니킥을 갈겼다.

뚝!

뭔가 뼈가 부러지는 소리와 함께 카르페가 비명을 내지르며 뒤로 고목나무처럼 넘어갔다.

쿠우우웅!

요란한 흙먼지에 나는 손을 내저었다. 이제 이놈은 더이상 강북의 대군주 같은 존재가 아니었다.

"세르두락!"

나는 그가 힘을 얻고 스스로 카르페라고 칭하기 전에 비굴하고 비열했던 당시의 이름을 불렀다. 그러자 그는 화들짝 놀라며 벌벌 떨었다.

"어찌 그 이름을!"

"기억해야할 이름 아닌가! 지금 네놈은 카르페가 아니라 세르두락이니까! 너를 그 지위에 올려줬던 모든 힘은 사라졌다!"

나는 이런 상황이 되자 이 자가 어떻게 반응할지 궁금해졌다. 한때 왕을 노렸던 자답게 의연하게 죽음을 맞이할까? 하지만 그건 오산이었다. 그는 목숨을 구걸하기 시작했다.

"협상을 하자! 메타트론의 화신이여! 안전을 보장해주면 모든 군대를 이끌고 항복하겠다."

농담도 이런 농담이 없다. 권위를 잃은 군주급 몬스터는 아무 것도 아니다. 그 잘난 즈굴도 하극상을 당했을 정도다. 본래 힘을 잃어버린 그는 휘하의 군주급 몬스터들조차 통솔할 수가 없다.

"괴상한 말을 하는군? 현재 네놈 휘하에 있는 군주급 몬스터들이 이상을 눈치챘을 거다. 눈치 빠른 놈이라면 오늘 전투는 포기하고 저마다 살 길을 찾아 떠나겠지. 그런데 항복이라고? 네놈은 그럴 자격조차 없지 않나?"

카르페는 항복할 자격조차 없단 말에 큰 충격을 받은 듯했다. 하지만 교활한 머리를 굴려 다른 제안을 해왔다.

"이 몸은 왕의 약점을 알고 있다. 왕이 왜 안 죽는지 알고 있단 말이다!"

그 말에 나는 다시 코웃음을 쳤다. 이미 왕에 대한 비밀은 다르쿠다에게 들어 알고 있다.

"왕의 심장이라 불리는 하얀 거인을 먼저 처리해야 한다는 말인가?"

"어찌 그걸!"

"다르쿠다가 내 편이 됐을 때부터 예상했어야 하지 않나, 이 아둔한 것아!"

"그러면 이 몸을 지배하면 되지 않나! 그렇게 해다오! 종이 되어 모든 걸 바치겠다!"

힘을 잃자 그는 본래의 추잡한 본성을 여지없이 드러냈다. 우연히 얻은 행운 덕에 이런 조무래기가 그렇게 거물 행세를 하다니. 이제 그 영광은 과거에만 남게 됐다. 더 들어줄 것도 없었다.

퍼억!

방패를 다시 한 번 강타하니 남아있는 반대쪽 뿔이 부러졌다. 충격에 그로기 상태가 된 카르페는 엎드린 자세로 고개를 흔들며 비

틀거렸다. 나는 그 아래로 들어가 위쪽에 있는 카르페의 가슴팍을 단번에 검으로 갈라버렸다.

좌아악!

이전과 다르게 단단한 비늘이 단숨에 갈라져 흉부가 절개됐다. 대번에 갈비뼈가 보일 정도로 깊게 베인 것이다.

쿵! 쿵! 쿵!

바로 머리 위에는 심장처럼 맥동하는 마정석이 있었다. 나는 그곳에 있는 힘껏 메타트론의 검을 찔러 넣었다. 쓰러뜨린 뒤 마정석을 회수하기에 이 녀석은 지나치게 위험한 적이었다. 그 교활한 머리로 또 무슨 짓을 해올지 알 수 없다. 칼두두를 만나 언데드 몬스터의 실체를 본 이상 무언가 여지를 줘서는 안 된다고 생각했다.

카앙!

유리가 깨지는 듯한 소리와 함께 검 끝이 푸른 마정석을 관통했다.

"그아아아아아!"

축 늘어져 있던 카르페는 그 순간 몸부림을 쳤다. 하지만 채 상체를 제대로 일으키기도 전에 몸 이곳 저곳에 균열이 가기 시작했다.

"안 돼! 이렇게 무너질 수는 없다! 이 카르페! 왕을 죽일 자가!"

원한이 가득한 목소리도 곧 컥컥거리는 병자의 신음으로 바뀌었다. 목 부분이 갈라지기 시작하자 카르페는 말하는 것조차 못하게 된 것이다. 여기저기 균열에서 하얀 빛이 새어 나오기 시작하더니 순간 카르페가 풍선처럼 부풀어 올랐다. 그리고 폭발이 일어났다.

"이런!"

곧장 방패를 들어 올렸지만 충격에 나는 데굴데굴 뒤로 굴러갔다. 다행히 제때 막아 크게 다친 것 같지는 않다. 몸 이것저것의 상처는 화신이 갖고 있는 재생력 때문에 회복되고 있었다. 몸을 일으켜서 보니 카르페가 있던 자리에는 폭발의 흔적만이 남아있을 뿐이었다. 그리고 사방에 눈처럼 시커먼 재가 흩날렸다.

강북의 패자가 죽은 것이다.

6. 에필로그

다르쿠다는 그날 카르페가 죽는 순간, 회수한 자신의 힘을 가지고 즉각 전투지역을 빠져나갔다. 안전을 위한 최선의 조치였다. 자신은 약해져 있었고 누군가 되찾은 그녀의 힘을 탐낼 확률이 충분했기 때문이다.

"후우… 후우….."

북한산 깊은 곳의 토굴에서 다르쿠다는 숨을 몰아쉬었다. 이곳은 평소 그녀가 만들어놓은 피난처였다.

'몸 상태가 좋지 않아….'

마지막에 카르페의 지배력을 떨쳐내기 위해 무리한 게 원인인 것 같았다. 한동안 요양할 필요가 있었다. 그래도 그녀는 이제 자유였다. 하지만 그것은 완전하지 않았다.

'각오는 했었지만….'

다르쿠다는 마법으로 만든 거울에 비춰 보이는 자신의 모습에 인상을 찌푸렸다. 역시 뭐든 대가가 따르는 법이란 점을 그녀는 다시 한 번 절감했다.

과거 그녀는 몇 번이고 카르페의 명령을 교묘하게 위반해왔다.

카르페는 자신의 지배가 절대적이라 믿어 의심치 않았지만 다르쿠다가 보기에 허점이 있었다. 그리고 그녀는 그걸 놓치지 않았다. 하지만 그런 꼼수를 벌인 탓에 그녀 역시 엄정한 계약에 의거해 벌을 받았다.

이제 지배에서 해방되고 잃었던 힘을 되찾았음에도 본래 자신의 모습을 돌아오지 않는다.

"이제 이 모습으로 살아가야 하는 건가……."

영광된 금빛 날개는 어디에도 없었다. 마치 박쥐와 같은 피막질의 날개가 등에 돋아나 있다. 또한 머리에는 군주급 몬스터의 상징인 큰 뿔이 났고, 엉덩이에는 두껍고 긴 꼬리가 있었다. 특히 그 꼬리는 그녀를 더 불쾌하게 만들었는데, 드래곤의 것을 꼭 닮은 게 마치 카르페의 것과 똑같았기 때문이다. 아마 힘을 되찾아오면서 받은 영향인 것 같았다.

"아…."

그녀는 멍한 눈빛으로 자신의 왼손을 들어올렸다. 한쪽 팔 또한 비늘이 돋은 드래곤의 앞발 같은 게, 카르페의 것과 똑같았다. 자신은 괴물이 된 것이다, 그녀는 그렇게 생각했다.

하지만 그 외의 나머지는 본래의 모습으로 되돌아왔다. 황금을 녹인 듯 찬란한 금발, 아기처럼 사랑스러운 옅은 색의 피부, 섬세하고 길쭉한 다리, 충분히 봉긋하게 부푼 아름다운 가슴까지. 그녀는 과거 그랬던 것처럼 대단한 미녀였다.

"이 눈만이라도 정상이었다면…."

하지만 그녀는 자신의 눈동자를 보고 크게 낙담했다. 과거 보석을 닮았다고 칭찬받던 그녀의 눈은 드래곤의 것처럼 세로로 길게 찢어진 동공이었다. 아름답지만 섬뜩했다.

이제 그녀는 더 이상 다르쿠다라고 불리는 군주급 몬스터는 아니었다. 하지만 원래 자신과는 너무나 달라져 버린 모습에 과거의 이름을 입에 올려도 되는지 알 수 없었다.

몇 번이고 머뭇거린 뒤에야 그녀는 겨우 자신의 이름을 입에 담아봤다.

"내 이름은… 산달폰…."

메타트론의 여동생이자 수년 전에 죽었다고 알려진 대천사가 바로 그녀의 정체였다.

경복궁에서의 전투가 끝나고 일주일 뒤.

산달폰은 강북의 상황을 살펴보았다. 카르페가 죽은 뒤 결국 경복궁은 함락되고 몬스터 무리는 흩어졌다. 하지만 인간과 천사들은 그대로 강북을 점령하지는 못했다.

일단 그들 내부적으로 문제가 있기 때문이었다. 산달폰은 아마 유제아가 대천사 바라카엘과 라파엘을 숙청할 거라고 생각했다. 그녀가 지켜본 언니의 화신이라면 정치에 있어 단호했으니까.

게다가 강북에는 여전히 수많은 몬스터들이 살고 있었다. 카르페라는 머리를 쳐내긴 했으나 일거에 그 많은 몬스터를 강북에서 몰아내긴 무리였다.

현재 강북은 새롭게 들고 일어난 몬스터들로 군웅할거의 상황. 그 중에 언데드를 이끄는 칼두두와 과거 카르페를 섬겼던 오만의 군주 즈굴이 단연 돋보였다.

　"똑똑하네…."

　산달폰은 건물 위에서 아래를 내려다보며 중얼거렸다. 도로에서 여러 패의 군주급 몬스터들이 졸개를 이끌고 치열한 구역 다툼 중이었다. 아마 이게 유제아가 의도한 거라고 그녀는 생각했다.

　'내부적인 문제를 정리하는 동안 강북의 몬스터들이 상잔하게 하다니… 교활해 진짜. 게다가 즈굴을 풀어준 게 신의 한 수였어….'

　언데드를 부리는 칼두두는 경복궁을 뒤집는데 한 몫하고는 그 기세가 실로 무서웠다. 하지만 즈굴의 등장으로 상당한 견제를 받는 중이다. 죽은 자를 혐오하는 몬스터들이 즈굴의 휘하로 몰려들었다. 그 외에도 여러 군주급 몬스터들이 야망을 드러내 강북은 혼란의 도가니였다. 분명 이곳은 인간과 천사의 군대가 다시 한강을 넘기 전까지, 평양의 왕을 막는 완충지대 역할도 하게 될 것이었다.

　'언니는 대체 어떻게 그 인간이랑 만나게 된 걸까…?'

　산달폰은 유제아에게 깊은 고마움을 느끼고 있었다. 자신을 구해준 데다가 혼자 방황하던 언니가 정착하게 도움을 주지 않았는가. 한동안 만날 일이 없다고 여기던 언니가 강북 전투에 참가한 탓에 먼발치에서나마 볼 수 있었다.

　혼자 떠돌던 메타트론은 사람들에게 둘러싸여 있었다. 성질을 내며 땡깡을 부리고 있었지만 즐거워 보였다.

'이제 나 같은 건 기억하지 못하겠지….'

죽은 여동생은 세월에 묻어버렸을 것이다. 다시 만나고 싶지만 이 모습으로는 찾아갈 수도 없었다. 이미 자신은 대천사가 아니라 반쯤 몬스터였다.

'나는 이제 여동생이 아니라 척살해야할 몬스터에 불과해….'

그래도 한 번 더 보고 싶었다. 토굴에서 쉬며 앞으로 자신이 무엇을 해야 할지 결정한 산달폰은 평양으로 갈 생각이었다. 몬스터의 왕이 사는 위험천만한 세계로 들어가기 전에, 사랑하는 언니를 한 번만 더 보고 싶었다.

다행히 변신 몬스터로서의 그녀의 힘은 건재했다. 완전히 대천사로 돌아가지 못한 탓이다. 산달폰이라는 개인의 삶은 불행해졌지만, 힘이란 측면에선 이전보다 비할 바 없어졌다.

본래의 힘을 되찾은 데다가 카르페의 형질 일부도 흡수했기 때문이다. 거기에 다르쿠다 시절 갖고 있던 변신 능력까지 더해져 마치 판타지의 키메라 같은 존재로 재탄생했다.

그녀에겐 몬스터계에서 거물이 될 가능성이 생겼다. 분명 몬스터의 왕이 자신의 재능에 주목할 거라고 산달폰은 확신했다. 하지만 그건 위험천만해서 까딱하다가는 목숨을 잃을 만한 일이었다. 그래도 산달폰은 그게 자신의 사명이라고 여겼다.

'여긴가?'

변신 몬스터의 능력을 살려 어렵지 않게 산달폰은 강남까지 내려왔다. 아직 전쟁의 뒷정리가 끝나지 않아 인간과 천사의 군대는 완전히 철수하지 않은 채 강남에 주둔 중이었다. 멀리서 보니 획득

한 몬스터 부산물과 마정석을 열심히 포장하고 있었다.

양 진영의 대의도 중요하지만 전쟁은 돈이 되는 사업이었다. 유제아를 따라 대북방전쟁에 나선 많은 헌터들은 숭고한 사명에 동감하면서도 돈을 번다는 목적은 포기하지 않았다. 유제아 역시 그런 부분은 확실히 챙겨 군대의 신망을 샀다.

"아!"

그 순간 산달폰은 탄성을 터뜨렸다. 저 멀리에 유제아와 함께 걸어가는 언니를 발견했기 때문이다. 메타트론은 어디에서도 눈에 띄었다. 개성 강한 자들이 뭉친 이 군대에서도 여섯 장의 검은 날개를 가진 대천사는 한눈에 들어왔다. 게다가 그녀의 곁에는 금발의 대천사와 분홍 머리칼의 대천사가 붙어 있어 더더욱 눈에 띄었다.

'미카엘라님, 그리고 스이엘.'

둘 다 산달폰과 깊은 관계의 대천사들이었다. 미카엘라는 산달폰이 죽은 걸로 알려진 마지막 작전에 나가는 걸 끝까지 말린 인물이고, 스이엘은 자신이 초대 회장으로 있던 애니연구회의 후계자였다. 산달폰은 마지막 작전을 나가기 전에 스이엘에게 애니연구회의 회장 자리를 엄숙하게 물려줬던 게 떠올라 피식 웃고 말았다.

'그래, 그런 시절이 있었지….'

작게 웃던 산달폰은 곧 슬픈 표정이 됐다. 지금 유제아가 걷던 자리에, 언니의 옆자리는 원래 자신의 것이었다. 언니와 싸우기도 많이 싸웠지만 쌍둥이 자매인 그들은 늘 함께했다. 즐거운 시절이었다.

약간 어리버리한 기절이 있는 언니를 골려먹던 게 제일 먼저 떠올랐다. 그리고 이제야 언니가 일부러 그런 장난은 받아줬다는 걸 깨달았다. 그게 메타트론이 가진 나름의 상냥함이란 걸 알게 된 것이다.

"흐윽…."

울지 않겠다고 다짐했는데 결국 산달폰은 눈가를 적시고 말았다. 하지만 애써 마음을 다잡으며 눈가를 닦았다. 앞을 보니 어느새 언니 일행은 혼란한 군중 속에 섞여 보이지 않았다. 더 있다가는 마음이 아파 못 견딜 거 같았는데 잘 됐다고 그녀는 생각했다.

산달폰은 모든 게 과거로 돌아갔다면 생각했지만 이미 일어난 일은 어쩔 수 없었다. 그래도 미련이 남아 한참을 그대로 앉아 있었다.

"후우…."

그러다 결국 가볍게 한숨을 내쉬고 몸을 일으켰다. 언젠가 언니와 다시 만날 날이 있으리라. 비록 반쯤 몬스터화 돼버렸지만 희망을 버릴 필요는 없었다.

"에휴……."

다시 한숨을 내쉰 그녀는 조용히 귀로에 올랐다. 당분간은 북한산의 토굴에서 앞일에 대해 계획을 세울 작정이었다. 하지만 빠르게 움직여야 한다는 걸 산달폰은 잘 알았다. 앞으로의 정국은 급변할 테니까.

'은혜도 갚아야 하니까….'

언니를 위해 위험을 감수할 생각이지만 유제아에게 보답하는 일도 중요했다. 산달폰은 속박된 과거와 다르게 뭔가 할 수 있게 된 현실을 긍정적으로 생각하자고 마음먹었다.

"그래, 예전처럼 꼭두각시는 아니니까."

"정말 그 처지에 만족하는 거야?"

혼잣말에 갑자기 대답이 들려오자 산달폰은 놀라서 펄쩍 뛰었다. 실제로 고양이처럼 뛰어오른 그녀는 날카로운 눈으로 앞을 경계했다.

"누구냐!"

산달폰의 외형은 여전히 다르쿠다 시절의 모습이었다. 카르페의 지배에서 벗어났지만 이 신분으로 계속 활동할 예정이기 때문이다.

"내 목소리를 벌써 잊어버렸나? 좀 아쉬운데. 다르쿠다."

넉살 좋은 목소리와 함께 한 남자가 웃으며 걸어 나와 산달폰의 앞에 섰다.

"유, 유제아?"

"그래, 칼침도 놔준 사이 아냐? 잊어버리면 섭섭하지."

그 말에 산달폰은 입을 다물었다. 지배에 의해 어쩔 수 없이 한 일이라고 해도 변명의 여지가 없었기 때문이다. 실제로 그때 유제아는 무너져버릴 뻔했으니까.

"미안해요… 그 점은 사과할게요."

"어이쿠, 이런. 살다보니 군주급 몬스터의 사과를 받아보네."

"대체 무슨 일로 나타난 거지요? 우리들의 거래는 끝난 걸로 아는데."

산달폰의 뾰족한 목소리로 쏘아붙였다. 그녀는 유제아에게 감사와 호감을 갖고 있지만 표현할 수 있는 게 아니었다. 협업을 했다지만 적인지라 화기애애하게 얘기할 순 없는 노릇이다.

"너무 까칠하게 굴진 말라고. 할 얘기가 있어서 온 거니까."

"뭔가요?"

산달폰은 상대가 새로운 협업을 제안하려는 건가 싶었다. 뭔가 괜찮은 건수가 있으면 손을 잡아도 좋겠다고 생각하는데 유제아가 전혀 생각지도 못한 말을 꺼냈다.

"아리송한 네 정체에 대해 답이 좀 나온 것 같아서."

순간 산달폰은 심장이 떨어질 정도로 놀랐다. 표정이 드러나지 않는 다르쿠다의 외형인 것에 진심으로 감사할 정도였다. 다르쿠다의 얼굴은 윤곽만 있을 뿐, 눈코입이 없으니 표정이랄 게 보이지 않았다.

"정체? 웃기는 소리를 하는군요. 나는 군주급 몬스터 다르쿠다일 뿐입니다."

"너야말로 웃기는 소리를 하는데? 본래 어떤 존재였기에 카르페에게 힘을 넘기자 그를 그렇게 강하게 만들었을까? 당연히 의문을 품을 수밖에 없지 않아?"

꼬리가 길면 밟힌다고 했다. 산달폰은 오늘 언니를 보러 온 게 후회막급이었다. 그렇지만 자신의 정체가 들켰다고는 생각할 수 없었다. 유제아가 감이 날카로워 어림짐작한다고 해도 잡아떼면 그만이었다. 지금껏 온갖 연기를 하며 대군주인 카르페와 르카밑에서 살아남아온 그녀다. 이내 평정을 되찾고 차분한 목소리가 됐다.

"저는 그저 몬스터일 뿐이에요. 우리 중에 인간들이 파악하지 못하는 강자는 수도 없이 많아요."

"그렇게 넘길 간단한 문제가 아니라서."

"끈질기군요…."

뭔가 알고 있다는 듯한 태도에 산달폰은 약간 불안감을 느꼈다.

"사실 좀 이상하긴 했지."

"……."

"당시에는 정신이 없었지만 카르페가 죽고 나니까 차분하게 생각해 볼 시간이 있더라고."

산달폰은 다르쿠다의 외형을 할 때는 땀을 흘리지 않는다. 하지만 자기 이마에 식은땀 한 방울이 길게 흘러내리는 듯한 기분이었다.

"먼저 가장 큰 의문은 어째서 카르페가 가진 강력한 마력이 내게 먹히지 않았냐는 거지."

실제로 카르페는 공간을 압축해버리는 무시무시한 권능을 갖고 있었다. 하지만 유제아에겐 전혀 먹히지 않았기에 자신의 가장 강력한 무기를 놓고 싸운 것과 마찬가지다. 만약 그 권능이 제대로 작동했다면 애초에 경복궁 전투 자체가 없었을 터. 유제아는 나나엘과 함께 용산에서 압축되어 사라졌을 거다.

"카르페의 힘이 안 먹혔다는 건 원래 그가 가진 힘의 주인인 다르쿠다 네 힘이 메타트론이나 그녀의 화신인 내게는 안 먹힌다는 소리나 마찬가지다."

"그래서요?"

"메타트론에게 물었지. 그런 경우가 가능하냐고? 그녀는 고민하더니 한 가지를 알려줬지. 쌍둥이 여동생인 산달폰의 힘이라면 자신에게 먹히지 않는다고."

실제로 메타트론과 산달폰의 권능은 서로에게 무용하다. 그 자매가 싸움을 벌이려면 물리력으로 싸우는 수밖에 없다.

"황당하기 그지없군요! 그래서 몬스터인 제가 대천사 산달폰이란 건가요?"

산달폰은 근거가 부족하다고 코웃음을 쳤다. 하지만 어째서인지 유제아의 자신만만한 표정이 사라지지 않았기에 그녀는 불안을 느꼈다. 심장이 쿵쿵 뛰어 숨이 조금 가빠지는 것만 같다.

"반론은 받겠어. 하지만 아직 이쪽 근거가 더 남았으니 들어보라고. 너 말이야. 나한테 메타트론의 검을 던져주지 않았어?"

"윽…."

산달폰은 다르쿠다의 모습이 아닌 본 모습이었다면 지금 입술을 꽉 깨물었을 거라고 생각했다. 메타트론의 검은 메타트론이 아니면 들지 못한다. 화신인 유제아만이 예외다. 알려지지 않았지만 또 다른 예외가 바로 쌍둥이 동생인 산달폰이다. 당시 급해서 이것저것 생각할 것 없이 검을 집어던진 적이 있다.

"기억나지 않는군요. 경황이 없었으니까요."

"이거, 이거 기억력이 꽤 안 좋으시구면. 하지만 의혹은 더 있지. 너 말이야. 나도 모르고 있는 검의 기능까지 알고 있었잖아? 메타트론의 검에는 화신인 나조차 파악하지 못하는 기능이 두 가지 있다. 내 눈에는 ?????로 표시되지."

"헌터들이 본다는 스탯창 말인가요?"

"그래. 그런 항목이 두 가지나 있었는데, 너는 그중 하나를 알고 있었다. 어떻게 그럴 수 있었지? 소문으로 들었다고 했었지? 하지만 메타트론에게 물어보니 그건 엄정한 비밀이라 소문이 나지 않았다고 하던데. 오로지 자기가 사랑하는 한 존재에게만 알려줬다고 했지."

그건 당연히 산달폰이다. 그녀는 언니에게 검의 숨겨진 기능을 모두 들었다. 과거 산달폰은 메타트론의 검을 빌려서 써본 적이 있으니까. 당시에는 꽤 말괄량이 같은 성격이라 언니 물건을 자기 것처럼 서슴지 않고 썼다. 그 때문에 다투기도 많이 다퉜지만.

"근거가 부족해요."

"아까부터 그런 소리만 하고 있네. 그렇다면 마지막의 오브는 뭘까?"

산달폰이 카르페에게 힘을 회수할 때 찬란하게 반짝이는 오브가 출현했었다. 당시 그녀는 그걸 회수하자마자 내뺐다.

"알아보니까 그 무지갯빛 오브. 대천사 산달폰의 상징과도 같은 무기라고 하더라. 이래도 부인할 건가?"

"그냥 우연히 비슷했을 뿐이에요. 몬스터 쪽에서도 오브를 쓰는 자가 없지 않아요."

"발뺌이 지나치시군. 하지만 가장 큰 근거는 그게 아냐."

아직도 뭐가 남았다는 말인가? 산달폰은 긴장했다. 이어진 유제아의 지적은 매우 간단하면서도 반박하기 어려운 것이었다.

"네가 여기 다시 나타났다는 거지."

"그 무슨…."

"왜? 이번에는 뭐라고 변명할 건가? 만약 몬스터였다면 애써 위험한 우리 군의 주둔지에 나타날 필요도 없지."

"그건 정찰을…."

"누굴 위해서? 네 주인이 다 죽은 지금!"

그 말에 산달폰은 꿀 먹은 벙어리가 됐다.

"어렵게 힘을 되찾았으니 보중하고 회복하는 게 우선이다. 그리고 야망이 있다면 강북의 혼전에서 이득을 챙기려 해야지. 지금 즈굴이니, 칼두두니 하는 것들이 치열하게 다툼 중이잖아."

"몬스터의 세력을 약화시킬려고 당신이 만든 판이잖아요? 유제아."

"그래, 그 판에 알면서도 끼어 들어서 몬스터답게 권력을 추구해야지. 야망과 야욕, 배신과 암투. 그게 너희의 삶이잖아. 그런데 이곳에서 한가하게 뭐하고 있는 건가? 이제 이쪽은 당장은 관심 없는 분야잖아."

"비키세요."

산달폰은 더 말하는 게 불리하다 여기고 지나가려 했으나 유제아는 길을 막고 보내주지 않았다.

"미안하지만 그렇게는 못하겠는데."

"무례하군요!"

"네가 대천사라면 무례지. 하지만 본인이 끝까지 몬스터라고 주장하는데 무례 어쩌고 하는 것도 웃기지 않아?"

"으으…."

"거래는 이미 끝났다. 메타트론의 화신으로 널 사냥할 수도 있지. 몬스터라고 하니까."

절대 쉽사리 보내줄 분위기가 아니었다. 물론 그렇다고 직접 위해를 가할 거 같단 생각은 안 들었지만, 어떻게 잡아떼야할지 참으로 난처했다. 하지만 이어진 유제아의 말에 산달폰은 동요할 수밖에 없었다.

"네가 어떻게 죽었는지 알아."

"뭐라고요?"

"미카엘라에게 들었지."

"……."

이번에는 산달폰도 침묵할 수밖에 없었다.

"당시 방어선이 설정되고 신성지 방어 개념이 도입되면서 공격파인 메타트론은 격하게 반발했다. 그리고 자기 클랜을 이끌고 강북을 휘젓기 시작하지. 이에 몬스터들이 함정을 파고 메타트론을 제거할 계획을 세웠다. 그들 역시 전쟁에 지쳐 정전을 원했으니까."

"……."

"당시 메타트론의 쌍둥이 여동생이던 산달폰은 그걸 사전에 알아챈다. 그리고 언니를 위기에서 구하기 위해 출정하지."

그때 미카엘라가 가장 고생을 했다. 몬스터와의 평화협정을 진행하면서 메타트론을 진정시키고 출정하려던 산달폰을 말리기까지 했어야 하니까.

"미카엘라는 메타트론을 불러들이고 산달폰의 출정을 막으려고 했지. 하지만 결국 둘 다 실패했고 모든 게 비극으로 끝났다. 산달폰은 메타트론이 함정에 빠지는 걸 막았지만 자신이 함정에 빠지고 말았거든."

그 뒤에 산달폰은 실종됐고 죽은 걸로 알려졌다.

"미카엘라는 그날 산달폰의 최후에 대해 오래간 침묵해 왔지. 내게는 얘기해 줬지만 메타트론에겐 차마 하지 못했다. 순진한 그녀가 얼마나 자책할지 뻔하니까."

"⋯메타트론의 탓이 아니에요. 산달폰의 죽음은."

"그래⋯. 누구 탓도 아니야. 몬스터들이 나쁜 거지."

잠시 무거운 침묵만이 가득했다. 유제아는 곧 다시 입을 열었다.

"하지만 그날 산달폰은 완전히 사망한 게 아니었다. 죽어가고 있었지만 누군가를 만나게 되지. 바로 카르페. 당시에 별 볼일 없던 군주급 몬스터를 말이야."

"⋯그만."

"산달폰은 죽음을 앞둔 상황에서 카르페와 거래한다. 힘을 넘겨주고 종복이 될 테니까 살려달라고. 그리고 굴욕을 감수하고 이날까지⋯."

"그만해!"

산달폰을 소리를 빽 질렀지만 유제아는 그만두지 않았다.

"치를 떨었겠지. 몬스터가 돼버린 자신의 처지에. 가슴이 찢어졌겠지. 사랑하는 자에게서 잊혀지는 괴로움에."

유제아는 그 고통을 다 이해할 수 없었다. 당사자가 아니니까. 하지만 생각하는 것만으로도 가슴이 먹먹해졌다.

"하루, 이틀, 사흘…. 일 년, 이 년, 삼 년…. 그리움은 쌓여만 간다. 마치 담벼락처럼 쌓여만 가지. 그리고 담이 높아질수록 집으로 돌아갈 길은 막혀갔을 거다."

"……으윽."

"그럼에도 할 수 있는 건 없었을 거다. 그저 오늘처럼 멀리서나마 바라보는 것 외에는. 그것조차 함부로 할 수 없었겠지. 혹시라도 위대한 대천사 메타트론의 쌍둥이 동생이 몬스터화 됐다는 사실이 알려져서는 안 되니까."

흔히 지나간 날들은 아름답다는 말이 있다. 하지만 산달폰에겐 해당되지 않는 얘기였다. 몬스터로 보낸 시간들은 지옥과도 같았다. 그녀는 원래부터 언니보다 훨씬 자존심 강하고 오만했던 성격이었다. 한데 자신보다 약하고 추악한 카르페의 시종 역할을 하며 연명하게 됐으니 얼마나 굴욕적이었을까.

"그런 와중에도 열심이더군. 라파엘을 그렇게 방해했었다고?"

"…그걸 어떻게?"

"그 재수 없는 놈이랑은 한동안 흑익군에서 한솥밥을 먹었으니까. 싫어도 이런저런 이야기를 하게 됐지. 그가 다르쿠다란 몬스터 때문에 이를 가는 걸 여러 번 들었다. 만약 강북에서 다르쿠다를 잡게 되면 자기 손으로 찢어죽이겠다고 으르렁거리더군. 아마 그 음흉한 놈이 뭔가를 꾸몄으니까 방해한 거 아냐?"

"……."

"그래도 끝까지 잡아뗄 모양이군."

유제아는 고개를 끄덕이더니 손가락을 튕겼다. 그러자 숨어있던 인물들이 모습을 드러냈다. 미카엘라와 스이엘이었다. 대천사이던 시절 친하게 지내던 둘을 보자 산달폰은 급격히 동요했다. 가슴이 너무 뛰어서 다리가 후들거렸다. 이런 모습을 보이고 싶지 않았다.

"산달폰, 이런 식으로 가버리면 안 돼."

미카엘라의 말에 산달폰은 여전히 침묵했다. 그러자 옆에 있던 스이엘이 결국 눈물을 참지 못하고 날아가 안겼다.

"회장님! 회장님 맞죠? 그렇잖아요?"

산달폰은 이제는 다리 힘이 풀려서 주저앉아버렸다. 유제아를 상대로는 어떻게든 우겼지만 마음을 나눴던 이 둘에겐 더 이상 잡아뗄 수가 없었던 거다.

"물러나세요!"

산달폰은 다가오는 스이엘을 밀어냈다.

"회장님! 회장님이 맞잖아요!"

"그런 사람 아니에요!"

다시 부인했지만 산달폰의 목소리에는 힘이 없었다. 결국 미카엘라가 앞으로 나섰다.

"태양의 빛은 진실을 드러내지."

얼마 전까지 다르쿠다의 변신술에 그녀도 속수무책이었으나 유제아에게 에메랄드를 만들어주면서 새로운 능력을 익혔다. 아무리 가공할 변신술이라고 해도 이제는 미카엘라 앞에선 소용없게 됐다. 눈을 찌르는 듯한 빛이 쏟아지고 나자 산달폰의 정체가 완전히 드러났다.

"맙소사…."

담담히 지켜보던 유제아는 탄성을 터뜨렸다. 빛을 받아 찬란하게 빛나는 금발, 그리고 메타트론을 똑 닮은 얼굴이 가장 먼저 눈에 들어왔다. 하지만 그녀는 군주급 몬스터처럼 뿔이 돋아있었다. 게다가 드래곤을 떠올리는 꼬리와 날개 등, 여러 가지 몬스터화된 모습이었다.

　예상은 했지만 막상 이런 모습을 보니 동요를 감추기 어려웠다.
　"회장님!"
　옆에 있던 스이엘이 참지 못하고 다시 눈물을 왈칵 쏟아내며 안으려고 하자 산달폰이 소리를 질렀다.
　"오지 마세요!"
　생각지도 못한 강한 거부에 스이엘은 당황한 표정이 역력하다.
　"회장님!"
　"오지 마세요! 저는 더 이상 당신이 기억하는 회장님이 아니에요! 산달폰이 아니라고요!"
　산달폰은 자신을 지켜보는 자들에게 외쳤다.
　"이 뿔을 보세요! 이 날개를 보시라고요! 어디에 대천사 산달폰이 있나요! 저는 다르쿠다. 몬스터예요!"
　산달폰의 단호한 태도에 미카엘라가 입술을 깨무는 게 보였다. 스이엘은 머뭇머뭇거렸고, 달려가고 싶은데 워낙 강하게 거절하니까 어쩔 바를 모르는 거다.

설마 진짜 다르쿠다가 실종됐던 산달폰이었다니. 이 무슨 운명의 장난이란 말인가. 내 본체인 메타트론은 이걸 어떻게 받아들일지 모르겠다. 물론 이런저런 근거 때문에 그녀가 산달폰이란 걸 눈치챈 거지만 실제로 본 모습을 드러낸 걸 보니까 뭐라 하기 어려운 심경이 됐다.

반쯤 몬스터화된 대천사라니…. 현재 그녀는 천사라고 하기도 뭐하고 몬스터라 하기도 뭐한 모습이었다.

"그래서, 안 만나겠다는 건가?"

나는 산달폰에게 물었다.

"네!"

"지금 모습 때문에 거절하는 건 이해해. 하지만 만나고 싶잖아? 보고 싶어서 여기까지 온 거잖아?"

상대가 고통을 참고 있는 걸 알고 있었지만 나는 정면으로 후벼팠다.

"함께 얘기하고 싶잖아? 그간 무슨 일들이 있었는지. 외롭지 않았나? 언니와 떨어져 있던 시간들이."

결국 산달폰이 폭발했다.

"차라리 모르는 게 편해! 그냥 죽은 걸로 하라고요! 그간 제 노력과 각오를 다 물거품으로 만들어 버릴 생각인가요! 언니를 향한 제 배려를!"

확실히 서열1위 대천사의 여동생이 몬스터화된 건 큰 문제다. 분명히 큰 혼란이 일어날 터. 이대로 묻는 게 가장 안전하다.

"유제아. 당신이라면 절감할 거 아니에요? 지금 위치까지 모든 걸 쌓아올리는데 얼마나 힘들었는지. 수많은 내홍을 겪으며 천사와 인간 진영을 통합했잖아요? 그런데 그 구심점인 서열1위 대천사의 여동생이 몬스터란 사실이 알려지면 그 어렵게 만들 결속에 치명타라고요. 이해하지 못하겠어요?"

확실히 그건 그렇다. 특히 지금은 눌려있는 불만 세력들이 떼로 들고 일어나겠지. 대북방전쟁의 목적부터 의심을 살 거다. 다시 몬스터가 아니라 우리들끼리 싸우면서 모든 걸 처음부터 시작해야 할지도 모른다. 어렵게 얻은 대천사 가브리엘의 신뢰 역시 박살날 각오를 해야 한다.

"저라고 만나고 싶지 않겠어요? 하지만 그간 무슨 각오로 참고 또 참아왔는지 헤아린다면 저를 이대로 보내주세요."

결국 듣던 스이엘이 서러운지 으아앙, 하고 울음을 터뜨렸다. 정이 많은 녀석이 산달폰의 처지에 서러워진 것이다.

"그리고 언니는 저 같이 바보 같은 동생은 진작 잊었을 거예요. 괜히 안 좋은 기억을…."

"아니. 전혀 잊지 않았지."

산달폰의 말에 나는 고개를 저었다.

"애초에 우리가 전쟁을 계획보다 빨리 일으킨 게 바로 너 때문이니까."

"뭐라고요?"

"대북방전쟁의 도화선이 된 소문이 하나 있었지. 바로 강북에 산달폰의 무기가 목격됐다는 얘기."

"지금 그런 얘기 때문에 언니가 전쟁을 일으켰다는 거예요?"

산달폰은 믿지 않았지만 모든 격전이 거기서 부터 시작된 건 엄연한 사실이다. 메타트론은 날 보내 그 소문을 확인하게 했었다.

"그래, 그녀는 전혀 널 잊지 않았다. 강북에서 싸우면서도 가장 신경 쓴 게 산달폰의 흔적을 찾는 일이었어. 게다가 그녀 혼자 무모하게 몬스터의 왕을 습격했던 것도 네 앙갚음을 하기 위해서 였다고."

당시 메타트론은 산달폰의 복수다, 라고 외치며 왕을 찔렀다고 한다. 물론 이 끝도 없는 전쟁을 끝낸다는 대의도 있었지만 다분히 개인적인 앙심으로 시작인 일이기도 했다. 나는 그 얘기를 듣고 메타트론답다고 생각했었다.

"정말인가요?"

"그래, 직접 본인에게 물어보던가. 네 언니는 말이야. 지금껏 네 흔적을 훑으며 무리해왔지. 유품이라도 찾기 위해서."

"……."

"앞으로 그건 달라지지 않을 거다. 언니가 잊었을 거라고? 천만의 얘기. 누구보다 그녀를 가까이서 본 화신인 나는 잘 알고 있지. 앞으로도 동생의 흔적에 집착할 거다. 왕을 찌르는 일을 다시 반복하지 말란 법도 없지. 지금처럼 네가 정체를 감추는 게 오히려 메타트론을 괴롭고 위험한 지경에 빠뜨릴 수 있어."

"억지예요!"

산달폰은 부정했지만 나는 어깨를 으쓱했다.

"진짜 억지라고 생각하나? 여동생이라니 그 녀석 성격 잘 알지 알아? 자기가 원하는 게 있으면 절대 포기 안 하는 거. 똥고집이 장난 아니잖아. 게다가 이번에 강북 전투에서 분신체가 다 타버리기까지 했지. 실제로 위험천만 했다고. 계속 이런 식이면 다음에는 분신체만으로 끝날까?"

내 지적에 산달폰은 갈등하는 얼굴이 됐다. 나는 그런 그녀를 보고 씩 웃었다.

"사실 말이야. 나는 남과 구질구질 협상하는 성격이 아니지."

"네?"

"남을 궁지에 빠뜨려놓고 거절할 수 없는 선택을 강요하는 사람이다."

"당신은 악당인가요!"

"그래, 악당이다. 원망하려면 날 원망해라. 산달폰. 사실 이미 메타트론을 불렀으니까."

메타트론 녀석, 진작 이 대화를 다 듣고 있을 거다. 그럼에도 선뜻 나오지 못하는 건 강한 죄책감 때문이다. 과거 산달폰이 자신을 돕기 위해 출정했다가 함정에 빠져 변을 당한 걸 들었기에 그렇다.

원래 미카엘라와 나는 이 얘기를 그녀를 위해 감추고 있었지만, 이번 만남을 위해 털어놓았다. 당연히 메타트론은 깊은 실의에 빠져 자책했다. 하지만 그건 메타트론의 잘못도 산달폰의 잘못도 아니다. 겨우 메타트론을 추스르게 하고 설득해서 데려올 수 있었다.

저벅.

힘없는 조용한 발소리가 들리자마자 산달폰이 반응했다.

우르르릉!

갑자기 흙먼지가 날리며 땅이 벽처럼 솟아올랐다. 방어를 위한 마법을 자신을 가리는데 쓴 것이다. 숨어있다 나온 메타트론은 그 명백한 거절에 상처받은 얼굴이 됐다. 하지만 여기 오기 전에 각오한 게 있어서인지 앞으로 나선다.

"산달폰."

"오지 마!"

"미안해… 나 정말 아무 것도 몰랐어. 바보 같은 언니라 미안해."

여동생이랑 대화하는 메타트론은 저렇구나. 평소 거들먹거리는 말투가 아니라 아주 조심스러웠다.

"나는 더 이상 언니가 기억하는 산달폰이 아니야."

"그래도 상관없어. 네가 지금 어떤 모습이던지 상관없어. 산달폰이든 다르쿠다든 상관없다고. 난 지금 널 만나러 온 것뿐이야."

"…뭐?"

메타트론의 말에 산달폰이 머뭇거린다. 정체성의 혼란을 겪고 있는 그녀에게 메타트론의 말은 아마 정답이 아니었을까? 의외의 말이었는지 산달폰은 침묵했다.

"네가 지금 무슨 모습이든 상관없어. 무슨 이름으로 불리던 상관없다고. 어떻게 변하던 한 가지 절대 달라지지 않는 사실이 있어. 그건 바로 네가 내 동생이란 거야."

"……."

메타트론은 벽 너머의 동생에게 울먹이는 목소리로 속삭였다.

"그런데 나는 네 언니가 될 자격이 없는 거니? 알아주지 못해서 미안해…. 진작 찾아주지 못해서 미안해…. 이렇게 못난 내가 네 언니라고 해도 될지 모르겠어. 하지만 그래도 나는 네 언니이고 싶어.”

그리 말한 메타트론은 벽에 손을 대고 산달폰의 말을 기다렸다. 잠시 뒤에 들릴 듯 말 듯한 목소리가 들려왔다.

“이런 괴물의 언니라도…?”

“너는 괴물이 아냐. 하지만 설령 네가 진짜 괴물이라도 상관없어.”

메타트론은 확신을 갖고 말했다.

“인연은 끊어지지 않아.”

둘의 만남의 뒷얘기.

인연은 끊어지지 않는다는 말이 결정적이었던지 산달폰은 벽을 허물었다. 메타트론은 몬스터화된 여동생을 보자마자 힘껏 껴안았다. 서로 눈물을 쏟은 건 당연지사. 지켜보던 우리도 눈물을 훔치느라 혼이 났다.

메타트론은 함께 돌아가자고 했는데, 여기서 의외의 대답이 돌아왔다. 산달폰은 우리와 함께하지 않겠다는 것. 몬스터화된 자신만이 할 수 있는 일이 있다고 했다. 우리는 설득하려 했지만 산달폰은 워낙 확고한 신념을 갖고 있었다.

함께하자는 제안을 거절한 그녀는 대신 언젠가 몬스터화가 풀리면 돌아오겠다고 약속했다. 미카엘라에게 대천사의 몬스터화를 어떻게 풀어야 하냐고 물어보니 방법은 두 가지 뿐이라고 했다.

세상에서 아예 몬스터란 종족 자체가 사라지거나, 몬스터 왕의 권능을 사용하는 것이라고. 전자는 거의 불가능했고, 후자 역시 쉽지 않은 일이었다.

그럼에도 메타트론은 반드시 여동생의 저주를 풀겠다고 다짐했다. 몬스터의 왕을 붙잡아 몬스터화를 풀게 만들겠다나. 하지만 그런 그녀도 떠나겠다는 산달폰을 잡지 못했다.

메타트론이 고집 센 성격이 듯 그녀의 쌍둥이 여동생도 똑같았기 때문이다. 현재 상태로는 언니에게 폐만 될 거라고 여긴 그녀는 몬스터인 자신만이 할 수 있는 일을 하고 싶다고 했다.

앞으로도 다르쿠다란 존재로 살아갈 작정이라고. 대신 앞으로 정기적으로 연락하겠다는 약속을 했다.

"만나자마자 이별이네…."

슬픔을 감추지 못하는 친구를 위해 미카엘라가 한 가지 놀라운 기적을 행해줬다. 자신의 권능을 이용해 산달폰을 짧은 시간동안 본래의 모습으로 되돌아가게 해준 것이다. 불과 한두시간 정도였지만 그녀는 대천사이던 모습대로 돌아왔다.

쌍둥이라고 그러더니 메타트론과 똑같이 생겼더라. 금발에 금안을 가진 그녀는 날개 역시 금빛이었다. 다만 날개가 두 쌍인 게 메타트론과 차이려나.

나는 원래대로 돌아온 산달폰이 자기 쌍둥이 언니와 뭘 할까 궁금했는데, 생각지도 못한 걸 하더라.

바로 낚시였다.

태산 장흥억에게 산달폰에게 아저씨 같은 낚시 취미가 있다고 들었는데 진짜였다. 강변에 나란히 앉은 자매는 꼭 붙어서 하나의 낚싯대를 드리웠다.

우리는 멀리서 사이좋게 앉은 둘을 지켜봤다. 마침 석양이 질 무렵이었고 한강은 황금빛으로 반짝였다. 원래라면 시커멓고 을씨년스러운 강 너머도 환했다.

비록 강북에서 군을 빼긴 했지만 점령한 용산은 요새화했기 때문이다. 상당한 군세를 남겨뒀는데 몬스터들은 이쪽 세력을 인정하고는 얼씬도 하지 않고 있었다.

"무슨 얘기를 하고 있을까?"

미카엘라의 말에 나는 글쎄, 라고 밖에 대답할 수가 없었다. 오직 쌍둥이 자매 둘만의 이야기니까. 그 뒤로 조금 지나자 날이 완전히 어두워졌다. 산달폰은 미카엘라의 권능이 풀리기 전에 자리를 털고 일어났다.

"언니에겐 이 모습으로 기억되고 싶으니까."

그렇게 말한 산달폰은 메타트론과 작별하고 내 곁을 스쳐 떠나갔다. 떠나기 전에 잠깐 멈춰 내게 속삭였는데 명랑한 목소리가 그녀의 성격을 짐작하게 했다.

"당신은 악당이에요."

"그런가."

오늘 일을 멋대로 밀어붙인 것 때문이겠지. 자매의 일은 다행히 좋게 마무리됐지만 서로 상처만 받고 안 좋게 끝났지도 모를 일이었다. 하지만 그래도 나는 둘이 만났어야 한다고 생각했다.

"하지만 상냥한 악당이에요."

"그렇다면 다행이고."

산달폰은 떠나갔다.

그렇게 모든 게 갑작스럽게 찾아와 짧게 끝났다.

(6권에 계속…)

외전1-라파엘의 동향.

유제아가 강북 전쟁의 뒷일을 정리하는 사이 라파엘도 부지런히 움직이고 있었다. 그는 자신이 정치적으로 위험한 상황이란 걸 잘 알았다.

"이럴 땐 존나 빨리 움직여야지. 킥킥."

중얼거리는 라파엘의 말에 그의 또라이 같은 성질을 그대로 물려받은 휘하 천사 하나가 대답했다.

"빠른 걸로는 부족하지 말입니다. 유제아 그놈이 라파엘님 뚝배기를 깨려고 벼르고 있단 소문입니다만?"

"알아, 간나 새끼야."

"아니, 저도 그래도 지위가 있는데 간나 새끼는 좀…."

따악!

"그럼 너는 나보고 뚝배기라고 하냐! 존마나!"

라파엘은 자기 부하의 머리통을 후려갈기고는 생각에 잠겼다. 강북 전투에서 그와 그의 군단은 유제아에게 협력했지만 마지막에 슬그머니 뒤통수를 쳤다. 다시 보게 되면 좋은 관계는 못 될 터.

"이럴 땐 말이야, 서두르는 것만큼이나 시간을 버는 게 중요해."

"방법이 있으십니까?"

"물론이지. 나는 라파엘님이시라고!"

마음의 결정을 내린 라파엘은 즉각 가브리엘을 만나러 갔다. 현재 가브리엘은 바라카엘의 성소를 군대로 포위하고 있었다. 군법을 어긴 그를 처벌하기 위해서였지만 바라카엘은 온갖 변명을 하며 성소에서 버티는 중이다.

"어쩐 일이신지요? 라파엘님."

가브리엘에게 라파엘의 방문은 뜻밖이었다. 맘에 안 드는 상대지만 그렇다고 대놓고 적대하기도 애매하다. 라파엘은 바라카엘과 다르게 군법을 어긴 것도 아니고 강북전투에서 분신이 사망할 때까지 물러나지 않았다.

유제아와 정치적으로 다툼이 있다고 하지만 그건 가브리엘의 문제는 아니었다. 솔직히 라파엘은 누구라도 좋아할 수 없지만, 그래도 강북전투에서의 용기만큼은 인정해줘야 한다고 가브리엘은 생각했다.

"달리 왔겠어? 킥킥. 군법을 어긴 비겁자를 처벌하는 일을 돕기 위해서지. 나랑 다르게 부하를 버리고 도망간 비겁자잖아?"

알아달라는 듯 노골적으로 자기 공을 어필하는 라파엘의 태도에 가브리엘은 살짝 미간을 찌푸렸다. 하지만 원래 그런 대천사니까 그러려니 넘겼다.

"그렇지요. 무슨 도움을 주실 생각입니까?"

"사실 내가 말이야, 존나 기가 막힌 정보를 가지고 왔다고? 성소로 들어갈 수 있는 방법을 알고 있어."

"그게 정말입니까?"

"그럼 정말이지. 키키킥."

라파엘은 바라카엘과 이런저런 밀약을 맺은 적이 있다. 그래서 바라카엘의 성소로 몰래 들어갈 수 있는 길도 알았다.

"그걸 알려주는 이유가 뭡니까?"

"뭐가 있겠어? 정의를 위해서지."

"정의."

가브리엘은 그답지 않게 피식 웃어버렸다. 매사 정중한 그로써는 드문 일이었다. 하지만 라파엘은 전혀 신경 쓰지 않고 입꼬리를 올렸다.

"왜? 정의란 거 존나게 좋은 거잖아. 그러니까 나 같은 새끼도 가끔 그런 걸 위해 움직이는 거지."

"뭐, 아무래도 좋습니다."

안 그래도 바라카엘이 버텨서 곤란하던 차였다. 가브리엘은 라파엘의 정보를 받아들이기로 했다.

"자! 잘해보라고! 그 염병할 놈 얼굴에 네 몫까지 침을 뱉어주란 말이야! 하하하!"

라파엘은 그리 말하고 떠났다. 그리고 그는 바란 바를 이뤘다. 비밀 통로로 진격한 가브리엘의 군대가 성소 안의 바라카엘의 군대와 결국 충돌하게 된 것이다. 피비린내 나는 싸움이 이어졌고 전국이 들썩였다. 설마 바라카엘이 이렇게 극단적으로 나올 줄은 몰랐기 때문이다.

모든 사람들의 시선이 바라카엘에게 쏠렸다. 군대를 정리하고

있는 유제아도 바라카엘을 처리할 문제에 대해 고심하고 있다고
했다. 그 소식은 라파엘은 흡족하게 만들었다.

"자자, 다들 그 멍텅구리한테 집중하라고. 나같이 잘난 분은 할
일이 많단 말이야."

라파엘의 노림수는 잠시나마 자신에게 시선이 쏠리지 않게 하는
것. 현재 그의 앞에는 지난 세월 조심스럽게 모은 많은 군주급 몬스
터의 마정석이 놓여있었다. 라파엘은 아주 흐뭇한 시선으로 그걸
내려다봤다. 그때 마법으로 그의 가장 은밀한 내통자에게서 연락
이 왔다.

-라파엘.

-호? 이게 누구신가? 존나게 잘난 뼈다귀님 아니셔?

-똑바로 불러라. 내 이름은 칼두두다.

놀랍게도 라파엘에게 연락을 넣은 이는 언데드 몬스터를 이끄는
칼두두였다. 사실 그는 유제아와 만나기 전부터 라파엘과 연계하
고 있었다.

-그래, 뭐 좋아. 칼두두. 요즘 즈굴이랑 싸우느라 바쁘다고 하
던데?

-그래, 그 망할 오만의 군주가 꽤나 천둥벌거숭이처럼 날뛰고 있
으니까. 메타트론의 화신이 날 견제하기 위해 풀어놓고 간 것 같다.

-그러고 보면 유제아 그놈은 잔머리 굴리는 게 장난 아니라니까.
너 잘 생각하라고. 강북에서 뼈 빠지게 싸우면서 군대를 소비한 뒤
면 유제아가 다시 쳐들어갈 걸? 지금 바라카엘이랑 나 때문에 잠시
평화를 가장해서 회군하는 것뿐이야. 유제아는 야심만만한 놈이

지. 몬스터를 뒤지게 싫어하기도 하고. 특히 네놈은 뼈다귀니까 배로 싫어할 거다. 낄낄낄.

교활한 라파엘은 유제아의 속셈을 이미 꿰고 있었다. 칼두두 역시 마찬가지다.

-그 메타트론의 화신. 알아도 어쩔 수 없는 책략을 꾸미곤 하더군.

-맞아. 원래 그런 악질이지. 존나게 비열하다니까. 개새끼.

-하지만 내겐 네놈과 연계가 있다.

유제아가 즈굴을 사용해 강북에서 칼두두가 활개치지 못하게 한 것처럼, 칼두두 역시 라파엘을 써 유제아의 행동을 제약할 작정이었다.

-그래, 그 연계 꽤 마음에 들었다고. 네가 가르쳐준 사령술 말이야? 존나게 유용하더라. 키키킥.

라파엘은 자기 앞에 놓인 군주급 몬스터들의 마정석을 보며 섬뜩하게 웃어댔다. 아주 신이 났는지 작은 어깨를 들썩이고 있었다. 칼두두와 통신은 끊은 그는 아름다운 안산 시가지를 내려다보면서 중얼거렸다.

"그래, 인간들아. 네가 너희를 구원해 줄게. 사육되는 개돼지 신세를 벗어나 진정한 자유를 얻는 거야."

외전2-몬스터 왕의 동향

평양. 몬스터들의 왕이 머무는 장소. 그곳을 들썩이게 하는 소식이 도착했다.

"카르페가 죽었다고?"

"정말 놀랍군! 그 교활한 놈은 세계가 망할 때까지 살아남을 줄 알았는데. 바퀴벌레 같은 자였으니까."

"그래도 그 카르페가 쓰러지다니?"

아까부터 왕의 거처에는 웅성거리는 소란스러움이 가득했다. 강북에서 들려온 소식에 왕을 섬기는 군주급 몬스터들은 놀라움을 감추지 못했다.

"불경한 자다운 비참한 최후요."

"메타트론이 한 짓이란 말인가?"

"아닙니다. 인간에 의해 죽었다고 합니다."

"거짓부렁이! 어찌 인간 따위가!"

"한창 소문이 들리는 메타트론의 화신이라는군."

저마다 떠들던 그때 모두 동시에, 약속이나 한 것처럼 입을 닫았다. 섬뜩함에 목덜미가 뻣뻣하게 굳는 것만 같았다. 불길하고 흉악한 기운이 스멀스멀 흘러들어오는 느낌에 군주급 몬스터들은 마른 침을 꿀꺽 삼켰다.

절대 익숙해지지 않는 위압감. 바로 몬스터의 왕의 행차였다. 포악하고 무례한 군주급 몬스터들조차 혹시라도 눈이 마주칠까 눈을 깔고, 자라처럼 목을 움츠렸다.

쿵. 쿵. 쿵.

다가오는 발걸음 소리에 다들 경련이라도 일으킬 것 같은 얼굴이었으니 필사적으로 참아내고 있었다. 감히 왕에게 무례를 범했다가는 목숨이 남아나지 않기 때문이었다.

"흥미로운 소문이 들리더군."

어느새 도착한 왕이 신하들에게 말을 건넸다. 그의 모습은 흐릿하고 불길한 검은 안개 같았다. 실체를 제대로 관측하기 어렵다고 할까? 어떻게 보면 계속 끓어오르는 탁한 빛깔의 거품처럼 보이기도 했다.

그가 그런 괴상한 모습으로 보이는 건, 워낙 격이 높은 존재기 때문이었다. 그야말로 격의 차이. 여기 모인 군주급 몬스터들은 그 차이로 인해 왕을 제대로 관측할 수도 없었다. 그렇다 보니 왕의 모습은 안개나 거품처럼 모호하게 보이는 것이었다.

그런 존재의 압도적인 다름은 군주급 몬스터들을 주눅 들게 만들기 충분했다. 쳐다볼 수도 없는, 어떻게 생겼는지도 모를 존재가 바로 몬스터의 왕이었다.

"카르페가 죽었다고 들었다. 하긴, 슬슬 때가 되었지…."

왕은 신하들의 답을 듣지도 않고 혼자 생각에 잠겼다. 어차피 그는 혼자 판단할 뿐이다. 자신과 동격의 존재가 없는 이상 여기 모인 이들은 그의 권위를 위한 장식품에 불과하니까.

"왕이시여. 무슨 때가 되었다는 것이옵니까?"

그나마 왕에게 인정받는 몇 안 되는 군주급 몬스터 가운데 하나가 입을 열어 물었다.

"다시 전면전을 할 때!"

왕의 말에 모든 군주급 몬스터들이 눈을 빛냈다. 살육의 희열을 느끼는지 혀로 입술을 핥거나 눈에서 광기 어린 광채를 쏟아내는 자들도 있었다. 왕은 그런 그들을 보며 다시 명했다.

"군의 총사령관은 우르쏘로에게 맡기겠다!"

우르쏘로란 말에 다들 감탄을 터뜨렸다. 그는 흔히 하얀 거인이라 불리는 자로 절대적인 강함을 가진 대군주급 몬스터였다. 아니, 보통의 대군주급 이상의 존재. 왕의 심장을 운반하는 특별한 위치에 있었다.

과거 전면전에서도 선봉을 맡아 혁혁한 전공을 세웠었다. 그런 우르쏘로가 나선다는 건 왕의 결심이 확고하다는 걸 의미했다. 몬스터의 왕은 모든 걸 쏟아 부어 새로운 대전을 개시하려 하고 있었다.

"완전히 적을 박멸한다. 모조리 죽여라. _크크흐흐흐._"

(6권에 계속…)

와타나베 츠네히코 지음
아야쿠라 쥬 그림 문기업 옮김

이상적인 ⑩ 기둥서방 생활

VNOVEL

글 : 와타나베 츠네히코 / 원작 : 아야쿠라 쥬 / 번역 : 문기업
가격 : 7,000원

글 : 납자루 / 그림 : 노가미 타케시

가격 : 7,000원

오이렌 슈피겔

'뭔가 세계 같은 걸 구하고 싶어———.'

 글 : 우부카타 토우 / 그림 : 하쿠아 우게츠 / 번역 : 장민성

가격 : 7,000원

글 : 박제후 / 그림 : GAMBE

가격 : 10,000원

헌티드 시티 2권

유하는 여기에 전재산도 꼴아박을 수 있었다.

글 | 글쓰는 기계
그림 | 노뉴

글 : 글쓰는기계 / 그림 : 노뉴
가격 : 9,000원

가출천사 육성계약 5

초판 1쇄 발행   2018년 6월 30일

저자 박제후
일러스트 ICE

편집 김원재
마케팅 김정훈
주간 홍성완

발행인 원종우
발행처 (주)이미지프레임

주소 (427–060) 경기도 과천시 뒷골1로 6, 3층
영업부 02-3667-2653   **편집부** 02-3679-2617   **팩스** 02-3667-2655
메일 vnovel@imageframe.kr   **웹** vnovel.co.kr

ISBN 979-11-6085-639-2 02810   **(세트)** 978-89-6052630-3

Metatron
© 2016 Park, Jehu
Published in Korea